Manubri

I edizione Manubri: novembre 2019
I edizione Scatti: ottobre 2018


Elliot è un marchio di Lit Edizioni Srl
Sede operativa: Via Isonzo 34, 00198 Roma
Tel. 06.8412007
info@elliotedizioni.it
www.elliotedizioni.com

Stampato da Fp design srl,
via delle Gondole 38 – 00121 Roma
www.fp-design.it
per conto di Lit Edizioni Srl

| ristampa | anno |
|---|---|
| 7 6 5 4 3 2 1 | 2019 2020 2021 2022 |

Laura Frassetto

# LA TERRA DEI SUSSURRI

elliot

*A BM, prigioniero delle sirene*

*In questo testo ci sono molti riferimenti a brani musicali più o meno conosciuti. Per facilitare chi volesse ascoltarli, ho preparato una playlist su YouTube:*

In Messico si può essere più o meno morti, mi rispose molto seriamente. [...] Sono stufa dei messicani che parlano come se fossimo dentro *Pedro Páramo*, ribattei. Ma forse è così, ribatté Loya.

ROBERTO BOLAÑO, *2666*

# Tra due continenti

# N.

Cominciamo dalle gemelle Yatzil e Citlali.

Un nome maya e uno nahuatl: la differenza primigenia.

Yatzil, *l'amata*, domina su tutti. Per lei, ottenere ciò che vuole è difficile quanto sudare al caldo o dormire in seguito a una lunga veglia. I suoi desideri sono più precisi del progetto di una sonda spaziale. Di quella che ha oltrepassato i confini del sistema solare, per intenderci. Uscire nello spazio interstellare: questa è un'ambizione comparabile alle sue.

Ma per me, è Citlali l'autentico *astro*[1]. Da bambina, lei era quella che giocava con Huicho, quel cane ancora più bastardo di lei. Lui brutto come la morte, lei bella come una notte estiva.

Io che temevo la perfidia di una e che avrei voluto fondermi con l'altra. Citlali e io. Cugini, fratelli, forse innamorati. Innamorato io, certo.

Durante le vacanze di *semana santa* delle scuole elementari preparavo un cartellone che occupava una parete intera. Barravo i giorni che mancavano a metà giugno, quando loro sarebbero tornate in Messico. Sul giorno dell'arrivo disegnavo una stella enorme. Mamma mi aiutava a decorarla con uno spray glitterato (nessun maschio messicano dovrebbe giocare con i brillantini).

I primi anni venivano con zia Paulina, poi sbarcavano dall'aereo accompagnate da una hostess. Ogni anno più belle, più invidiate dai vicini.

1 *Citlali* significa "stella" in nahuatl.

Quando finalmente potevo barrare il riquadro con la stella, io andavo ancora a scuola. La crudeltà del lungo calendario scolastico di questo paese. L'ultimo mese di lezioni, per me era sofferenza pura. Il tempo scorreva lentissimo. Volevo solo tornare a casa a guardare Citlali che viziava Huicho. E poi, da più grande, cucinare due *quesadillas* con Citlali e mangiarle insieme, una stupida serie *gringa*[2] in sottofondo. E poi ancora accompagnare Citlali in centro con la mia macchina, un Chevrolet battezzato *fierrari* per il numero di riparazioni che aveva subito.

Anche Huicho aspettava Citlali. Ormai anziano e debilitato, il nostro cane ha atteso che atterrasse ancora una volta e che lo tenesse tra le braccia per qualche giorno prima di morire.

Yatzil ha smesso a quindici anni di venire in Messico tutte le estati. Ogni tanto il suo lavoro la conduce da queste parti, ma di certo non alloggia più a casa di mia madre, *tía*[3] Tina.

Le piogge di questa stagione la deprimono e il modo di vestire dei messicani la sconforta. Detesta le camicie a quadri degli uomini, le donne in sovrappeso, i magazzini di scarpe economiche. D'altronde, a sedici anni guadagnava già abbastanza da pagarsi le vacanze a Santorini. Credo che solo sua sorella la chiami ancora Yatzil: per il resto del mondo, è diventata *Jey*.

*Citlali, mi estrella, mi Lali*. Una parte di lei era sollevata dal non dover più trascorrere le vacanze insieme a quel doppio che la natura le aveva messo accanto, ma l'altra parte soffriva a causa della distanza.

Quando erano piccole, mia madre e mia zia si divertivano a portarle in giro vestite uguali – la pelle scura, i lineamenti indigeni, gli occhi del colore delle felci. Il padre è un italiano dagli occhi freddi come un ghiacciaio delle Alpi, ma in quelli delle gemelle scorre la vita delle foreste tropicali.

In tutta la città, non c'erano due bambine come loro. Si ve-

2 Americana. Da *gringo*, termine non offensivo con cui i messicani indicano i nordamericani, e spesso anche gli europei.

3 Zia.

devano in giro solo un paio di mesi all'anno, ma nessuno le dimenticava.

La gente non riusciva a distinguerle e anche *tía* Paulina – che le aveva messe al mondo – spesso le confondeva. Ogni volta che afferma con orgoglio di non averle mai scambiate l'una per l'altra, io penso: *hija de la chingada*[4], a sette anni *ya te jodían*[5]. Ma io, come avrei potuto confondere la scintilla *cabrona*[6] che è sempre brillata negli occhi di Yatzil con il barlume di nervosismo e preoccupazione che alberga nello sguardo della sorella?

Lo facevano apposta. Scambiarsi i ruoli era un'idea di Yatzil. Forse si stufava di essere sempre così stronza e si riposava per qualche ora nelle sembianze della sorella buona.

Adesso *la Jey* è sempre vestita come se dovesse ritirare un Grammy, mentre Lali compra tutto in quel negozio francese dove vendono abbigliamento sportivo. Ha aperto anche in Messico: vado a Querétaro apposta. Apprezzo gli abiti comodi, ma soprattutto mi ricordano Lali.

Per la mia disperazione, quelle due sono sempre andate d'accordo. Si scrivono messaggi senza sosta, si mandano foto.

Se Lali e io usciamo con i nostri amici e conosciamo una ragazza simile a Yatzil – una che è stata tutto il pomeriggio davanti allo specchio, per andare a bere una birra: checché ne pensi lei, anche in Messico ci sono tipe così –, Lali la tiene a distanza di sicurezza. È gentile con tutti, ma sa che non avrebbero niente da dirsi.

Con Yatzil è diverso. Suppongo che essere figlie di una madre come Paulina le abbia unite per sempre.

Quando hanno cominciato la *secundaria* – siamo coetanei, ma qui la scuola primaria dura sei anni – iniziavano a essere diverse anche agli occhi degli altri. Più nello stile che nell'aspetto, ma si notava.

*Tía* Paulina, in seguito a un inconsueto guizzo di preoccupa-

4 Espressione tipica del Messico che si può tradurre con "dannatissima".

5 Ti fregavano di già.

6 Stronza.

zione per il destino delle sue ragazze, aveva chiesto al preside di separare le gemelle, "perché ognuna potesse manifestare la propria personalità". Mostrano temperamenti opposti sin da quando andavano sull'*andadera*[7] sul patio di casa mia, ma forse mia zia non se n'è accorta. Comunque, le hanno piazzate in due classi diverse.

Lali e io ci scrivevamo al computer tramite messenger, il primo programma di messaggistica istantanea che si è diffuso tra gli adolescenti. Per lei erano le nove di sera, quasi l'ora di andare a dormire; io invece avevo appena finito le lezioni.

Il suo anno scolastico cominciava sempre a metà settembre, mentre io ero tornato sui banchi a fine agosto, poco dopo la sua partenza per l'Italia.

Vanessa è apparsa nei suoi discorsi fin dai primi giorni di scuola. Mia cugina mi raccontava degli insegnanti, dei nuovi compagni… Confidenze alla Lali.

Un po' apprensiva, intensa, entusiasta. Sperduta nella moltitudine di libri nuovi (le gemelle avevano dovuto foderarli da sole, impiegando tutto l'ultimo pomeriggio delle vacanze estive).

I miei zii erano già partiti per gestire il loro centro benessere in Costa Rica e sarebbero tornati per Natale. L'uno si occupa dei corsi di yoga e delle escursioni nella giungla, mentre l'altra spadroneggia sull'area dedicata ai trattamenti benessere. È questo il loro grande amore. Quella creatura cresciuta con passione, grassa e viziata, tra le foreste pluviali dell'America centrale. Così imponente da non lasciare spazio per due bambine.

Mia zia aveva insistito perché non frequentassero le lezioni nella stessa aula, ma poi non aveva seguito neanche l'inizio del ciclo di studi. A volte penso che, se ci fosse stata sua sorella con lei, Lali non si sarebbe attaccata così tanto a Vanessa… Ho detestato quella ragazza ancora più di Yatzil.

La *Jey* non perdeva tempo a chattare con me, ma ogni tanto

7 Girello.

si infiltrava nell'account della sorella. Di solito me ne accorgevo dopo due frasi. Non ho mai avuto bisogno di vederle per capire quale fosse la mia Lali e quale *la impostora*. Un giorno mi scrisse: "Non c'è cosa più divina che trombarsi la cugina". Avrà avuto tredici anni.

Le risposi: "Jey, tiratela di meno" (da loro avevo imparato un po' di italiano). "*No cogería contigo aunque fueras la última mujer de la tierra. La última coca cola en el desierto*[8]".

Lali era subito intervenuta, vergognandosi come solo lei sa fare. Credo che non avesse mai pronunciato né la parola trombare, *ni la palabra coger*[9]. Era sempre imbarazzata quando qualcuno accennava al nostro rapporto da innamorati.

Ho dovuto sopportare prima Yatzil, poi quel caso umano di Vanessa, adesso Piergiorgio. Non che sia antipatico, tutt'altro. *Es un buen chico.* È che a me Lali piace da sola. E ottenerla in questa versione è quasi impossibile.

Sono riuscito a sopportare tutta questa gente perché ho sempre saputo che, per lei, il cugino messicano è sempre stato importante.

Mia madre, Tina, è la degna sorella di *tía* Paulina. Devo dire che, a differenza di mia zia, un'idea della personalità e delle attitudini di suo figlio ce l'aveva. E soprattutto, non le è mai venuto in mente di abbandonarmi a Morelia, andandosene per il mondo a occuparsi dei chakra degli altri. Ma vi basti sapere che mi chiamo *Nirvana*.

Mi sarebbe piaciuto ricevere un nome indigeno come quello delle mie cugine, vivere all'estero come loro, magari solo per qualche anno. Perché dopo tutto amo il Messico; come mia madre, ci sono sempre stato bene.

Sono meno scuro delle gemelle, ma non ho gli occhi chiari. Ho i capelli rasta lunghi fino alla vita (l'attaccatura si allontana sempre

8 Non scoperei con te neanche se fossi l'ultima donna rimasta sulla Terra. L'ultima Coca-Cola nel deserto.

9 Né la parola scopare. Letteralmente, "prendere".

più dal naso). Un tipo *alternativo* che piace da matti a una certa tipologia di ragazza europea – non c'è da stupirsene, visto che sono cresciuto inseguendo una di loro. Per vendetta, o per compensazione, o perché sono un giovane *chico latino* ansioso di essere all'altezza delle aspettative, me ne sono scopate alcune decine.

Mi basta fare un sorriso e presentarmi. È stata dura sopportare il mio nome al *colegio*[10], ma adesso i miei sacrifici sono ripagati. "*Encantado. My name is Nirvana. Yeah, it's weird – I was born few days after Kurt Cobain's death*[11]". Meno di venti parole, che in realtà sono una formula magica per infilare le mani sotto la gonna della *güera*[12] di turno.

In Messico mi definiscono *marihuano*, ma in realtà fumo meno di quanto il mio aspetto suggerisca. Ho una *maestría*[13] in scienze sociali e mi occupo di organizzare scambi tra volontari internazionali: il mio ruolo mi garantisce l'accesso a una fonte rinnovabile di ragazze (mi piace tutto ciò che è ecologicamente sostenibile). Sempre bionde. Non riesco a guardare le more, perché nessuna di loro è Lali.

Vanessa ha (aveva? Io direi *aveva*, ma poi Lali si incupisce) i capelli rossi. Un colore che avrei potuto prendere in considerazione. L'idea di sedurre la sua migliore amica per attirare la sua attenzione era allettante – ma, signori, Vanessa era davvero *un bodoque*[14]. Quando mi ha parlato di lei per la prima volta, a undici anni, ero curioso. Adesso ho conosciuto un sacco di *pelirrojas*[15], ma al tempo le avevo viste solo in televisione. Non sono numerose neanche in Italia; credevo che l'entusiasmo di Lali dipendesse da questo. A quell'età, le caratteristiche fisiche sono assai importanti.

10 Scuola.

11 Piacere. Il mio nome è Nirvana. Sì, è bizzarro. Sono nato qualche giorno dopo la morte di Kurt Cobain.

12 Bionda.

13 Master.

14 Una cicciona.

15 Donne dai capelli rossi.

Qualche giorno dopo l'inizio delle lezioni, mi aveva mandato le prime foto di loro due insieme. Il suo cellulare non scattava ancora foto decenti, così girava sempre con una piccola macchina fotografica di provenienza messicana. Gliel'aveva regalata mia madre, che incoraggiava la nostra amicizia.

Dopo averle viste insieme, pensai a quello che hanno sempre immaginato tutti. Ero ancora un bambino della *primaria*, eppure certe cose le sapevo già. Le femmine più carine si cercano un'amica brutta per spiccare nel confronto.

È quello che avrebbe fatto Yatzil, che ha sempre gestito con attenzione le sue amicizie. Fin da piccola, Yatzil non elargiva a caso le proprie grazie. Non si faceva guidare dalla simpatia (ne provava?). Ogni sua relazione era guidata dal calcolo.

Ho visto da poco un episodio della serie *Black Mirror* (un *must* per i giovani sociologi). In un futuro ipotetico, ogni persona vota le altre tramite smartphone, con un voto da uno a cinque. Una media dal quattro e mezzo in su ti spara nell'Olimpo di quelli veramente fighi. Ti permette di accedere a ogni tipo di benefit (trovi posto su un volo già pieno, ti inseriscono in un programma di cure miracolose contro il cancro...). Le persone che scendono sotto il due e mezzo invece vengono escluse dalle interazioni sociali.

Beh, non so dove voi abbiate fatto le scuole medie, ma nella struttura in cui sono andato io (Messico, scuola privata cattolica) e in quella dove sono andate le mie cugine (Italia, Torino, scuola pubblica), i ragazzi avevano questo sistema di valutazione e di privilegi incorporato nel cervello. Come se avessero avuto un chip inserito nelle meningi. Gli smartphone non erano ancora diffusi e le reti sociali non erano popolari come ora, ma il sistema funzionava già alla perfezione.

Yatzil, dopo i sette anni, non ha mai più accettato di *juntarse*[16] con bambini che avessero una valutazione inferiore al quattro.

16 Incontrarsi per giocare.

Ma ha smesso di giocare molto presto, almeno in senso letterale (perché è diventata subito un'esperta nell'arte di spassarsela con i sentimenti degli altri).

Come nella serie, se mia cugina invitava nella sua vita persone dal ranking basso, lo faceva dopo una pianificazione attenta; sopportava la loro goffaggine solo se aveva calcolato che il transito dell'imbranato nella sua giornata le avrebbe conferito un rialzo di almeno zero virgola tre punti di percentuale. Non aveva bisogno di una squadra di esperti per raggiungere questo risultato: per lei era naturale.

A volte penso che, se Jey si fosse iscritta a sociologia, sarebbe diventata una grande ricercatrice. Va da sé che invece ha scelto qualcosa tipo Scienze e tecniche della moda. Lali sostiene che non si sia mai presentata a una sola lezione e che nessuno l'abbia mai vista studiare, eppure un bel giorno si è *licenciada*[17]. Appena un semestre dopo la sorella. E non si trattava di una cerimonia *honoris causa* – quella arriverà con la *maestria*, se continua così.

Potrebbero anche darle un dottorato, in Scienze della moda. O in *Tecniche dello spionaggio e manipolazione degli esseri umani.*

Jey, seppure sia circondata da una moltitudine di persone, non ha veri e propri amici. Non ha mai avuto bisogno delle relazioni profonde che costruiscono gli adolescenti: il rapporto con Lali le è sempre bastato. Alle medie era già maturata. A suo modo, Yatzil è un genio.

La mia cugina preferita era una ragazzina meno mostruosa. Una preadolescente convenzionale, nonostante fosse cresciuta in una famiglia che non avrebbe potuto esserlo di meno. Aveva bisogno di una migliore amica: la Vanessa cicciottella, brufolosa e dai capelli rossi vicino alla quale nessuno aveva voluto sedersi il primo giorno di scuola faceva al caso suo.

Qualche mese dopo che si erano conosciute, Lali mi ha passato il contatto messenger della compagna. Le piaceva l'idea che

17 Ha ottenuto una laurea triennale.

Vanessa e io chattassimo. Quella bambina triste e sovrappeso non aveva mai parlato con un ragazzo: nel cugino dell'amica non poteva che vedere un principe azzurro esotico.

Lali è sempre stata troppo intelligente per credere che tra di noi avrebbe potuto esserci qualcosa. Nonostante la mia infanzia da emarginato, avevo tutte le carte in regola per diventare un figo. I preadolescenti queste cose le sentono.

Che il suo tentativo di farci comunicare fosse un esperimento sociologico crudele, alla Jey? A undici anni non mi sarebbe mai passato per la testa: ma nell'ultimo anno, dopo tutto quello che è successo, non escludo alcuna ipotesi. So che Lali voleva davvero bene a Vanessa, ma il suo rapporto con Jey è sempre stato imperscrutabile. Lei sosteneva di chattare da sola e io credevo di riconoscere la sua voce più genuina, ma chi lo sa cosa facevano *davvero* quelle due ragazze, in quegli infiniti pomeriggi autogestiti?

Davanti ai miei occhi c'è quella prima foto che Lali spedì all'indirizzo email che usavo quand'ero ragazzino (black_nirvana @hotmail.com).

Devono averla scattata durante la ricreazione, perché sono sedute su banchi vicini, in classe (qualche settimana dopo mi disse che l'insegnante di lettere le aveva cambiate di posto, cercando di spronarle a non chiudersi in un circolo così stretto. La strategia della professoressa, che pure partiva da un presupposto condivisibile, non ha funzionato. Non funziona mai). A destra la bambina grassa, dai capelli ramati e gli occhi blu. I suoi colori avrebbero potuto piacermi, ma era chiaro che il suo naso a patata, la fronte bassa e le labbra sottili non sarebbero mai sbocciati in un viso attraente.

Indossava i brutti braccialetti di plastica colorata che andavano di moda in quel periodo, in un tentativo di somigliare alle sue compagne che gridava tutta la sua disperazione. I suoi vestiti erano scuri e poco appariscenti – una scelta azzeccata, che non rinnegherà neanche in futuro. Con una decina di chili in meno e l'intervento di un hair stylist forse avrebbe potuto confondersi con le altre.

Lali, a sinistra, non avrebbe potuto essere più evidente.

Era tornata da poco dal Messico, e quell'anno eravamo andati ad abbronzarci a Ixtapa. La sua pelle era ancora molto scura. Una delle sue mani era stretta a quella di Vanessa; l'altra poggiava su un telefono cellulare (un Motorola, di quelli che si chiudevano a conchiglia, non uno smartphone) rosa squillante. Suppongo che in Italia non li sequestrassero all'entrata in classe, come facevano i preti salesiani che gestivano la mia *escuela secundaria*.

Aveva ancora le sopracciglia folte e disordinate che ha iniziato a domare intorno ai quindici anni – l'unico suo vezzo di cui io sia a conoscenza, a parte il velo di crema idratante che tutte le sere si spalma sul viso. A me non dispiaceva quando le teneva così, alla Frida Kahlo. Il contrasto con il loro colore scuro accentuava il verde dei suoi occhi dalla forma allungata.

Yatzil ha cominciato ad aggiustarsi le sopracciglia a metà delle elementari (peli sulle gambe, le mie cugine non ne hanno mai avuti). Somigliava a Rihanna, quando cominciava a scalare le hit. Adesso che le gemelle sono adulte e hanno il viso più affilato, fanno pensare a Tyra Banks. All'inizio della sua carriera, Yatzil ha sfruttato queste analogie (ora si dice "oh, quest'attrice-presentatrice-passante ricorda Jey Pellegrino" piuttosto che il contrario), mentre Lali da ragazzina faceva il possibile per avere un look più adatto alle pagine del *National Geographic* che alle ballerine di un video di Beyoncé.

Yatzil si trasformava facilmente nella ragazza che voleva. Elegante per natura, studiosa quando riteneva necessario dare quest'impressione (riusciva a ingannare tutti gli insegnanti, in special modo i maschi). Lali invece, soprattutto ai primi tempi, otteneva spesso un risultato contrario a quello che si augurava.

Con il suo aspetto trascurato, da "mi sono appena alzata e non ho idea di chi tu sia", attirava l'attenzione di tutti. Solo adesso che è grande, se davvero lo vuole, ha imparato a confondersi con la massa.

Un desiderio che spesso si fa imperioso.

## V.

Non è bello che si parli degli assenti, così ho pensato di intervenire. Non posso lasciare che la mia storia sia raccontata da Lali – come al solito, finirebbe per convogliare su di sé tutti gli sguardi. Non posso neanche lasciare la parola a quel drogato di suo cugino o a quell'ameba del suo fidanzato.

Io sono una farfalla. *Farfalla* in italiano è quasi un'onomatopea, ma finisce per suonare un po' goffo.

È una parola malleabile. Assurdamente carina in tutte le lingue.

*Borboleta*, in portoghese. Fa pensare alle bollicine, al gorgoglio di una sorgente. Stupenda. La pronunciavo per ore.

*Babushka*, in russo, è simpatico perché suona come *nonnina*. La nonna morta che viene a trovarti sotto forma di insetto.

*Papillon*, in francese. Leggerezza, eleganza e libertà. Qualità che ho sempre invidiato a chi le possiede.

In turco, *Kelebek*. Si dice che il turco sia una delle lingue più espressive, più ricche. Quando pensavo alle mille declinazioni della parola "farfalla", mi dicevo che avrei voluto studiare il turco. In una lingua così traboccante di vocaboli, avrei forse trovato *le parole sicure per farmi ascoltare*[18]. Purtroppo, la mia determinazione a studiare il turco terminava appena smettevo di pensare alle farfalle. Negli ultimi anni mi sono laureata in ingegneria edile. Il tempo per sognare farfalle e imparare il turco era finito.

In spagnolo si dice *mariposa*. Un suono soave.

Un famoso gruppo pop messicano, i Mana, canta una canzone che si chiama *Mariposa traicionera*. La farfalla traditrice. Una ragazza che è una farfalla e che salta di fiore in fiore, succhiando i pistilli. Forse non era proprio "succhiando" – forse il cantante dice "seduciendo" (eppure, dai, si capisce che si parla di succhiare). Tutti sono innamorati di lei, ma non si lascia acchiappa-

18 Citazione da Fabrizio De André, *Un matto*.

re da nessuno. Una ragazza facile da ottenere, impossibile da trattenere.

Come le papillon, le kelebek, le borboleta, lei è impalpabile, aggraziata, aerea. Lascia dietro di sé la polverina fatata che giace sulle ali di questi insetti ed è il motivo per cui non bisogna toccarli.

Da bambina non li inseguivo mai; aspettavo che si posassero su di me, come mi aveva insegnato mio padre. Ero la sua farfalla, l'unica figlia di genitori vecchi. Mi ebbero in tarda età, forse per sopravvivere alla morte del loro primo figlio. Due genitori già nonni, troppo anziani per rincorrere i lepidotteri. Per questo mi hanno raccontato la storia della polvere magica.

«Il tuo nome, Vanessa, è quello di un genere intero di farfalle». Forse avrebbero gradito una bambina più lieve; una principessina soave benvoluta da tutti, scintillante di polvere di stelle.

Mia mamma temeva che morissi di fame. Che prendessi il volo come mio fratello, partito in motorino una sera e mai più tornato a casa. Un incidente. La prima causa di morte tra gli adolescenti.

Io sono sempre stata grassa: nessun pericolo che volassi via. Forse per i biberon ripieni di biscotti frullati che mi rifilava mentre dormivo. O per le merendine che mangiavo fin da piccola, perché non sopportava di lasciarmi *vuota*.

Sono volata via lo stesso. Il pericolo era insito nel nome che hanno scelto. Avrebbero dovuto chiamarmi "calcestruzzo", "cemento armato", "granito". Non sarebbe stato fuori luogo, visti gli studi che avrei scelto.

I miei genitori hanno disapprovato l'amicizia con Lali fin dal primo giorno di scuola media. All'uscita, Lali è corsa verso sua sorella. Mi ha colpito quanto fosse facile distinguerle, pur trattandosi di due donzelle così simili.

*L'altra* aveva gli stessi braccialetti colorati che sfoggiavo io – inutile dire che sul suo polso scuro e sottile, sotto le maniche rimboccate (*mai* arrotolate) sui suoi avambracci affusolati, facevano tutto un altro effetto che su di me.

Uno stuolo di ragazze la contemplava a bocca aperta. Anche i maschi delle classi superiori l'avevano notata, ma nessuno osava avvicinarsi.

I jeans attillati, le gambe perfette. I capelli lunghissimi. Come la gemella, non aveva ancora tracce di forme femminili, ma si comportava come fossero già al loro posto (mentre i movimenti di Lali erano gli stessi di ora: le movenze feline di un'insegnante di yoga). Aveva già iniziato a farsi chiamare Jey.

Nessuno sarebbe venuto a prendere le sorelle, neanche il primo giorno di scuola.

Mia madre mi aspettava fuori dal cancello (annosa e trascurata come nessuna delle altre mamme).

«Allora, Vanessa, hai ritrovato qualche amico delle elementari?».

«No, lo sai. Hanno tutti proseguito alla Sacra Famiglia».

Avevo frequentato le elementari in una scuola privata, ma nel frattempo mio padre era andato in pensione e la retta era diventata troppo costosa per noi. Non mi importava. Mi ero sempre sentita inadeguata tra quelle ragazze ricche, che già in quarta andavano dall'estetista.

«Troverai subito degli amici nuovi».

«Non avevo nessun amico, lì. Ma qui, credo di averne già trovata una. Una ragazza simpatica si è seduta vicino a me».

Avrebbe dovuto essere felice, no? Probabilmente vostra mamma sarebbe stata felice di sentire questa risposta. Beh, lei no. Lei era sull'attenti. Lei temeva che conoscessi qualcuno di popolare. Qualcuno che mi avrebbe fatto salire sul suo motorino.

E poi aveva anche altre paure, che ho scoperto solo in quel momento. I timori che l'avevano indotta a iscrivermi a una scuola privata. Una scuola di torinesi bianchi, cattolici. Di figli di *persone rispettabili*. Una scuola senza stranieri.

«Si chiama Lali. È bellissima, beata lei».

«Che nome sarebbe, Lali? Si chiama Laura? Elisa? Lorena?».

«No, ha un nome strano. Si chiama Citlali. Vuol dire "stella". Una farfalla e una stella».

«Vuol dire "stella" in che lingua? Tedesco? Olandese?».

«In messicano».

«Messicano?».

«Sì. Mi ha detto che in Messico si parla spagnolo, ma Citlali non è un nome spagnolo. È una parola in una lingua vecchia. Quella che si parlava lì prima che arrivasse Cristoforo Colombo».

«E questa Lali è torinese?».

«Certo. Andava alla Gambaro».

«Non è messicana».

«Sì, è messicana. Cioè, sua madre lo è. Lei lo sembra. Ha la pelle scura. Somiglia a Pocahontas, però con gli occhi verdi. Ha anche una sorella gemella. Oh, come la invidio!»

«Non hai proprio nulla da invidiarle, credi a me».

Non sapevo ancora che i miei genitori appartenvano a quella percentuale di persone che disprezza gli stranieri. Per quanto fossero limitati, avevano fatto il possibile per non trasmettermi i loro pregiudizi. O forse io ero una bambina refrattaria. Le poche conversazioni che ricordo tra quelle che ho avuto con mio padre vertevano sul tema "farfalle e loro abitudini". *Farfalle fantastiche e dove trovarle.* A proposito, dev'essere stato un film meraviglioso.

Non appena Lali è entrata nella mia vita, loro hanno fatto il possibile per cacciarla. Per mesi non ho avuto il permesso di invitarla a casa. Solo quando hanno scoperto che boicottavo il corso d'inglese del pomeriggio per passeggiare in piazza Peyron insieme a lei, ho potuto portarla da noi. Preferivano che portassi qualcuno di sgradito a casa, piuttosto che vagassi per il quartiere insieme ai figli degli immigrati.

Io invece potevo andarla a trovare ogni volta che mi era permesso uscire. Abitava a un paio di isolati dalla scuola e i suoi genitori risiedevano all'estero per diversi mesi all'anno. La nonna paterna viveva al piano di sotto e preparava da mangiare alle sorelle; la sera, una studentessa universitaria veniva a dormire con loro e faceva le pulizie.

Quando i loro genitori erano presenti, d'altronde, la situazione non era molto diversa. Siamo state amiche per più di dodici anni: Paulina – la madre di Lali – non è mai riuscita a ricordarsi il mio nome.

Era impossibile non invidiare quelle due ragazze stupende che avevano un appartamento tutto per loro, senza nessuno che le rimproverasse perché lasciavano le tazze sporche nel lavandino e non asciugavano le gocce sul box doccia (una delle fissazioni di mia madre, che mi ha fatto passare per lungo tempo la voglia di lavarmi). Nessuno insisteva perché facessero i compiti. La vita più fantastica che a undici anni fossi capace di immaginare.

In prima media, Lali e io avevamo ancora voglia di giocare. Seppure io avessi già le mestruazioni e dovessi usare il deodorante (tanto più che le docce, a casa mia, erano così impegnative), mi divertivo a vestire le Barbie e a immaginare le loro vite. Anche a Lali piaceva, ma cercavamo di farlo solo quando Jey non era in casa (cosa che accadeva abbastanza spesso. Come i suoi genitori, era allergica a quelle pareti. Lali invece adora starsene tranquilla, accoccolata sul divano). Temevamo il giudizio di sua sorella, che aveva l'aria di non aver mai toccato un pupazzo in vita sua.

Un modo per giocare con Jey senza che si annoiasse era quello di inscenare una sfilata di moda. Aprivano un armadio e lo svuotavano di tutto il suo contenuto. Una sorella alla volta indossava un caftano della madre o una delle sue gonne ampie, ricamate alla maniera di Oaxaca. Si sistemava sulle spalle uno dei suoi scialli del Chiapas pieni di colori e sfilava nel lungo corridoio che attraversava l'appartamento.

A Lali dei vestiti importava poco, ma quegli abiti che venivano dal Messico le erano sempre piaciuti. Quei primi anni in cui frequentavo casa loro, ci sono stati innumerevoli pomeriggi in cui hanno sfilato solo per me. I colori di quel paese sconosciuto mi lasciavano a bocca aperta.

Nessuna delle due mi ha mai proposto di provare i capi che sceglievano, e io non ho osato chiederlo.

Ho rivisto quegli abiti anni dopo, in una sorta di replica patinata delle gioiose parate cui avevo assistito da bambina.

Jey era in camera sua, con gli occhi truccati di viola, i capelli acconciati con cura e quelle stoffe sgargianti appoggiate sul letto. Le indossava una alla volta, drappeggiandole con cura sulle sue spalle ben definite. La sua bellezza era magnetica. Lali le scattava delle foto con l'iPhone che la gemella si era comprata con uno dei suoi primi compensi.

Erano passati solo pochi anni dalla nostra prima media, ma ci trovavamo già nell'epoca degli smartphone e delle reti sociali. Ognuna di quelle foto le fruttava almeno un centinaio di follower su Instagram.

Jey, a quei tempi, si rifiutava di andare in vacanza in Messico, eppure era in grado di sfruttare le tracce che il paese materno aveva lasciato nella sua vita: armoniosi lineamenti esotici e quei capolavori di artigianato.

Li metteva a profitto senza che le procurassero alcun piacere: l'unica soddisfazione cui era sensibile consisteva nel tenere in pugno la propria vita, che somigliava sempre più a quella dei suoi sogni.

Dopo aver assistito a quell'ultima sfilata domestica, inappuntabile e magistrale, ricordo di aver pensato che si trattasse della versione epurata dei pomeriggi di qualche anno prima, in cui le gemelle si vestivano per me (o piuttosto solo per loro stesse?). Una riedizione purgata di ogni traccia del divertimento che avevo invidiato nei loro occhi di bambine.

Per la prima volta ho pensato che, se Jey non lo voleva, il Messico l'avrei preso io.

Sarei stata io ad accompagnare Lali in vacanza. Sarei uscita con Nirvana e i suoi amici. Mi sarei comprata bluse ricamate e gonne fluttuanti, concepite per ballare la guelaguetza.

Appena possibile, avrei volato con Lali in *Michoacán*, quel paese magico che me la portava via per due mesi tutte le estati. Quello Stato messicano che aveva un nome così difficile da ricordare.

Il paese dei narcotrafficanti e delle farfalle. Le *mariposas monarcas* che all'inizio dell'autunno lasciano il Canada e volano per cinquemila chilometri, fino a raggiungere la Sierra Madre.

Quando Jey era a casa, in quegli anni di scuola media, ci sforzavamo di fare cose *da grandi*. Ascoltavamo musica, chattavamo al computer con le nostre compagne o con il famoso cugino. Lali era legata a lui, mentre Jey lo derideva.

Io non sapevo che sotto quel nome del cazzo non si nascondesse proprio nulla.

Un po' di fumo puzzolente, qualche foglia di marijuana coltivata nel patio di casa. Nirvana è solo questo, mescolato alla sua passione perversa per Lali.

Ma era l'unico ragazzo che mi avesse mai rivolto la parola. Il concetto di "cugino messicano" aveva mosso qualcosa dentro di me. A undici anni era ancora un bambino, ma un bambino *bello*. Era slanciato come le parenti italiane e informale come Lali; la sua pelle, tuttavia, è più chiara della loro. Aveva già i capelli lunghi, per essere un ragazzo (un anno dopo avrebbe dovuto tagliarli corti, per frequentare la scuola salesiana. Ma a diciassette anni gli arrivavano di nuovo alla vita, e aveva i dread).

Il suo italiano scritto non era un granché. Lo capiva, grazie alle estati trascorse con le cugine, ma non era troppo bravo a scriverlo. In ogni caso, avevo cominciato a chattare con lui. Scrivevo in italiano e lui mi rispondeva in spagnolo o in inglese. Usavamo anche i traduttori automatici, che però funzionavano peggio di quelli che ci sono adesso.

Queste conversazioni mi facevano sentire trasgressiva, internazionale. All'inizio dell'anno non sapevo neanche dove fosse, il Messico, e adesso chiacchieravo con un ragazzo che abitava lì. Lali gli mandava le nostre foto e lui rispondeva con le sue.

Presto, Nirvana ha cominciato ad apparire nei miei sogni.

Jey intanto guardava tutorial su Youtube. Youtube è stato la sua formazione e ha saputo trarne il meglio. A undici anni, sapeva come valorizzarsi con un trucco invisibile (a scuola non era permesso). Si depilava le sopracciglia ad ala di gabbiano – per fortuna adesso ha smesso.

Non l'ho mai vista fare i compiti, ma i suoi voti erano quasi identici a quelli della sorella (che invece studiava abbastanza). I miei erano altissimi: mia madre ogni giorno controllava i quaderni e mi costringeva a ripeterle tutto quello che avrei dovuto studiare per l'indomani. Io eseguivo, docile; se i miei voti fossero calati, la prima cosa a essermi negata sarebbe stata la possibilità di andare a casa di Lali.

Di diventare farfalla per un paio d'ore.

## L.

Digito in fretta le cifre del codice sul portone del condominio di mia sorella.

Yatzil, *carajo, despierta!*[19] Sei tornata da almeno sei ore. Un cazzo di servizio fotografico sulla Rambla, seguito da una festa qui in città. Domani, una sfilata a Zagabria. Ma il calendario che abbiamo condiviso su Google non mente: so che sei lì. Lo sai che sto cercando di entrare, arrabbiata come posso esserlo solo con te.

«Lali, sei tu?».

«Apri! Mi vedi su quella merda di videocamera».

«Lo sai che ore sono?».

«Un'ora in cui la gente normale è già al lavoro da un pezzo».

La porta blindata fa *clac*. Entro nell'appartamento di mia sorella; un attico due volte più grande di quello dei nostri genitori, dove adesso abito da sola. Quando si trova a Torino vengo spesso a dormire da lei, ma di solito non si ferma più di ventiquattr'ore. Se lei non c'è, in questa casa enorme mi sento smarrita. Non c'è pericolo di incontrare i calciatori e i manager che sono i suoi vicini, perché ogni appartamento ha il proprio ascensore privato; ma senza di lei non riesco a sentirmi a mio agio in questo posto.

19 Cazzo, svegliati!

Con Yatzil vicino, sono poche le cose che non saprei affrontare.

Questa mattina sono venuta per ucciderla.

Okay, in senso figurato – non le torcerei mai un capello. Mi aspetta fuori dall'ascensore, senza niente addosso: non ha mai indossato pigiami in estate. Esibisce due lievi ombre scure sotto gli occhi, delle quali sono colpevole. Dormire almeno otto ore per notte è uno dei dogmi di Yatzil. E a nessuno piace interferire con i suoi progetti.

«Lo sai, vero, che sono tornata alle quattro?».

Se fosse per lei, andrebbe a letto alle ventidue tutte le sere e si alzerebbe alle sei del mattino per fare power yoga. Siamo pur sempre sorelle gemelle. Entrambe abbiamo il gene dell'asceta, ma il suo è più attivo del mio. Feste e orari folli fanno parte dei suoi contratti di lavoro, e lei gestisce tutto con efficienza. Rispetta tutti gli obblighi contrattuali, ma non si fa trascinare nel loop. Fa sempre in modo di dormire abbastanza. Per quanto non sia fico, è astemia. Non ha mai toccato neanche un grammo di hashish. Un po' perché niente la spaventa quanto la possibilità di rovinare quel corpo perfetto che le serve per realizzare i suoi piani, un po' perché è una maniaca del controllo.

Io penso che un po' di droga le farebbe bene. Niente di stimolante, per carità. Non ha bisogno di sballo. Vorrei solo vederla diventare un po' più umana. Confusa, vacillante, come lo sono le altre persone. Una volta sola.

«Yatzil, come ti è venuto in mente?».

«Di andare a un party, ieri sera? Hai ragione, avrei dovuto tirarmi indietro. Era quell'insulsa festa di Vogue Italia... Nominata nel mio ultimo contratto, e non potevo dimostrare di tornare da Barcellona sufficientemente tardi per non presentarmi».

«Non mi riferisco al tuo festino di disadattati. Parlo di questo».

Le sbatto sotto il naso una rivista fresca di stampa. La foto di copertina è quella di una soubrette di cui ogni tanto mia sorella mi parla («Non puoi capire quanto sia ritardata. Davvero, mi chiedo come faccia ad arrivare incolume alla fine di ogni giornata. Non a caso, vive con sua madre»). Il titolo in primo piano dice: "Grazie alla cristalloterapia ho superato i traumi del mio passato". In alto a sinistra, però, c'è una foto di Yatzil. E sotto, la scritta: "VANESSA, TORNA A CASA. La mia amica scomparsa nella terra dei Maya". In alto a destra spicca la foto di un medico con addosso un camice e la didascalia: "DIARREA. Come fermarla".

«Ah, è uscito oggi? Pensavo ci sarebbe voluto ancora qualche giorno. Ma perché hanno parlato di diarrea proprio in questo numero?».

«Perché hai rilasciato un'intervista a un giornale che viene letto solo nelle case di riposo».

«Fa duecentomila copie».

«YATZIL! Cosa *cazzo* ti è venuto in mente?».

«Sapevo che non ne saresti stata contenta».

«Non mi era ancora capitato di sentirmi sfruttata da te».

«Ed è strano, perché l'ho fatto un sacco di volte».

«Se sono consenziente, è diverso».

«Non è colpa mia se quella cretina si è messa nei guai. Non la troveranno mai – hai presente il Messico, no? E far finta di non conoscerla è inutile. Abbiamo già dovuto rispondere alle domande della polizia – permettimi di dire che preferisco i giornalisti. Almeno in cambio ottengo qualcosa».

«Ti sei fatta PAGARE? Yatzil, io ti strangolo».

«Uh, che paura. No, Lali, non mi ha pagato nessuno. Non ho tutto questo bisogno delle poche centinaia di euro che offrivano. Le ho fatte dare in beneficenza ai bambini del Chiapas. Piacerà anche alla polizia, te l'assicuro. Lo scopriranno presto. Lali, ogni tanto bisogna farsi vedere su questi giornali. Meglio parlare di un'amica cretina che rinfacciare qualcosa all'ultimo ex o tirare fuori i *demoni del passato* o quel che è. È più dignitoso».

«Sei tu l'unico demone che veda in giro».

«Non ho detto niente di pericoloso. Non ho detto che non era capace di controllarsi, che ha sempre invidiato la mia sorellina, che io le facevo paura e che aveva dei complessi più grandi di quel suo culone. Hai già fatto colazione? Dai, leggiamolo davanti a una tazza di tè. È la destinazione naturale di questo articolo».

«Una tazza di tè nella sala comune di una casa di riposo».

«Oolong va bene? Scaldo anche due pancake proteici. Ho solo marmellata di kumquat».

«*Vanessa Giraudo, 22 anni, laureata in ingegneria edile al Politecnico di Torino (città nella quale risiede), è scomparsa in Messico il 3 settembre, dopo aver partecipato a un campo di volontariato vicino ad Acapulco*».

«Ahah! Ho provato a fargli vedere la mappa, te lo giuro. Niente, loro volevano inserire Acapulco a tutti i costi, anche se è cinquecento chilometri più a sud».

«Gli ottantenni devono memorizzare la tua faccia, no? Non la geografia messicana... *Vanessa ha studiato ingegneria, ma la sua passione sono sempre stati gli animali. Per questo ha deciso di festeggiare la sua laurea con una vacanza in Messico. Dopo qualche settimana trascorsa nella città di Morelos con una sua amica (sorella gemella della qui presente Jey Pellegrino, modella e showgirl torinese), si è spostata sulla costa per partecipare a un programma di salvataggio delle tartarughe marine*».

«Lali, avevo lasciato alla redazione un promemoria con tutte le coordinate geografiche. Non so come abbiano potuto confondere la città di Morelia con lo stato di Morelos, ma ci sono riusciti».

«Ai vecchietti non importa dove siano successe queste cose. Più giù c'è una mappa, e quella è corretta. Non è questo il problema. Neanche il fatto che a Vane degli animali importasse il giusto. Di certo non aveva nessuna *passione* per loro... *"Jey, conosci personalmente Vanessa?". "Sì, è la migliore amica di mia sorella, fin dai tempi della scuola media. Vanessa veniva spesso a casa nostra. Anche noi siamo amiche"*».

«Dai, non è del tutto falso! Io non ho amici, lei neppure. Tu eri il nostro punto in comune».

«Eri?».

«Lali...».

«Perché non vuoi capirlo?! Non è strano che Vanessa abbia voluto scomparire. Detesta i suoi genitori, e ti assicuro che è comprensibile. Moriva dalla voglia di avere un fidanzato, di vivere una vita da libertina. Potrebbe essere in una qualunque *cabaña*[20] della costa a scoparsi un *lanchero*[21] giorno e notte».

«Anch'io la conosco, Lali. E la zona in cui è finita mi è familiare. Si è messa nei guai. Non la rivedrai. Puoi smettere di sentirti in colpa per essere così figa. Scaldo altri pancake? Non piangere, ti riempirai di rughe. Continua a leggere, è appassionante».

«*"Quando hai saputo della sua sparizione?". "Un paio di giorni dopo che si erano persi i contatti con lei. Mia sorella era tornata in Italia prima che Vanessa si spostasse sulla costa, perché si laureerà a ottobre e deve lavorare alla tesi. Io mi trovavo a Berlino per lavoro, quando ho ricevuto la videochiamata da Stella"*. Per quale oscura ragione hai pensato di *tradurmi*?».

«Credi che non mi preoccupi per te? So benissimo che non vuoi essere contattata da curiosi e mitomani che ti avranno cercata immediatamente su tutti i social network. Ho fatto in modo che il tuo nome non fosse rintracciabile».

«Uso solo Facebook. Non credo che all'ospizio sia molto popolare».

«Beh, ha funzionato, no? Non hai ricevuto una pioggia di richieste di amicizia».

«La dozzina di *Stella Pellegrino* davvero esistenti ti ringrazierà» (ho controllato subito. Ce ne sono una trentina. L'unica Citlali Pellegrino invece sono io).

«Magari ne saranno contente. Tu non hai mai capito la gente».

«No, grazie a Dio... *Mia sorella era devastata dalla preoccupazione, tanto che ho annullato i miei successivi impegni professionali e sono corsa da lei. Vanessa, Stella e io... durante l'adolescenza siamo state una sorta di famiglia l'una per l'altra...* Io non ho il coraggio di ucciderti, ma ci penseranno i genitori di Vane».

20 Chalet in legno, usato per lo più come struttura ricettiva per turisti.

21 Che guida una *lancha*, cioè una semplice imbarcazione.

«È una vita che aspettano l'occasione per farlo. Va beh, scusa, non ho annullato niente, ero libera in quei giorni. Ma bisogna sempre mostrarsi impegnati. E tu eri certo preoccupata, ma non più del solito. Il che dimostra quanto tu sia ingenuamente ottimista».

«Immagino che la tua rivista disponga di un apposito copione da seguire in questi casi».

«Certo. L'ha redatto Rita Skeeter».

Sorrido. Non riesco a essere arrabbiata a lungo con lei. I libri di Harry Potter li abbiamo letti insieme, nella nostra camera, proprio ai tempi delle medie. Vanessa non aveva il permesso di comprarli, perché secondo sua madre l'avrebbero distratta dallo studio, così glieli abbiamo prestati noi. Yatzil non è una grande lettrice, ma non ha mai abbandonato un libro che valesse davvero la pena leggere. La sua vita è il risultato impeccabile di un calcolo perfetto.

«Il tuo telefono vibra».

«Sì, dev'essere Pier. Gli ho detto dell'articolo. Avrà comprato il giornale».

«Fammi indovinare. Vuole uccidermi anche lui?».

«No, è un ingegnere. Non si lascia trasportare dalla passione. Ma concorderà sul fatto che sei una vera stronza e che dovrei smetterla di parlarti per il resto della nostra vita».

«Viviamo, mia Lesbia, e amiamo/ e le chiacchiere dei vecchi troppo severi/ consideriamole tutte moneta senza valore».

«Yatzil? Stai bene?».

«Catullo, no?».

«Tu hai mai sentito parlare di Catullo?».

«Al liceo il prof deve averlo nominato. Ma non ti preoccupare; è un tweet del responsabile moda di Vanity Fair Italia. L'ho letto mentre eri in ascensore».

«*"Cos'è successo a Vanessa?". "Purtroppo non so nulla di più rispetto ai risultati delle indagini. L'ultimo giorno di campo, gli altri volontari si sono accorti che era sparita prima di colazione. Nessuno ci ha fatto troppo caso, perché i ragazzi sono ripartiti alla spic-*

*ciolata durante tutto il giorno. Qualcuno si ricordava di averla vista preparare il proprio zaino la sera prima, ma il campo volgeva al termine. Vanessa è una ragazza timida; non penso che abbia stretto amicizie importanti nel corso di un progetto che è durato appena dieci giorni". "In cosa consisteva il suo lavoro?". "A Colola Beach c'è una struttura che si chiama* campamento tortuguero. *Durante la stagione della schiusa delle uova delle tartarughe giganti (negra e golfina), che va da luglio a dicembre, volontari internazionali e locali si danno il cambio per raccogliere quelle che le madri depongono sulla spiaggia. Fanno in modo che i cuccioli nascano in un nido sicuro. In seguito, i piccoli vengono trasportati vicino all'acqua dell'oceano e li si lascia liberi di raggiungerlo. Così ci si assicura che le tartarughine si tuffino davvero in mare… Molte di loro saranno vittima dei predatori, ma è anche grazie a simili programmi che queste due specie di tartarughe non sono più in pericolo di estinzione"*».

«Qui non mi sei dispiaciuta».

«Grazie. Mi ero preparata».

«Come sempre».

«Dev'essere dura, per te, avere a che fare tutto il giorno con delle biondine svampite».

«Lo sono anche le more. Ma non tutte. Se si sale di livello, nel mondo della moda, le ragazze somigliano più a me che a quella decerebrata che sta in copertina».

«Ma come te, non ce n'è nessuna».

«Riconosco che le mie capacità di pianificazione sono più alte rispetto alla media».

«*"Pensi che Vanessa si sia allontanata volontariamente?". "Beh, questo dato sembra accertato. Potrebbe aver preso il primo autobus del mattino, diretto alla città di Tecoman. Da Colola passa solo quello. L'altra possibilità è che abbia fatto l'autostop, ma negli ultimi anni è una pratica che viene sconsigliata. La polizia italiana, in collaborazione con quella messicana, sta cercando di identificare l'autista che era di turno in quel momento. Dev'esserci salita volontariamente; il fatto che la sera prima avesse preparato i suoi ba-*

*gagli induce a pensare che avesse programmato di partire all'alba. Sarebbe dovuta tornare a Città del Messico per prendere l'aereo il 5 settembre. Suppongo che, per la notte del 3, avesse intenzione di cercare un albergo a Tecoman o a Lázaro Cárdenas. Per la notte del 4 invece aveva prenotato un posto in un ostello nella capitale. Ma non ci è mai arrivata". "Una ragazza straniera tutta sola, in una zona poco abitata, ad aspettare l'autobus all'alba... Non era una situazione pericolosa?". "Non si tratta di una zona poco abitata. Lungo quel tratto della costa non vi sono città, ma è un territorio ricco di piccole comunità. La gente è accogliente e i panorami sono tra i più belli di tutto il Messico. Vanessa, inoltre, parla bene lo spagnolo. Non vedo perché non avrebbe dovuto sentirsi libera di muoversi a suo piacimento". "La parola 'femminicidio' è nata proprio in Messico, lo sai?". "Sì, a proposito di un'incomprensibile serie di omicidi avvenuti a Ciudad Juarez, sulla frontiera con gli Stati Uniti. Quasi duemila km dal* campamento tortuguero". *"Parteciperesti a una vacanza simile?". "Se ne avessi il tempo, sì. Mia sorella è stata a Colola due volte, a diciotto e a diciannove anni. Il pericolo più grande forse è rappresentato dall'imprevedibilità delle onde dell'oceano... Se si passeggia sul bagnasciuga occorre stare all'erta, perché le onde possono trascinarti via. Quelli in mare sono gli unici incidenti che abbiano mai colpito i volontari stranieri"...* Piuttosto che mettere piede a Colola, tu ti faresti infilare delle schegge sotto le unghie».

«A differenza di quella perdigiorno di mia sorella, sì. Comunque, cosa c'è che ti ha dato tanto fastidio? Il fatto che perfino giornalisti di infima categoria abbiano capito che è morta poco dopo essersi allontanata?».

«*"C'era qualcosa da cui Vanessa voleva scappare?". "Non direi. È un'ottima studentessa, una delle poche donne che abbiano il coraggio di affrontare una facoltà come ingegneria edile. Sta per cominciare la laurea specialistica e ha tanti progetti: l'Erasmus, esperienze all'estero... Ha un buon rapporto con i genitori e tanti amici". "Cosa vorresti dirle oggi, 12 settembre, dopo che da più di una settimana nessuno ha ricevuto sue notizie?". "Vanessa, per favore, ascoltami. Stella, io, N. e soprattutto i tuoi genitori siamo* SCONVOLTI *dalla tua scomparsa. Se sei da qualche parte sulla costa messicana a goderti il sole, ne saremo tutti felici e promettiamo di lasciarti in pace: ma per favore,* PER FAVORE, *comunicaci che stai bene. Immagina il supplizio che stanno provando i tuoi genitori... Non fargli rivivere i sentimenti di venticinque anni fa, quando persero tuo fratello. Sono certa che Luca ti sta proteggendo da lassù e che tu non sei in pericolo... Ma qui la preoccupazione è grande. Mettiti in contatto con Stella: lei sarà discreta, se è quello che desideri". Così conclude il suo accorato appello Jey Pellegrino, che ci ha gentilmente concesso quest'intervista prima di dirigersi a Montecarlo e poi a Barcellona, dove sarà testimonial per la nuova collezione di Desigual. Potrete ammirarla nel catalogo primavera-estate (e sulle passerelle di tutta Europa)"*».

Sotto l'articolo c'è una foto di mia sorella con il viso preoccupato che la rende spaventosamente simile a me.

«Cosa c'è che non ti è piaciuto?».

«Serve dirlo? Ha *tanti amici*... Ha *un rapporto fantastico con i propri genitori*... L'*accorato appello*... Tu non pensi nulla di tutto questo».

«Esigenze di copione. Pensi che le prefiche soffrissero davvero, ai funerali?».

«Cos'hai oggi? Ti sei iscritta al liceo classico?».

«Il post su Facebook di una truccatrice di *Glamour*».

«Che parlava dei funerali romani».

«Perché non avrebbe dovuto?».

«È tutta l'intervista a essere sbagliata. Le indagini sono ancora in corso, si rischia di diffondere notizie imprecise».

«Era tutto *molto preciso*. Mi conosci. Ho parlato solo di cose accertate, già uscite su tutti i giornali veri».

«Yatzil, ascolta. Ti contatterà la trasmissione *Scomparsi*. Vogliono dedicare a Vanessa la prima puntata della stagione. Se ti farai vedere lì come ospite, io ti ucciderò. Al costo di assoldare un sicario di *Ciudad Juárez*».

Eccoli, sono puntuali (e vorrei ben vedere). Hanno portato una bottiglia di vino. Io ho preparato la cena. Strano, dite? Jey Pellegrino che cucina? Beh, non mi dispiace. Non nella cucina fantascientifica del mio appartamento.

Lali e io ce la caviamo, ai fornelli. Se volevamo qualcosa di diverso dalle zuppette che ci propinava nonna, dovevamo cucinarcelo da sole. E dove abbiamo imparato? Su Youtube, ovviamente. Come tutto il resto.

Ho cucinato *fajitas* di pollo e guacamole. Il pollo fatto a pezzettini e dorato insieme ai peperoni, l'avocado maturo al punto giusto e schiacciato, mescolato a cipolla fresca e pomodoro tagliati a pezzi. *Cilantro*[22] del mio balcone (un eroe che sopravvive a tutte le mie trasferte. Non c'è modo di far sì che la signora delle pulizie si ricordi di dargli da bere). Un menù da un quarto d'ora, se non fosse che ho fatto a mano anche le *tortillas*. Possiedo una pressa per schiacciare l'impasto e dargli la forma giusta. Ho usato la farina di *mais azul*, che su Pier farà un certo effetto. Io di *tortilla* potrò mangiarne solo una, piccola. I carboidrati di sera sono il male.

Lali ne vorrà almeno quattro, per Pier ne conto cinque o sei. Con una dozzina, dovrei essere a posto. Le infilo nel loro contenitore e le avvolgo in un tovagliolo, perché conservino il loro calore. Niente dessert, va da sé.

«Ciao, Jey. Hai messo la tovaglia messicana? Cos'è, sarcasmo?».

«Ho solo tovaglie messicane. Me le porta mia madre».

«Dalla Costa Rica?».

«*Dal* Costa Rica. Lali, non potresti renderlo un po' meno rozzo? Comunque me le porta dal Messico. È il suo paese, sai. Ogni tanto va anche lì».

«*Tortillas* e *tacos*! Anche la cena è messicana, non ci posso credere».

22 Coriandolo.

«*Tortillas* e *fajitas*. Lali, glielo spieghi tu?».

«Sai, Pier... Forse hai già sentito dire che mia sorella e io siamo messicane».

«Siete più piemontesi della *bagna cauda*. Siamo qui per vedere la prima puntata della stagione di *Scomparsi*, in cui si parlerà della migliore amica della mia ragazza, della quale si sono perse le tracce due settimane fa in Messico. Secondo Jey, la sua gemella rampante, è morta ed è inutile perdere tempo con le ricerche. Ma ha preparato una bella cena messicana per entrare nel *mood* e goderci la serata».

«Mi compiaccio, Pier. Non sei così stupido. Forse mia sorella ha affinato i suoi gusti».

La ama davvero. Di solito gli uomini non sono in grado di fare del sarcasmo in mia presenza. Stanno insieme da appena quattro mesi, eppure il *chico* promette bene.

«Yatzil, le *tortillas* sono ancora calde? Oddio, volevo cenare con calma, dopo la telefonata. Prima non ci riesco. Ho lo stomaco chiuso».

«Io devo cenare adesso: poi sarà troppo tardi e finirei per assimilare il quindici per cento in più di calorie. Non ti preoccupare. Voi due mangerete dopo. Le riscalderò».

È inutile dire a Lali di non preoccuparsi. Lo farà.

Sono contenta di averla convinta a partecipare alla trasmissione. Quando è piombata nel mio appartamento, immaginandomi vestita da gran sera nello studio della giornalista a fingere di asciugarmi le lacrime con un fazzoletto di lino, ho capito che sarebbe stato difficile farle capire la situazione. Io, però, l'avevo inquadrata subito.

Negli ultimi tempi succede meno spesso, perché sono sempre più impegnata; ma prima ci piaceva guardare insieme un po' di tv trash.

Conosciamo quel programma. È un bel tuffo nel mare nazional-popolare, almeno in apparenza. La più grande ambizione dei suoi autori è quella di trovare dei cadaveri in diretta (per questo non vi rinunciano, nonostante ormai la maggior parte dei programmi sia preregistrata). Possibilmente, immortalando le reazioni dei familiari.

La conduttrice e i suoi collaboratori sono dei giornalisti, e grazie a questa qualifica giocano agli investigatori privati. Siccome le indagini ufficiali a volte mancano di rigore, è capitato che ci azzeccassero. Che persino Lali e io dicessimo: «Com'è possibile che moglie e figlia non si vedano più in giro da otto anni, che il marito e padre se ne vada in giro per il paese conciato come un pazzo e nessuno abbia mai controllato il suo sottoscala?». Puntualmente, i cadaveri delle donne sono sepolti lì. Nel "garage degli orrori".

Storie che sembrano scritte a tavolino, e che invece sono successe per davvero. Perché gli assassini tendono ad avere vite e moventi più banali rispetto ai serial killer delle favole. Sono in pochi quelli che dopo aver ucciso le vittime ne asportano l'alluce sinistro e il seno destro, e poi lasciano un asso di picche vicino al cadavere.

I redattori del programma, forti della loro relativa impunità per aver contribuito alle indagini in diversi casi e per il successo della loro trasmissione, hanno il permesso ufficioso di scavare nel torbido.

Di solito si limitano a raccogliere le testimonianze dei familiari, i classici "l'assassino salutava sempre" e "la vittima era la più grande promessa della pallamano che si fosse vista da queste parti". Succede, però, che decidano che qualcuno (lo zio simpatico, che ha partecipato a sette episodi della trasmissione; il vicino di casa recalcitrante, che non ha mai voluto aprire la porta ai giornalisti che stanno "solo facendo il loro lavoro") abbia qualcosa da nascondere.

Arrivare a Lali è stata una questione di minuti. Appare nella foto di copertina della pagina Facebook di Vanessa (loro due sotto la cattedrale di Morelia, patrimonio dell'umanità Unesco). Per fortuna il resto del profilo di quella sprovveduta è visibile solo agli amici, ma qualche tag a mia sorella è rimasto pubblico.

E i genitori di Vanessa la odiano. Non hanno mai sopportato la sua amicizia con questa ragazza troppo bella, troppo abbronzata. Che Vanessa abbia lavorato in una pizzeria, i fine settimana di tutto l'ultimo anno di liceo. Che abbia messo via dei soldi per andare in vacanza (l'equivalente del compenso che ricevevo a quei tempi per un paio di sfilate, in cambio di un anno di lavoro. Che vitaccia).

A diciannove anni, dopo gli esami, è andata in Messico per la prima volta. L'ha detto ai suoi genitori a pochi giorni dalla partenza. Vanessa aveva dei lati perversi, eppure aveva fegato (parlare di lei al presente è stucchevole. Io non ce la faccio. Non ho dubbi sul fatto che sia morta).

Ha visitato Morelia, Pátzcuaro e la costa di Ixtapa, sempre in compagnia di Lali e di mio cugino. È tornata a casa prima che mia sorella partecipasse per la seconda volta al work camp con le tartarughe marine; l'università stava per cominciare e aveva bisogno di organizzarsi.

Dopo quella partenza improvvisa, non era sicura di poter contare sull'appoggio dei suoi genitori (che però non hanno avuto il coraggio di negarglielo).

In breve, Lali è l'unica amica di cui anche il migliore fra i giornalisti o il più dotato tra i detective riuscirà a trovare traccia. Le altre persone che frequentava, tipo Pier e io, erano amici di Lali che sopportavano loro malgrado questa sua propaggine triste e sovrappeso.

Lali l'ha portata in Messico ben due volte. Lali era insieme a lei fino a quindici giorni prima della scomparsa. Lali è la sorella gemella di una modella sempre più famosa.

Gli ingredienti per fare impazzire la troupe di *Scomparsi* li vedete anche voi?

Rifiutarsi di partecipare alla trasmissione non è certo un reato, ma se poi il discorso continuasse a cadere su questa "amicizia pericolosa"... Lo capite da soli che potrebbe diventare spiacevole. Nel condominio dove vive Lali neanche esiste, il garage, ma non mi stupirei se mandassero una squadra di giornalisti a frugare nella sua cantina. ("Come avrei potuto portare un cadavere dal Messico alla mia cantina?". "Signorina, se davvero non avesse nulla da nascondere, ci lascerebbe fare qualche ripresa. Stiamo solo facendo il nostro lavoro").

Mia sorella è un po' insicura, ma capisce le cose al volo. Prima di partire per Zagabria, ho indetto una riunione d'emergenza con lei e Pier (puntavo sul convincere lui, se lei avesse opposto resistenza).

Qui, nel mio salone, dove ci siamo incontrati questa sera. Le ho esposto il mio modesto punto di vista.

Secondo me non è indicato che partecipi al programma. Senza volerlo, dal vivo attira troppo l'attenzione. Ma, dopo avermi ascoltato, ha accettato di rispondere a una telefonata in diretta. Proverà a calmare le acque che si agitano intorno a lei.

«Ecco la sigla. Pier, davvero non hai mai visto neanche una puntata?».

«Quale parte di "non guardo la tv, non ce l'ho a casa, non l'ho mai vista in vita mia" ti sfugge?».

«La parte in cui sei il più grande esperto mondiale di serie tv».

«Netflix e HBO ti dicono nulla?».

«HBO non c'è, in Italia».

«Sono ingegnere informatico e ho trascorso lo scorso anno negli USA».

«Giusto. Lali deve avermelo detto, ma non sapevo ancora se valesse la pena di memorizzare le informazioni sul tuo conto».

«Ne vale la pena, Jey. Mettitelo in testa».

«*Buonasera, cari telespettatori. Cominciamo la stagione con grande preoccupazione per una nostra connazionale che…*».

«Quand'è che mi chiameranno? Che ansia. Metto il vivavoce?».

«No, Lali, concentrati. Sei una cazzo di insegnante di yoga. Mettiti in *shavasana* fino a che non senti squillare».

«La cena messicana, la posizione del cadavere…».

«Parola mia, tu sei pazzo. Sei peggio di zia Tina e dei suoi fondi di caffè. Cerchi segnali ovunque».

«*Questa sera abbiamo con noi in studio i genitori di Vanessa. Signora, grazie per aver accettato il nostro invito! È possibile che la giovane stia ascoltando questa trasmissione, quindi non perda l'occasione per farsi sentire. Cosa vorrebbe dire in questo momento a sua figlia?*».

«Che lei glielo aveva detto. Che glielo diceva da dodici anni!».

«Ssshhh. Poi ce lo riguardiamo in streaming, ma adesso ascoltate. Può essere importante, per conoscere le loro prossime mosse. E decidere le nostre».

«Lali, sei sicura che tua sorella faccia la modella? Io credo che lavori per la CIA».

«Shhh!».

«*Vanessa, i tuoi genitori ti vogliono bene. Abbiamo sempre pensato che il Messico fosse pericoloso, eppure non abbiamo ostacolato i tuoi desideri. Abbiamo superato le nostre paure, pur di vederti felice. E tu sei una ragazza serena. A casa ci manca il tuo sorriso. L'anno accademico sta per cominciare, c'è la laurea magistrale che ti aspetta... Il tuo relatore della triennale ci ha detto di mandarti i suoi saluti. Non ti manca nulla, ci sono tante persone che ti aspettano... Mamma, papà, i tuoi amici...*».

«*A questo proposito, signora Antonietta e signor Ruggero, vi comunico che siamo riusciti a raggiungere telefonicamente la migliore amica di Vanessa. Stella, ci senti?*».

Impossibile non notare la smorfia apparsa sulla bocca di Antonietta. Non ho avuto l'onore di conoscerla dal vivo, ma i racconti di Lali sono sempre stati molto suggestivi.

La signora doveva sapere che la conduttrice avrebbe telefonato all'amica della figlia, chiamandola con lo pseudonimo che le ho affibbiato la settimana scorsa; eppure non ha saputo reprimere il disgusto che il riferimento a mia sorella suscita in lei. Non sarà sfuggito alle telecamere.

Lali fa un respiro profondo e risponde al telefono. Si sposta in un'altra stanza, per non sentire l'eco della tv. Pier e io restiamo a guardare lo schermo. Lui si sta strappando con i denti le cuticole del pollice.

Finisco la mia *fajita*, masticando decine di volte ogni boccone. La *tortilla* è perfetta; mi piacerebbe mangiarne ancora.

Quando inventeranno la farina di *mais azul* proteica? Potrebbe essere il mio prossimo business.

«*Ciao, Stella, qui è la redazione di Scomparsi. Sei in linea?*».

«*Buonasera. Sì, vi sento*».

«*Sei la ragazza messicana amica di Vanessa?*».

«*Sì*».

«Che stronzi».

Non l'ho detto io, ma Pier.

Tra i suoi amici torinesi, nessuno la identifica come messicana. È Lali, punto. *Più piemontese della bagna cauda*. È anche più messicana della farina di *maiz azul*, ma la redazione del programma non contempla la possibilità che si possa essere entrambe le cose. Lei è l'amica eccentrica e pericolosa che ha portato Vanessa alla perdizione.

Mia sorella cerca di non entrare in conflitto con nessuno, quindi non mi aspetto che corregga la giornalista. Non escludo che lo faccia anche per proteggere la propria identità.

«*Ripercorriamo la vostra estate. Tu e Vanessa siete andate in Messico insieme, giusto? Quando siete partite?*».

«*Il 10 luglio*».

*La cagaste*[23], Lali. Più lunghe, quelle risposte. Non puoi sbagliare. Non importa quello che dici, ma come lo dici. Devi indurli a provare simpatia per te. "Il 10 luglio, dopo il mio ultimo esame, quello più difficile. Oh, come mi pento di non essermi potuta fermare fino alla fine della vacanza di Vanessa, per colpa di questa sessione di laurea! Se solo avessi potuto immaginare… ". Avresti dovuto rispondere così, sciocchina.

«*E quando sei ripartita?*».

«*Il 20 agosto. Dovevo finire di scrivere la tesi, per laurearmi a ottobre. Vanessa invece ha sfruttato la prima sessione, quella di luglio. È stata incredibile. Il viaggio in Messico era il suo regalo di laurea*».

«*Sappiamo che è una studentessa eccezionale. Eravate già andate in Messico insieme?*».

23 Hai sbagliato.

*«Sì, finito il liceo. Aveva lavorato tutto l'anno per pagarsi quel viaggio. Le era piaciuto molto».*

«Sta andando meglio, no?».

«Un po', Pier. Ma è come se stesse recitando. Pronuncia una frase fatta dopo l'altra».

«Sei troppo critica. Anche la giornalista parla così».

«Non hai tutti i torti».

*«Cosa fate, durante i vostri soggiorni messicani?».*

Cosa cazzo crede che si faccia di speciale, in Messico? Sacrifici umani? Festini a base di peyote? *¡Unas putas vacaciones, eso era lo que hacían!*[24]

*«Stiamo a casa di mia zia. Visitiamo la città e i dintorni. Andiamo in montagna».*

*«I tuoi genitori vivono in Messico?».*

*«No».*

*«Posso chiederti dove abitano?».*

*«Non credo abbia nulla a che vedere con la storia di Vanessa, mi scusi».*

*Pinches culeros*[25]. A questo punto avrebbero potuto chiederle direttamente se lavorino per il cartello di Sinaloa o per Los Zetas.

«Jey, hai cannato alla grande. Non avrebbe dovuto accettare di partecipare alla trasmissione».

«Pier, mettiti in testa una cosa: io non sbaglio mai. Prima lo capisci, meglio andranno le cose tra noi tre».

*«Scusa, comprendo il tuo legittimo desiderio di proteggere la privacy della tua famiglia. Ora però pensiamo anche ai genitori di Vanessa, che stanno attraversando un momento così delicato. Quando hai visto per l'ultima volta la tua amica?».*

*«Il 19 agosto. Ha preso un autobus notturno per raggiungere la costa. Io, invece, sarei partita per l'aeroporto di città del Messico la mattina successiva».*

*«Ha viaggiato da sola, di notte?».*

24 Delle fottutissime vacanze, questo era quello che facevano.

25 Espressione messicana molto dispregiativa.

*«Sì. La mattina del 20 agosto è arrivata all'accampamento di Colola. Da lì ogni tanto mi scriveva su WhatsApp. Ha una* SIM *messicana, ma non tutta la zona è coperta dalla rete telefonica».*

*«Non è stata una scelta azzardata, per una ragazza? Spostarsi in autonomia in un paese dalle dinamiche così pericolose…».*

*«Non credo. All'andata ha cambiato autobus di notte, ma le stazioni sono sempre affollate. Io ho percorso lo stesso tragitto due volte, negli anni scorsi. Non mi sono mai sentita isolata. Vanessa è arrivata al campo di mattina, insieme agli altri volontari. Se non si fosse sentita sicura, finito il campo sarebbe ripartita con alcuni di loro. Se ha deciso di affrontare il viaggio di ritorno da sola, significa che la situazione non la spaventava».*

«Ha risposto bene, ma si sbaglia. Vuol dire solo che Vanessa non vedeva l'ora di entrare nell'occhio del ciclone».

«Jey, io penso che tu abbia ragione. Ma di quel che è successo a Vanessa, mi importa fino a un certo punto. Quello che noi vogliamo, è che lascino in pace tua sorella».

«L'ho detto, che sei un tipo sveglio».

*«Cosa ti ha raccontato a proposito del campo?».*

*«Non molto, in effetti. Io conoscevo già il posto, non aveva bisogno di descrivermelo. Mi ha spedito qualche foto di tartarughine appena nate. Il lavoro le piaceva, ma non è entrata in sintonia con gli altri volontari. Lei è timida e quel gruppo doveva essere un po' chiuso».*

*«Quando hai avuto sue notizie per l'ultima volta?».*

*«Il suo ultimo messaggio è del 1° settembre. Mi ha scritto che le dispiaceva che la sua vacanza stesse volgendo al termine. Avevano visitato le spiagge dei dintorni e si era innamorata della costa del Michoacán».*

*«Che tipo di ambiente è?».*

*«È un litorale selvaggio, costellato di panorami di grande bellezza».*

*«Pensi che le sarebbe piaciuto proseguire la vacanza?».*

*«Sì, è quello che mi ha scritto. Laurearsi in corso, in una materia così difficile, è stato faticoso. Penso che avrebbe dovuto pren-*

*dersi ancora qualche mese sabbatico, prima di cominciare a studiare per la laurea magistrale»*.

«*In Messico aveva conosciuto qualcuno? Ti aveva fatto qualche confidenza?*».

«*No; da quando ha cominciato il campo a Colola, non mi ha scritto niente più di quello che ho detto. Commenti generici sulla bellezza della costa e sul lavoro con le tartarughe. Non mi aspettavo niente di diverso: è un'esperienza strana... Ti proietta fuori dal mondo reale. Si lavora di notte, e al mattino i volontari dormono fino a tardi; il pomeriggio si è liberi di scoprire i dintorni. Spesso non si riesce a connettersi alla rete telefonica. Sapevo che mi avrebbe raccontato i dettagli del campo solo una volta tornata a casa*».

«*Non hai mai pensato di tornare nel tuo paese per contribuire alle ricerche della tua migliore amica?*».

"No, il mio *smuggler* non ha trovato posto sul barcone". Lali, rispondi così!

«*Scusi, non ho sentito bene*».

«*Perché non sei tornata in Messico a seguire da vicino le ricerche?*».

«*Ho preferito lasciar fare ai professionisti, cioè alle squadre di polizia internazionali. Non credo che potrei fare meglio di loro*».

«*E nonostante i loro sforzi, dopo due settimane Vanessa non è ancora tornata a casa! Grazie per il tuo prezioso contributo, Stella. Purtroppo il tempo stringe e ci dobbiamo salutare qui. Ci hai aiutato a inquadrare il contesto della vacanza maledetta alla fine della quale questa studentessa prodigio si è dissolta nel nulla. Mi raccomando, se dovessi avere la più piccola novità, non esitare a contattarci. E adesso devo proprio mandare la pubblicità*».

# In Messico

## P.

La preparazione che ha richiesto questo viaggio in Messico è stata pari a quella per una spedizione artica. Una missione voluta da Lali: noi abbiamo solo potuto assecondarla.

Ha richiesto tutte le mie competenze tecniche e tutto il genio della sua spaventosa sorella. Ma adesso in Messico ci sono solo io, a destreggiarmi tra l'apprensione della mia ragazza e l'entusiasmo di suo cugino.

Come ci siamo arrivati, in America Latina?

Beh, è trascorso più di un anno dalla scomparsa di Vanessa. Io, 'sta Vanessa, l'ho appena conosciuta. Quando è sparita, Lali e io stavamo insieme da poco.

Ancora non riuscivo a credere alla mia fortuna. Continuavo a contemplarla, senza capacitarmi del fatto che una ragazza del genere mi avesse detto di sì.

Mi ero iscritto a uno dei suoi corsi di yoga solo per guardarla muoversi. Per sentire il suo tocco delicato riallineare le mie vertebre. Detto così, pare una cosa da maniaci. Quando andavo a lezione, però, mi sentivo più Dante che viene salutato da Beatrice che Hugh Hefner che scruta le sue conigliette.

Di Jey, mi sono già fatto una ragione. Se in un primo momento il fatto che avesse una gemella identica a lei che calcava le passerelle aveva solo accresciuto il suo fascino, adesso che le conosco entrambe so che di Jey bisogna venire a capo il prima possibile. Devitalizzarla, come dal dentista. Sigillare tutti i canali per confinare la sua capacità di infezione. Fare in modo che, anche se siamo in tre, il tessuto vivente della nostra coppia sia composto da noi due soli.

Credo di esserci riuscito. Forse la mia non è proprio una tecnica da *macho alfa*, ma sfido chiunque a dire che non funzioni.

La mia idea rivoluzionaria per sopravvivere alla gemella cattiva è: fare tutto quello che dice lei.

Jey è capace di prevedere le conseguenze delle azioni di chiunque. Puoi essere un vecchio marinaio che ha solcato i mari di tutto il mondo, puoi aver trovato le sorgenti del Nilo, puoi essere uno psichiatra con cinquant'anni di esperienza tra i meandri della psiche umana: vicino a lei, sarai sempre un bambino di quattro anni rimproverato dalla madre.

Jey è almeno un passo davanti a te (spesso qualche chilometro di più).

Così ho eseguito gli ordini e mi sono occupato della "sicurezza della spedizione".

Prima di partire per il Messico, ho fatto in tempo a vedermi la terza stagione di *Narcos* (uscita due giorni prima dell'anniversario della scomparsa di Vanessa). Ho seguito con attenzione la storia di Jorge Salcedo, l'ingegnere che ha progettato il sistema di sicurezza del cartello di Cali. Sono diventato il Salcedo del nostro piccolo gruppo: agli ordini di Jey, che la terza stagione non l'aveva ancora vista.

Io credo che le sue precauzioni siano esagerate. La polizia non mi ha mai convocato come testimone, neanche per dei "colloqui informali" (così chiamavano gli appuntamenti che fissavano a Lali). Non vedo come avrebbero potuto controllare il mio cellulare.

Quello di Lali, posso capire. Tra settembre e ottobre dell'anno scorso gli agenti sono stati abbastanza pesanti con lei, informali o meno che fossero. A un certo punto, è andata in commissariato accompagnata da mio padre: un avvocato torinese che è un pezzo piuttosto grosso.

Non ha minacciato nessuno, non ha dovuto esercitare pressioni. Ha solo spiegato che lui era il legale della signorina, e che le loro timide insinuazioni potevano essere classificate come abusi. Perché la signorina Pellegrino non era neanche in compagnia della sua amica, al momento dei fatti. Fatti che nessuno conosce, Lali meno di tutti, e non aveva senso continuare a convocarla. Aveva già detto tutto quello che sapeva. Si cercassero un'altra pista, è il loro lavoro.

E, a proposito, dicessero ai loro colleghi messicani che anche il cugino della sua cliente ha già riferito tutte le informazioni che erano in suo possesso. Che a tale cugino, della signorina Vanessa, importava una sega, e che la sopportava solo perché Lali gliel'aveva imposta.

Ha detto proprio "importava 'na sega". Lali ride ogni volta che lo racconta. Jey no, perché se l'aspettava. Indovinate un po': di chi è stata l'idea di far accompagnare Lali da mio padre?

Poco alla volta, l'hanno lasciata stare. Prima i poliziotti, poi i giornalisti. Il suo caso era un incipit fantastico per la stagione autunnale di cronaca, ma Vanessa non aveva i presupposti per tenere alta l'attenzione della gente per più di un paio di mesi. Era maggiorenne. Era poco attraente. Non ha lasciato storie turpi dietro di sé.

Lali, invece, non ha mai più trovato pace, alla faccia del suo *pranayama*. Nel corso dell'anno è diventata quasi magra come Jey – lei che la superava di almeno una decina di chili (pur essendo in forma perfetta).

Si è laureata in Scienze motorie e iscritta al biennio successivo, ma non è riuscita a dare neanche un esame.

All'inizio, fomentati da giornalisti e dalle voci sui "colloqui" cui era tenuta a presentarsi, alla lista di persone che non la lasciavano in pace c'erano da aggiungere anche i genitori di Vanessa.

La polizia aveva accertato l'effettiva presenza di Lali sul volo Città del Messico-Francoforte, e poi sul Francoforte-Torino, tra il 20 e il 21 agosto dell'anno scorso. Avevano poi verificato che il suo cellulare si trovasse a Torino nei giorni successivi. Sabato 3 e domenica 4 settembre 2016, per sua infinita fortuna, Lali aveva partecipato a una manifestazione di yoga ed era stata fotografata da almeno venti persone (le foto sono ancora visibili sulla pagina Facebook dell'evento. Ricordo che, mentre contemplavo il perfetto "cane a faccia in giù" che eseguiva davanti ai suoi legnosi studenti, pensavo a tutto tranne che a Vanessa. Non avrei mai potuto immaginare che le foto che la gente le stava scattando sarebbero state esaminate attentamente dalle autorità. Molto attentamente).

Sembrava escluso che potesse essere l'esecutrice materiale di un rapimento.

Tuttavia, se pure non potevano provare che Lali avesse fatto del male alla loro figlia, i signori Antonietta e Ruggero la ritenevano la *responsabile morale* della sua sparizione.

Per i suoi genitori è impensabile che la loro bambina si muovesse liberamente per il Messico. Non si sono ancora ripresi dal trauma di Vanessa che prende la patente. Di Vanessa che cammina da sola. Di Vanessa che gattona lontano dalle braccia di sua madre.

Per quel poco che so di lei (di prima mano, almeno. Di racconti ne ho in abbondanza), invece, non le mancava lo spirito da avventuriera. Il fatto che avesse scelto una facoltà come ingegneria edile dovrebbe testimoniarlo.

Qualcosa mi impedisce di disprezzare del tutto quei due. Il loro razzismo mi è sgradito e mi turba il modo in cui hanno indotto tutti a dubitare di Lali, forti della loro condizione di vittime; eppure mi sento indulgente nei loro confronti. Hanno perso due figli.

Sì, ho deciso di sposare la tesi di Jey. Una volta la polizia ha convocato anche lei: inutile dire che è stata più convincente della sorella. Entrambe scure, entrambe con un'identità culturale e psicologica che oltrepassa le capacità di comprensione della maggior parte dei poliziotti e giornalisti: eppure Jey ci ha impiegato pochi minuti a tirarsi fuori da tutta la storia.

Un po' per la sicurezza che mostra e per la sua abilità nel manovrare la gente; un po' perché il fatto che Vanessa fosse soprattutto amica di Lali, sono riusciti a capirlo tutti.

La maggior parte delle persone non immagina quale rapporto leghi queste sorelle dalle vite così opposte, che non si fanno mai vedere insieme. Non sanno che, se Lali avesse avuto davvero qualcosa a che fare con la scomparsa di Vanessa, Jey conoscerebbe tutti i dettagli (il contrario, invece, non vale. Nessuno sa tutto di Jey, neanche sua sorella).

L'estate scorsa Nirvana è venuto da noi. Lali non poteva lasciare Torino: si sentiva in colpa per non aver combinato niente all'università e si era buttata a capofitto nel lavoro. Teneva contemporaneamente due corsi intensivi di yoga e uno di pilates. Si occupava delle colleghe di Jey, sempre afflitte da celluliti immaginarie o da potenziali cedimenti alla gravità (tutte preoccupate, tranne Jey. Un po' perché è ancora lontana dal cedimento, un po' perché ha almeno dieci piani diversi su cosa fare della propria vita quando smetterà di sfilare. E funzioneranno tutti).

Così, la mia fidanzata era impegnatissima, mentre io avevo appena ottenuto la mia laurea magistrale. Mi sono preso qualche mese di pausa, come Lali aveva consigliato di fare a Vanessa. Ma io li ho presi soprattutto per lei. Per assecondare il suo progetto assurdo e aiutarla ad archiviare questa storia.

Mentre lei lavorava, io andavo a spasso con Nirvana. Se parlo in italiano mi capisce, ma è impacciato nel rispondere. Non mi piace trovarmi in una posizione dominante, tanto più che io non capisco lo spagnolo. Così comunichiamo in inglese.

A Torino, insieme, attiravamo l'attenzione di un sacco di ragazze. Lui esaminava le bionde con aria critica.

La sera, spesso dopo le ventidue, andavamo a prendere Lali in palestra. Il momento in cui l'aspettavamo, nella mia Golf verde, lui fumando qualche grammo di marijuana con i finestrini aperti, io cercando canzoni che non mi facessero sentire uno sfigato vicino ai suoi rasta, era carico di tensione. Di solito c'era sintonia tra noi, ma quelle attese mi facevano pensare ai tentativi di dialogo tra Kim Jong-un e Donald Trump.

Lali usciva sudata – a suo dire non si poteva fare yoga con la finestra aperta – e nervosa, perché secondo lei non riusciva a dare il massimo come insegnante.

Stringeva sotto l'ascella il suo tappetino personale; indossava shorts e un top da ginnastica. Aveva sempre i capelli raccolti.

«*Prima, intenta con el kick-boxing, vas a ver que te va a gustar más*[26]».

Pensavo che il mio rivale (un antagonista sfortunato, perché la natura l'aveva fatto nascere nella stessa famiglia di Lali) avesse ragione, anche se avrei voluto lo stesso affondarlo con una testata atomica, così, per maggiore sicurezza.

Lo yoga che insegna Lali è abbastanza intenso, ma in quel periodo avrebbe dovuto darsi al combattimento. Ai calci, ai pugni. A costo di mettere a rischio quel suo bel nasino.

Arrivati nel suo appartamento (oppure nell'attico di Jey, quando quest'ultima si trovava in città e aveva dormito le sue otto ore) spalancava le finestre e si buttava sul divano. Noi avevamo già preparato la cena. Durante il giorno portavo il sociologo messicano a visitare i mercati cittadini; aveva una passione per quello di Porta Palazzo, dove acquistava gli ingredienti esotici con cui preparava i piatti preferiti di Lali.

Mango, avocado, *granadillas*, *chiles*... Ci sapeva fare: da quando lui aveva iniziato a cucinare, lei aveva ripreso un paio di chili.

«*Prima, regrésate conmigo. Vamos juntos a buscar a ésta botija*[27]».

Un momento. «*What did you say?*».

«Pier, ha ragione. Ci sto pensando da un pezzo. È l'unica cosa da fare».

«Sì, ma cosa?».

«Hai capito benissimo. Mi ha proposto di tornare in Messico con lui».

«E il *boti-* qualcosa?».

26 Cugina, prova con il kick boxing, vedrai che ti darà più soddisfazione.

27 Cugina, torna a casa con me. Andiamo insieme a cercare questa cicciona.

«*Her ugly and fat friend. We need to find that fucking girl. Or maybe, her body*»[28].

Pulsante rosso. A me tutti i codici. Dov'è la mia valigetta nera?

«E... cosa ne pensa Jey?».

(C'è una sola persona ragionevole, in questa famiglia. E in questo momento si trova... Non ricordo. Forse a Mombasa?)

«L'idea è sua».

CAZZO.

«Aspetta, non ho capito. Hanno già indagato su quella storia. Italiani, messicani, perfino i giornalisti d'assalto di quel programma che ti aveva telefonato. Perché dovreste essere più efficienti di loro?».

«Perché hanno indagato male».

«E chi lo dice, voi? Un sociologo gigolò e un'insegnante di yoga tormentata?».

«No, lo dice Mata Hari».

«Potrebbe essersi sbagliata anche lei».

«Lo sai che non sbaglia. Comunque, tuo padre è d'accordo con lei».

CAZZO.

«E quand'è che avete parlato con lui?».

«Dopo che mi ha aiutato, l'anno scorso, siamo rimasti in contatto. Mi ha chiesto di non dirtelo. Sono cose delicate: meno gente ne parla, meglio è. O forse non vuole influenzare il nostro rapporto».

Oppure mi ritiene incapace di comportarmi da adulto.

«Non è che mi abbia detto cose così strane. Abbiamo parlato dei risultati delle indagini, spesso con Yatzil presente. Le autorità italiane e quelle messicane comunicano poco e male. Gli italiani non hanno idea di come funzioni il Messico e i messicani hanno già troppe ragazze scomparse alle quali pensare. Non si stracceranno le vesti per la sparizione di una *gringa*. Hanno mandato

28 La sua amica brutta e grassa. Dobbiamo trovare quella fottuta ragazza. O almeno il suo corpo.

qualcuno a fare due domande a Colola, e punto. Hanno rotto le scatole più a me che a chi potrebbe effettivamente aver notato qualcosa. Conosci il caso di Angela Celentano?».

«Dovrei?».

«Una bambina di tre anni, scomparsa nel '96 vicino a Napoli».

«Moltissima gente scompare ogni giorno, soprattutto minori».

«Sì, ma parte delle indagini che riguardano il suo caso sono state svolte in Messico. Avevo visto qualcosa alla tv insieme a Yatzil. Nel corso degli anni sono arrivate da tutto il mondo segnalazioni che la riguardavano. Una, in particolare, dal Messico. Nel 2010 un informatore ignoto si è messo in contatto con la famiglia di Angela, sostenendo di aver individuato su Facebook la versione adulta della bambina che cercavano».

«Uh, sì, molto probabile».

«Mia sorella si rotolava per terra dalle risate. Eppure, questa e-mail è stata presa sul serio. Il governo messicano è arrivato a mettere in palio una ricompensa di quasi centocinquantamila euro per chi fosse stato in grado di aiutare le indagini».

«Come mai si sono compromessi così?».

«Suppongo che il Messico si senta sempre un po' in colpa, quando si parla di bambine scomparse. Non lo so. Comunque, non so che tipo di analisi avessero fatto, ma la foto che un ignoto mitomane aveva mandato alla famiglia di Angela era stata giudicata compatibile con le fattezze che aveva la bambina sedici anni prima».

Digito sulla tastiera del mio cellulare "Angela Celentano – ragazza messicana".

Ecco qui; tale *Celeste Ruíz*. Clicco su "immagini". Per compatibile, immagino che si riferissero al fatto che sono entrambe femmine e more. Metti le lenti a contatto a Lali, fotografala con il flash così viene più chiara, e anche lei diventa compatibile. Ma che razza di indagini fanno?

Gli ultimi articoli risalgono a maggio di quest'anno.

«Okay, non dirmi più niente. Ho visto. L'hanno trovata, nel senso che hanno identificato questa Celeste. Ma poi una sua amica ha riconosciuto la foto che le avevano sottratto. È una psicologa messicana che vive in Francia ed è madre di famiglia. È più vecchia di Angela. Non c'entrava una mazza e hanno sconvolto la sua vita per via di un pazzo che ha mandato alla famiglia la foto del suo profilo. E il folle in questione non sono mai riusciti a identificarlo».

«Sì. La ragazza ha voluto lo stesso incontrare i genitori di Angela ed esprimere loro solidarietà. Tuo padre dice che questo dovrebbe darci un'idea della precisione con la quale vengono effettuate le ricerche, quando non si trova nessuna pista. O non si vuole trovare, che è lo stesso. Le autorità finiscono per seguire la vox populi, l'onda delle emozioni. Massimo dice che, se proprio non riesco ad accettare che si sia smesso di indagare su Vanessa, posso fare un tentativo».

«Massimo. Capisco».

«Preferisci che lo chiami l'Avvocato?».

«Io lo chiamo così».

«Dice che non dovrei riporvi troppe speranze, ma che potrei andare verso Colola e vedere se qualcuno si ricorda di Vanessa. È già passato tanto tempo, ma il fatto che le acque si siano calmate potrebbe essere un vantaggio. La gente sarà meno diffidente. Massimo – anzi, scusa, l'Avvocato – è riuscito a farsi dire che hanno identificato l'autista che era di turno quella mattina, sulla linea che passa da Colola per arrivare a Tecoman. L'hanno trovato pochi giorni dopo il programma – forse l'unico risultato che le indagini abbiano ottenuto. Il tipo è abituato a caricare decine di volontari stranieri a Colola, ma era abbastanza sicuro di non aver fatto salire a bordo nessuna ragazza dai capelli rossi alle prime luci dell'alba».

«Fantastico. Quindi ci restano da esaminare solo un milione di altre opzioni. Autostop con camionista assassino, passeggiata notturna tra le mangrovie con annesso annegamento – intrappolata nelle radici aeree degli alberi –, onda anomala, rapimento alieno…».

«No, niente mangrovie. Non ci sono *manglares*, a Colola. Cosa intendi con "ci restano"?».

*«¿El pendejo va venir con nosotros, no? Hasta crees que te pueda dejar sola...*[29]».

Scusate, eh. *El pendejo* può anche rendersi utile. Ho deciso di dimostrarlo. A Lali, a Nirvana, all'Avvocato. *En passant*, anche a Mata Hari. È stata lei a ordinarmi di cercare un modo per far sì che le nostre conversazioni non potessero essere registrate.

È così che ho ottenuto il mio ruolo nella spedizione, quello di informatico. Del Jorge Salcedo *de noantri.*

Ho installato su tutti i nostri telefoni Signal, un programma di messaggistica istantanea impossibile da intercettare. Ho impostato al massimo tutte le funzioni di privacy, e prima di ottobre sono diventato sempre più evasivo nei social network. Ho cancellato la maggior parte dei miei vecchi post, per rafforzare l'impressione che le reti non mi interessino.

Il telefono di Lali è rimasto nel suo appartamento torinese. Sarà Jey a portarlo a spasso, ogni tanto. Gli farà fare dei giretti in palestra, delle passeggiate in città. Ogni tanto indosserà i vestiti della sorella, si laverà i capelli e li lascerà asciugare al naturale (soffrirà moltissimo per tutta la durata dell'operazione). Cercherà di scattarsi dei selfie convincenti. In Messico Lali comprerà un telefono nuovo, a nome di sua zia.

Lali ha comunicato alle sue modelle che si prenderà una pausa dai corsi, per concentrarsi sull'università. Ai pochi compagni di facoltà con cui è in contatto, ha detto di aver bisogno di lavorare.

Siamo sicuri che la polizia non ci sta tenendo d'occhio. Siamo solo dei ragazzini un po' cresciuti che giocano alle spie russe. Ma Mata Hari e l'Avvocato ci hanno raccomandato di non far sapere a nessuno dei nostri progetti, e chi siamo noi per contraddirli?

Abbiamo cominciato a pensare a questo viaggio alla fine di agosto, poco prima che Nirvana rientrasse nel suo paese. Non sarebbe stato prudente partire di corsa, insieme a lui, così ci sia-

29 Che l'idiota verrà con noi, no? Figurati se ti lascerà sola...

mo presi un paio di mesi per organizzarci. Per fare in modo che nessuno dei nostri amici si mettesse a cercarci con troppo impegno. Ho detto ai miei conoscenti che sto cercando lavoro e che farò uno stage in qualche azienda della provincia. Sarò occupato di giorno e troppo stanco la sera.

Quasi tutti quelli che conosco stanno cercando di laurearsi o stanno facendo stage all'estero. Non dovrebbero insistere troppo per vedermi, tanto più che da quando ho una ragazza passo tutto il mio tempo libero con lei.

Lali ha tenuto qualche altro corso intensivo. Ha messo via un po' di soldi, perché non accetta mai quelli di Jey.

La sera prima della partenza l'ho trovata sotto casa mia. Jey, non Lali, che era in palestra.

È salita («Ciao, Massimo! Certo, siamo d'accordo. Tramite me, avrai tutte le informazioni che desideri su tuo figlio e sulla nostra ricerca. Veglierò su di loro. Pier è un tipo impressionabile? Ma no, vedrai che se la caverà alla grande»).

È entrata nella mia camera, lasciandomi perplesso e anche spaventato, perché a me Jey fa più paura dei narcotrafficanti.

Si è seduta sul letto. Molti uomini avrebbero potuto invidiare la mia posizione.

Jey Pellegrino in tacchi alti verde smeraldo, jeans tagliati sopra le caviglie, camicia bianca, seduta sul mio letto da ragazzo (ultimamente dormivo quasi sempre a casa di Lali, ma l'ultima settimana l'avevo trascorsa a casa mia per preparare i bagagli, addestrare mia sorella a condividere ogni tanto qualche meme umoristico sulla mia pagina Facebook e cercare di persuadere mio padre che non ero io, l'elemento debole della spedizione. È Lali. Io sono l'uomo forte e protettivo che cerca di difendere la propria compagna dai serial killer messicani e dalla follia. Non si è convinto).

«*Hola, chico bueno*».

«*Hola, muchacha malvada*[30]».

30 Ciao, ragazza cattiva.

«*¿Estás listo? ¿Aprendiste español?*[31]».

«No. Ma da settembre in avanti ho rivisto tutto *Narcos*. So dire *malparido hijueputa*».

«Che in Messico non si dice. Fermati a *pinches pendejos culeros*».

«Parlerò inglese, siamo d'accordo. Hai decretato che la mia pronuncia è convincente».

«Sì, non sei andato alla Saint Martin per niente. Anche il tuo anno nella Silicon Valley si è rivelato utile. Se non a trovare un lavoro fico, ad aiutare mia sorella a fare la detective».

«Grazie».

«Non ci metterete molto. Poi mi prometti che ti cercherai un lavoro vero? Che diventerai adulto?».

«È l'avvocato che ti manda?».

«No, figurati. Lui è dell'idea che tu ti debba divertire un po'. Non sarà una vacanza spensierata, ma è convinto che ti farà bene».

«Sono pronto. Sarò un *gringo* sprovveduto al seguito di due messicani cinici e cattivi che scorrazzano su e giù per la costa».

«E mi raccomando, devi seguire i precetti del folklore: ti prenderai il cagotto, ti farai fregare sul resto».

«Farò il possibile».

«Vedrai che così non attirerete l'attenzione. Non si deve capire che siete alla ricerca di Vanessa. Nessuno ha voglia di mettersi nei guai».

«Lo so. È tutto pronto. Nessuno sa che saremo lì, tranne la mia famiglia».

«Prendi questa».

«Una carta di credito? Non mi serve, dai. Mio padre ci appoggia. E anch'io ho qualche soldo. Regali di laurea, spiccioli dagli stage...».

«Se tu fossi stato il capo della sicurezza del cartello di Cali, il narcotraffico in Sud America sarebbe stato sconfitto da alme-

31 Sei pronto? Hai imparato lo spagnolo?

no vent'anni. Questa carta di credito è stata emessa da una banca messicana. Ho un conto anche lì, e non vedo come le autorità avrebbero potuto scoprirlo. Lali non ne vuole sapere. Ha messo i suoi risparmi su una carta prepagata intestata a mia madre, e conta di usare quella. Ma può succedere che non funzioni, o che la perdiate, o che vi derubino. Prendi la mia, per favore. È una carta di credito *vera* e funzionerà in tutto il Messico. Lali ha i miei documenti d'identità messicani, se ve li dovessero chiedere. Sulla costa portatevi il contante. Non c'è nulla, lì. Lali e Nirvana lo sanno».

«Lo so anch'io. Grazie».

«E... Pier? È morta. Lo sai, vero? Ti prego, stai vicino a mia sorella, quando lo scoprirà».

«Sai qualcosa che noi non sappiamo?».

«Credevo avessimo già chiarito questo aspetto. No, so solo unire i puntini. Buon viaggio. Non perdetevi *Noche de muertos*. Come dici tu, per entrare nel *mood*. Scherzo; è una festa magnifica. Ma tuo padre ha ragione. Non perdere l'occasione per fare un po' di turismo. Sarà interessante, per te, capire qualcosa di più sul Messico. Su di noi. Sulla costa ci andrete dopo».

E così, il 22 ottobre siamo partiti. Lali ha dormito stretta tra le mie braccia per tutta la durata dell'intercontinentale. Io non ho chiuso occhio.

La gente della capitale ha già ripulito dai detriti i quartieri colpiti dal terremoto del 19 settembre – lo stesso giorno di quello dell'85. Una di quelle coincidenze che possono succedere solo in Messico.

Mi sarebbe piaciuto vedere la casa di Frida Kahlo, il museo di antropologia, lo Zocalo, ma poco dopo l'atterraggio siamo saliti su un autobus a lunga percorrenza e siamo arrivati alla stazione di Morelia. Lì ci aspettava Nirvana. Radioso come una sposa di primavera.

## N.

Hanno preso ETN, la *línea más cómoda*[32]. *Los fresas.* C'è Internet, oltre al
l'aria condizionata alla temperatura giusta e a schermi individuali per vedere i film appena usciti. I sedili sono più spaziosi di quelli di una business class. Ti danno anche un sandwich e una bibita a tua scelta. Il lusso.

Morelia accoglie il turista che arriva in corriera con i locali notturni e i *table dance* che circondano la stazione.

In quei posti fanno pagare i drink il quadruplo del prezzo normale. Tutti ordinano il *Bacardi blanco*, che è quello che costa meno.

Si dice che le ballerine siano per lo più studentesse di legge. Non mi sembra roba per Pier.

L'mpiegato non era entusiasta, ma dopo una perquisizione mi ha permesso di entrare nella sala d'attesa di ETN anche senza biglietto. Per aiutare *mi prima* con i bagagli, ho spiegato. Chissà cosa penserà quando si accorgerà che insieme a quelli mia cugina si è portata anche un *gringo*. Beh, pazienza: pure loro vanno assistiti, è cosa risaputa. L'impiegato capirà.

Eccoli, scendono. Avevano i posti frontali al secondo piano dell'autobus – quelli panoramici. Abbraccio forte Lali. *Bienvenida, paisana*[33]. *Bienvenido en México, Pier. Mi casa es tu casa.*

## P.

*Noche de muertos* è fatta per mescolare parole che non dovrebbero stare insieme.

32 "La linea più comoda", slogan della compagnia di autobus a lunga percorrenza che *los fresas* (i "fighetti") hanno scelto. Costa pochi euro più delle altre.

33 "Benvenuta, compaesana". Formula di saluto con cui si accolgono i messicani che vivono all'estero quando tornano in patria.

La sera in cui si onorano i morti ci fermiamo a Tzintzuntzan prima che diventi buio. Tzintzuntzan, un nome assurdo che significa "posto amato dai colibrì" ("albero amato dai colibrì", "foto fighe di colibrì che non posso far vedere a nessuno", e via con le associazioni di idee, partite da questi uccelletti dal becco sottile che somigliano agli abitanti di questa parte del Messico, ai loro corpi sottili dalle movenze rapide).

Un prete tiene una funzione in ligua indigena e poi benedice le impalcature coperte di fiori che i nativi hanno portato al cimitero. Il profumo del loro strano incenso aleggia su tutto.

Il cimitero di Tzintzuntzan è fantastico. Alle sei è già pieno di turisti e di abitanti del posto; questi ultimi hanno portato le offerte ai loro familiari sepolti in quel fazzoletto di terra.

Le tombe sono decorate in modo da suggerire le passioni del defunto. Rabbrividisco per una struttura floreale a forma di aeroplano appoggiata sulla tomba di un neonato. I genitori hanno portato in dono pannolini, calzine e giocattoli. Sento dire in inglese che la decorano allo stesso modo tutti gli anni.

Osservo i messicani mescolare bambini e morte, futuro e passato remoto, allegria della festa e fatalismo nei confronti degli scherzi del destino. Ridono per le morti premature e per quelle annunciate, e il loro sorriso si fonde nella mia mente con quello delle file di crani azteche che ho visto in una pubblicità del museo di antropologia.

Penso a questi impasti difficili, spesso indigesti; alla notte strana in cui le tradizioni degli spagnoli si sono fuse con quelle precolombiane e hanno creato un linguaggio nuovo. Penso a parole distanti come *Lali* e *Pier*.

Un binomio impossibile, un codice binario che non cessa di stupire la mia mente di informatico. Lali che ha accettato di diventare la mia ragazza, di fondere i suoi colori olivastri con i miei, che sono così nordici. Penso ad accostamenti improbabili come Lali e Vanessa, alla loro amicizia durata dodici anni (tredici, se vogliamo contare anche l'ultimo), al corpo di Lali in cui tutto è armonia e bellezza e a quello della sua migliore amica, l'ingegnere edile che, a dirla tutta, sembrava un po' una betoniera.

Penso a Lali e Jey, la gemella buona e la gemella cattiva, nutrite da un'unica placenta nella pancia della signora Paulina. E, beh, penso anche a me e al cugino *macho*. Ai suoi rasta e ai miei capelli da Barbie. Al suo spagnolo che suona così scanzonato e all'inglese che sono costretto a parlare io. Un paio di volte, se devo essere onesto, mi capita di riflettere anche sul contrasto che le sue chiappe alte e muscolose fanno con le mie, che sono pallide e piatte.

Dopo aver visitato Tzintzuntzan ci spostiamo in un altro villaggio. Qui ci sono meno turisti e la gente del posto ha organizzato una festa nei paraggi del cimitero. Cibo di strada, premi e giostre per i bambini. Il ritorno dei morti è l'occasione giusta per fare un po' di baldoria. Un ubriaco canta per le strade del paese, per quei vicoli polverosi che attraversano villaggi dai muri bianchi e rossi.

Tutte le tombe sono illuminate. Trascorro qualche minuto a osservare un anziano che è arrivato tardi, da solo. Ha deposto un'unica candela vicino a una lapide spoglia. Indossa il costume bianco degli indigeni, una coperta buttata sulle spalle e un sombrero troppo grande per lui. Lali gli si avvicina e lo aiuta a disporre le candele.

Intuisco il significato di quello che le racconta: è la tomba della moglie, non hanno avuto figli. Ha portato con sé qualche mela da appoggiare sulla terra nuda che ricopre il corpo della sua sposa e ne offre due a Lali.

«*Una*» ha detto «*es por el gringo que dejaste atrás*»[34]. Mangiamo insieme le mele della moglie morta, mentre Nirvana scatta foto dall'altra parte del cimitero con la sua reflex scassata ma assolutamente trendy, come tutto quello che possiede.

Questa volta la mia fidanzata impossibile dà la mano a me.

34 Una è per il *gringo* che hai lasciato indietro.

# L.

Non so perché mio cugino abbia pensato di portarci qui. *Noche de muertos* è passata, ma i cimiteri sono ancora decorati. Quando cominciano a perdere i primi petali, a me piacciono ancora di più. Mi fanno pensare alla *llorona*, a Chavela Vargas che grida

*No sé qué tienen las flores, llorona,*
*Las flores del camposanto*
*Que cuando las mueve el viento, llorona,*
*Parece que están llorando*[35].

Amo Chavela. Quando Yatzil e io eravamo adolescenti, ci piaceva mettere i suoi video e cantare le canzoni a squarciagola. Sono come il *chile verde*... Piccante ma saporito[36].

Beh, questa è mia sorella. La modella, la star (ma anche la ragazza che nasconde se stessa a quasi tutti quelli che frequenta). Se non celasse la sua natura più autentica, la gente finirebbe per *enchilarse*. Non saprei come dirlo in italiano. *Enchilarse* è quello che succede quando un *gringo*, o un bambino, o uno dei rari messicani che non sono riusciti ad atrofizzare le proprie papille gustative, si ritrova in bocca una salsa di *jalapeño*. Gli viene il singhiozzo, gli si riempiono gli occhi di lacrime, nei casi più gravi è colto da conati di vomito. La reazione tipica è cercare di estinguere il bruciore con l'acqua, che peggiorerà la situazione. L'unica cosa sensata da fare è mangiare qualche *tortilla*, ma non ci pensa nessuno. È sempre uno spettacolo divertente.

Ed è quello che succede agli sventurati che si avvicinano troppo a Yatzil.

Alcuni bambini hanno un amico immaginario al quale attri-

35 "Non so cos'abbiano i fiori, llorona, / i fiori del cimitero. / Ché quando li muove il vento, llorona, / sembra che stiano piangendo".

36 Lali cita un altro famoso verso della canzone di Chavela Vargas (*soy como el chile verde, llorona – picante pero sabroso*).

buiscono le caratteristiche che mancano a loro stessi. Yatzil e io non ne abbiamo mai avuto bisogno. Ognuna di noi trovava nella sorella il proprio alter ego. Il *chile habanero* e il *dulce de leche.*

Adesso Yatzil è lontana. Da anni per lei il Messico è ridotto ai quartieri eleganti della capitale o alla Riviera Maya, dove ogni tanto va a posare per qualche servizio.

Oggi, dal calendario condiviso che abbiamo su Google, risulta che si trova a Sofia, in Bulgaria. Immersa nel rutilante mondo della moda balcanico. Occupata a gettare nella disperazione qualche povero impresario con i denti d'oro.

Con me e Pier c'è solo mio cugino. Con lui si può avere un rapporto profondo, senza le complicazioni che Yatzil attira sempre intorno a sé. Bisogna fare comunque un po' d'attenzione: ho capito che non esistono rapporti umani che ci si possa permettere di sottovalutare. Ho ventitré anni e ci sono arrivata da un pezzo.

Stufo di vedere cimiteri e fiori sempre più appassiti, Nirvana ci ha portati al Santuario de la Santa Muerte. Lui è un sociologo e ama questo genere di cose. Anch'io ho apprezzato la visita, ma non so se l'avrei inserita nell'itinerario che avevo immaginato per il primo viaggio in Messico di Pier.

Mi pare più appropriato al gusto dark di Vanessa.

Mentre osserviamo statue di scheletri colorati e vestiti a festa, glielo dico. «*Le hubiera gustado, a la Vane*». Risponde che sì, lo sa. Ma l'estate scorsa non gli è venuto in mente di portarla qui. Lui pensa alla morte solo in ottobre.

Adesso è pieno di *cempasúchil*, i fiori color arancione che sono il simbolo della notte dei morti. Sono simili a grossi garofani dal profumo agrumato. Il film Disney-Pixar di quest'anno, *Coco*, ne è pieno. È uscito in Messico in anteprima mondiale e l'abbiamo visto poco dopo essere atterrati. Al cinema, a proposito, ci siamo messi a piangere tutti e tre, anche Pier che capiva una frase su tre. Avrebbe pianto persino Yatzil?

Non credo, perché avrebbe immaginato lo svolgimento di tutta la trama dopo i primi dieci minuti e individuato almeno sedici errori gravi nell'ambientazione (per un messicano normale invece è accuratissima). Ma la questione è un'altra. Yatzil piange, a volte? Ne è capace? Se sì, sono anni che lo fa da sola.

Il santuario è costruito in una casa tradizionale, intorno a un grande patio. Nei giorni scorsi i fedeli hanno disegnato per terra delle composizioni di petali, segatura e farine colorate. Le piogge leggere della notte scorsa hanno ridotto tutto a una poltiglia multicolore.

È mattina, quindi non c'è folla. La gente viene a pregare la *Santa Muerte* come se si trattasse di una santa qualsiasi: per lo più, i fedeli sono anche cattolici. Non pensano che rivolgere le loro preghiere all'immagine della morte (proprio lo scheletro con il velo e la falce in mano) possa essere in contraddizione con la dottrina del Vaticano. La trovano miracolosa e le portano le stesse offerte che sono destinate ai morti sepolti al cimitero (magari abbondando con sigarette e alcolici).

Pier cerca di leggere gli ex voto e i bigliettini con le richieste. Si è incantato di fronte a un quadro che spiega come ogni colore del vestito che il fedele fa indossare alla propria statua della Santa abbia un significato diverso.

Mio cugino gli traduce qualche testo in inglese. Sono carini, insieme.

Pier, a destra, così biondo, così turista, con i pantaloni corti e i peli delle gambe trasparenti. Tutti quelli che entrano si fermano a guardarlo. Ma anche il suo interprete ha qualcosa di esotico, con quei capelli rasta lunghi fino alla vita. E poi, come Pier, supera il metro e ottanta.

Il mio fidanzato ha tre anni più di lui, ma sul suo viso c'è qualcosa di infantile.

Il sole si riflette sui loro capelli. Quelli scuri, nonostante i dread, splendono di riflessi rossi. Su quelli chiari scorgo per la prima volta un brillio arancione che mi ricorda i fiori sparpagliati dappertutto.

Pier tiene in mano un ritaglio di quaderno. Le loro spalle si sfiorano e io mi sento confusa.

Tre scoppi improvvisi in successione ci fanno sussultare. Mi trovo a una ventina di metri da loro e mi butto subito a terra. Sono abbastanza messicana da reagire senza esitazione. Non ho paura. Adesso è il momento di tenere i nervi saldi e di evitare gli altri proiettili, se ci saranno; poi verrà quello di capire cosa sia successo. Le deflagrazioni mi hanno lasciata sorda, ma non si ripetono.

Pier è stato trascinato a terra dalle braccia muscolose che sfioravano le sue. Vedo due paia di occhi che mi cercano. Faccio segno che va tutto bene.

I due vigilantes che sorvegliavano gli ingressi corrono verso l'uomo che ha sparato, ma si limitano a parlargli. Ha abbassato subito il revolver. Aveva mirato al cielo; erano spari di gioia. Era il suo modo di commemorare la moglie defunta.

Almeno, è quello che riesco a sentire. Pier si alza. Ha imparato ad *agacharse*[37] e a buttarsi a terra, e questo in America latina può sempre tornare utile. Anche solo per entrare nel *mood* giusto, come dicevamo.

Mio cugino gli dà una pacca sulla spalla e gli sorride. Mi avvicino a loro. Sento il mio ragazzo dire che preferiva lo stile dell'anziano che ci aveva offerto le mele al cimitero. Nel rimettere il foglietto al suo posto, gli tremano le mani.

Mi dimentico di parlargli in inglese. «Pier, va tutto bene?»

«Sì» risponde in italiano. Pazienza, in questi primi giorni la nostra recita non è così importante. Serve solo ad allenarci un po'.

## N.

Ho passato la *noche de muertos* con Lali. Chi avrebbe mai potuto figurarsi una simile fortuna?

Mi sono abituato anche a Pier. Dopo aver trascorso tre settimane con lui, l'estate scorsa, abbiamo sviluppato una sorta di

37 Piegarsi, accucciarsi.

cameratismo. Lali e io siamo parenti e non riesce a essere veramente geloso.

A Morelia, sono stati loro stessi. Lali indossava i soliti leggings e le sue magliette a tinta unita. Una coda o una fascia colorata per tenere in ordine i capelli. Scarpe da ginnastica. Come sempre, dai suoi otto anni in poi.

Pier era vestito da turista italiano, il che significa che si mette addosso cose che nessun maschio eterosessuale del resto del mondo indosserebbe. Jeans troppo aderenti, maglioncini verde acqua. Per *noche de muertos* ha tirato fuori anche una giacca leggera. *Rosa*.

Su di lui, ci sarà molto da fare.

Per il viaggio sulla costa sarà necessario mimetizzarci. Jey ha ideato i personaggi che interpreteremo: Lali e io saremo una coppia.

Quando me l'ha annunciato, non ho perso tempo con la felicità. Un suggerimento che arriva da Jey, con ogni probabilità è un esperimento psicologico. Un modo per torturarci e metterci in difficoltà. Un'operazione priva di senso, per farla divertire.

Pier doveva essere stato preparato da lei personalmente, per accettare una simile proposta. Lali era convinta. Io ho sospirato e mi sono adeguato.

Una coppia, ma sta a noi decidere di cosa. Amici, amanti, criminali. Nell'immaginazione di Jey, dovremmo essere più Bonnie & Clyde che Bella Swan ed Edward Cullen (inutile dire che io ci vedevo più simili agli ultimi due).

La cosa importante è che si veda che stiamo portando a spasso Pier per manipolarlo e fregarlo. Rubargli i soldi, farlo ubriacare e violentarlo, farci dire il PIN della sua carta di credito, farci intestare la sua casa al mare... L'idea dev'essere questa. Lui sarà *gringo*. Secondo Jey, in questo modo nessuno dovrebbe fare troppo caso alle nostre domande. Nella zona di Colola, potrebbe anche fare un'impressione positiva sulla gente. Imbrogliare i *gringos* è sempre un passatempo popolare. *Another brick in the wall.*

Lali dovrà essere una vera messicana. Il suo accento è perfetto; dobbiamo solo comprarle qualche vestito nuovo. Cose economiche, tessuti sintetici. Roba da grande magazzino del nuovo mondo. Jey suggeriva qualche *mèche* chiara, ma Lali non ha voluto saperne.

Ha ripiegato sulla ricostruzione delle unghie fatta con il gel. Ogni unghia ha l'immagine di un santo diverso. Quando la *nail stylist* se n'è andata, tutta soddisfatta, nessuno di noi tre riusciva a smettere di ridere.

Il passo successivo è stato più delicato. Siamo andati ad acquistarle delle lenti a contatto cosmetiche. Lali ci vede benissimo, ma i suoi occhi si notano a distanze siderali. Credo che parte del successo di Jey come modella dipenda da questo. Quando sono truccati, occhi così possono mettere a disagio chiunque. Per questo Lali non ha mai usato neanche una matita per sottolinearli.

Le lenti a contatto colorate di solito sono chiare. Quelle scure, meno richieste, abbiamo dovuto ordinarle. Avrei potuto comprarle da solo, ma Lali non è capace di metterle. Non ha voluto fidarsi dei *tutoriales* su Youtube (secondo Jey, sarebbero stati più che sufficienti). Ha voluto farsi spiegare dall'ottico come indossarle.

«*Pero ¿Para qué las va a necesitar?*[38]».

La domanda è stata inevitabile. Preparata, ha detto che il suo oculista italiano le ha raccomandato di indossare lenti scure sotto gli occhiali da sole. Perché saremmo andati a vedere il deserto di gesso nello stato di Chihuahua, e i suoi occhi chiari, sensibili alla luce del sole, avrebbero sofferto per il riverbero.

«*Nunca he escuchado algo así*[39]».

Lali ha aggiunto che fa sempre così, quando va a sciare. Naturalmente, l'ottico non ha mai sciato in vita sua. Non ha avuto il coraggio di replicare.

«*Cuidado, Chihuahua es muy peligroso*[40]».

38 Perché pensi che ti serviranno?

39 Non ho mai sentito niente di simile.

40 Fate attenzione, lo Stato di Chihuahua è molto pericoloso.

Abbiamo pagato con la carta di credito intestata a mia zia e ringraziato per i consigli.

Ora dobbiamo rendere Pier più americano. Un anno negli States non ha tolto nemmeno un grammo di *italianidad* nel suo modo di vestire. I suoi capelli biondi, tuttavia, sono un'ottima base: non ci sono molti italiani con i capelli così chiari. È anche alto. Con uno stile diverso, diventerà un *gringo* perfetto.

Lali è sorridente, eccitata. Si vede che è felice di mettersi in moto. Non troveremo mai Vanessa, io ne sono sicuro: se siamo partiti per questo assurdo *road trip*, è solo per lei.

Fa provare a Pier delle camicie a quadri con le maniche corte, del tipo che indossano sia i messicani sia gli americani *del piso de arriba*[41]. Lui non è entusiasta – ci ha sempre tenuto più della sua ragazza, all'abbigliamento. Io gli porto dei jeans da provare. Larghi. Del tipo che non ti fa sembrare uno *jotito*[42] che si veste da Zara.

Cambia completamente aspetto. Non riceverà *avances*, nei locali. Gli dispiacerà?

Eppure, nonostante i pantaloni sformati, non si muove da americano. Non è abbastanza goffo e tracotante. Non occupa più spazio intorno a sé di quello che è necessario. Ma mi auguro che, sulla costa, non siano diventati tutti sociologi. È *rubio*, ha i piedi grandi, parla inglese: caratteristiche sufficienti a convincere tutti che sia un vero *gringo*.

Il *fierrari* è abbastanza vecchio da non attirare l'attenzione di nessuno, neanche con Lali sul sedile del passeggero. Una Lali che è entrata nella sua parte in men che non si dica. È come se dentro di lei ci fosse sempre stata una messicana truffaldina, una che ha conosciuto fin da piccola l'arte di arrangiarsi. E infatti è così. *Mi estrella* è sopravvissuta ai genitori più distratti della Terra e a un doppio malvagio. Era prevedibile che avrebbe faticato a soppor-

41 Nordamericani (letteralmente: "del piano di sopra").

42 Omosessuale.

tare l'uscita di scena di uno dei pochi punti fermi della sua vita (un punto *immobile*, ancorato a terra da quelle sue caviglie grosse come tronchi d'albero). Supererà anche questo. Vestita come una *puta del triangulo de las piernudas*[43], con i suoi nuovi artigli da *curandera*, con gli occhi che restano belli anche se coperti dalle lenti scure. Ne uscirà splendente come una supernova.

Il portabagagli è carico di vestiti appena acquistati (avete presente il Borsalino, che si può arrotolare e schiacciare perché tanto riprende sempre la sua forma? Youtube è pieno di video di cappelli torturati. Beh, con i vestiti dei grandi magazzini, questo non succede. È sufficiente staccarli dall'appendiabiti perché assumano un'aria vissuta. E per noi, è meglio così).

Partiamo al mattino presto. Salutiamo mia madre come se stessimo andando alla spiaggia – è quello che le abbiamo detto, anche se non credo che fosse davvero necessario nasconderle il nostro progetto. È contenta di ospitare Lali e il suo ragazzo, ma non le dispiacerà tornare in possesso dei propri spazi. Invitare le sue amiche per i loro rituali di pulizia interiore e per farsi i tarocchi a vicenda. Disegnare un cerchio di alcol sul pavimento e dargli fuoco. Cose che mi aveva promesso di non fare, mentre mia cugina e quel povero *gringuito* dormivano in salotto.

Ho pensato che *Noche de muertos* e la nostra missione sulla costa del Pacifico fossero uno choc culturale sufficiente, per Pier.

Dobbiamo percorrere cinquecento chilometri; un tiro di schioppo, sul nostro continente. Lali conosce la strada, mentre Pier è curioso.

Non è la prima volta che accompagno un turista in queste zone. Per lui, sarà un'esperienza indimenticabile. Anche se non dovessero assaltarci o se questa auto decrepita dovesse funzionare così a lungo. Sarà bello lo stesso, lo giuro.

La città di Morelia è situata a quasi duemila metri di altitudine. Questo di solito fa una certa impressione sui *gringos*, e io

43 Angolo della città di Morelia dove si riuniscono le prostitute. Assonanza tra *bermudas* e *piernudas* (donne dalle gambe scoperte).

sono stato in Europa abbastanza spesso da capire il loro sconcerto. L'estate scorsa, nell'unico fine settimana libero di Lali, siamo andati a Sestriere.

Si trova poco più in alto della mia città, eppure lì è alta montagna. Mucche, piste da sci, laghetti. Aria leggera. In inverno è tutto coperto di neve. A quelle latitudini non sarebbe un buon posto per costruire una città da un milione di abitanti.

Morelia, come Città del Messico e altre metropoli dell'America centrale e meridionale, è posizionata su un altipiano. Il clima è più fresco rispetto ai centri abitati della costa. Se da Morelia, nel centro del paese, vuoi raggiungere l'oceano, devi scendere di quasi duemila metri. Non è proprio come attraversare le Alpi marittime per andare alle Cinque Terre. Non si tratta di qualche tunnel e di una serie di curve sui viadotti.

Da Morelia si guida fino a Uruapan, dove si imbocca la *carretera* che conduce al Pacifico. La *verdemare* del Messico centrale. Con tutto il rispetto per le vostre autostrade, è un'altra storia.

A proposito, non ci sono gli autogrill: troverete qualche *caseta* se proprio dovete pisciare e non vi va di farlo controvento, ma non cominciate a chiedere bruschette e dolci alle mele. Anche la benzina sarebbe meglio farla prima. Non che le pompe non ci siano. È solo che è preferibile non fermarsi, se proprio non si tratta di una questione urgente.

Se quando siamo partiti da Morelia indossavamo la giacca (ho lasciato che Pier si tenesse la sua, tanto non avrà occasione di tirarla fuori dal bagagliaio), a mano a mano che ci avviciniamo a *Tierra caliente* – un'area dal clima tropicale, tra gli altipiani e la costa – la temperatura si alza di almeno quindici gradi. Inutile contare sul sistema di refrigerazione del *fierrari* – non ha mai funzionato. Così, spalanchiamo i finestrini e alziamo al massimo la musica.

*And I say*
*Hey, hey hey hey.*
*Living like we're renegades.*

L'impianto dell'aria condizionata non funziona, ma l'autoradio sì, eccome. Se uno è capace di preparare i cd come si faceva nel 1999.

Suppongo che anche *don Pier ingeniero informatico* sia capace di farlo, al bisogno, ma avevo occultato quest'informazione.

Nessuna speranza di usare i suoi mp3. La colonna sonora del nostro viaggio è una mia prerogativa.

E niente, fa già ridere così.

## V.

Viaggiano di giorno.

Io avevo preso un autobus notturno; in questo modo *la autopista siglo XXI* non l'avevo capita. Sapevo che ero scesa di duemila metri con un viaggio di poche ore, ma i panorami mi erano sfuggiti. Adesso, mentre la percorrono loro, il paesaggio è più arido di come dev'essere stato ad agosto dell'anno scorso, nel pieno della stagione piovosa.

La strada digrada poco alla volta, e noto le indicazioni per i conduttori di mezzi pesanti. È raccomandato l'uso del freno a motore, e, in caso di avaria, di seguire le tracce rosse che sono disegnate a terra, fino a raggiungere una delle tante piste di frenata che si ripresentano a intervalli regolari. In questo modo, se il peso del veicolo dovesse essere eccessivo per i suoi logori freni messicani, il camionista dovrebbe cercare di non perdere la calma e accompagnare il suo TIR fino alla sabbia con cui si concludono queste piste di decelerazione. Sarà l'attrito a fermare il suo mezzo.

Mi chiedo come sia lo stato d'animo di un camionista che si vede costretto a usare una di queste rampe. Se pensi alla *Virgen de Guadalupe*, alla *Santa Muerte* o alla mamma. Oppure se si limiti a fischiettare il *narcocorrido* che stanno passando alla radio (allegre canzonette alla messicana che raccontano le imprese dei padroni di questo paese).

Prima di iscrivermi a ingegneria, per un po' ho carezzato l'ipotesi di diventare una camionista. Ho seguito il profilo Facebook di una delle poche camioniste donne italiane; una tipa minuta che guida con grinta uno Scania decorato da personaggi dei cartoni animati. A un certo punto, è sparita dai social network. Cosa le sarà successo? Si sarà stufata? Avrà deciso di mettersi ad animare feste per bambini?

Alla fine sono giunta alla conclusione che, se avessi tenuto botta a ingegneria edile, forse avrei faticato di meno e guadagnato di più.

Lungo la strada, stagliati contro il marrone di un terreno che diventa più secco a mano a mano che si scende di quota, scorgo alberi sconosciuti. Rami fioriti senza foglie, come quando inizia la primavera in Europa. Giallo smagliante, rosso come il tramonto sulle spiagge intorno a Lázaro.

Intravedo alcuni venditori di iguane vive – se vuoi puoi fermarti ad acquistarne una, i *tortugueros* ce ne avevano parlato. Poi naturalmente devi ucciderla e cucinarla. È illegale, ma vendono anche armadilli (e, si dice, anche uova di tartaruga, se non tartarughe vive. Ma questo non si fa più in pubblico).

Erano i *tortugueros* a trovare gli armadilli (le iguane invece abbondano, appena si scende dagli altipiani). Una sera ce ne hanno portato uno. Noi volontari stavamo cenando pigramente con qualche *quesadilla* e una zuppa di cipolle preparata da due ragazze ceche.

Ci hanno chiamato, eccitati. Quella povera cosina nera lanciava grida da una delle bacinelle che usavamo per raccogliere i tartarughini appena nati. Si contorceva e girava su se stesso. La corazza scura polverosa, il bizzarro muso allungato.

Non so cosa ne abbiano fatto – suppongo che sia stato venduto sulla statale 200, la strada che collega Acapulco e Puerto Vallarta.

Magari Pier vorrà un'iguana. È un bambinone, e ai bambini piacciono i rettili.

Lali temeva che fossi invidiosa di Pier, perché lei aveva un fidanzato e io no. Per questo faceva in modo di uscire con me da sola, o con i nostri vecchi compagni del liceo (abbiamo frequentato entrambe il Cavour, ma in due sezioni diverse) almeno due sere alla settimana.

Si sbagliava. Impossibile che in me nascesse un sentimento di gelosia nei confronti di quel bellimbusto. *Ingegneria informatica*, un covo di nerd e smanettoni che non combinano niente di concreto. Almeno fosse stato un pirata, un membro di Anonymus. Ma figuriamoci. Pier è abbastanza carino, ma è pur sempre quello che in Messico definiscono "*güerito desabrido*". Un biondino insipido. Il figlio di un avvocato potente che non ha bisogno di dimostrarsi capace di fare qualcosa.

Prima che capissi che razza di perverso incestuoso fosse suo cugino, lui mi piaceva davvero. In prima media, la mia conoscenza degli uomini era soltanto teorica e istintiva, ma i miei gusti erano già definiti. Pier, a differenza di Nirvana, non ha mai risvegliato in me la minima traccia di passione.

Non escludo che Lali l'abbia scelto per quello. Un ragazzo così posato, pulito e ordinato. Uno che non sarebbe mai potuto stare con una farfalla dei tropici, con una succhiatrice di pistilli. Sarebbe stata un'esperienza troppo intensa per il suo piccolo cuore~~ e il suo piccolo cazzo~~.

Ancora quella canzone. È stata la colonna sonora del mio ultimo anno di università. Corsi di estimo, e

*Long live the pioneers*
*Rebels and mutineers*
*Go forth and have no fear*
*Come close the end is near.*

Laboratorio di Tecnica delle costruzioni, e

*All hail the underdogs*
*All hail the new kids*
*All hail the outlaws*
*Spielberg's and Kubrick's.*

Nessuna canzone ha parlato di me più di questa. Della Vanessa *2.0*. Vanessa che si riscatta di tanti anni da sfigata. Che si laurea alla prima sessione in qualcosa di impensabile, mentre le sue compagne di liceo arrancano in Lingue e Scienze della comunicazione.

Che si prepara alla conquista del Messico – e questa volta non ho neanche dovuto pagarmi il viaggio. Il mio curriculum universitario ha lasciato i miei genitori a bocca aperta e non hanno avuto il coraggio di impedirmi di andare dove volevo.

Dopotutto c'ero già stata, ed ero tornata senza un capello fuori posto.

Negli ultimi anni ho visto nascere nei miei genitori un nuovo rispetto per me, complici il mio libretto e la facoltà dura che avevo scelto. Mi sono laureata quasi in anticipo sui tempi. Il giorno della discussione della tesi, il relatore ha cantato le mie lodi davanti ai miei genitori, che non sono stati neanche capaci di ringraziare, tant'erano sconvolti. "La miglior studentessa che abbia mai seguito. Una vera costruttrice. Farà molta strada".

Avevano iniziato a rispettarmi come donna. Non ero più un prolungamento dei loro corpi, il rimpiazzo di una persona che non c'era più.

La Vanessa 2.0 aveva conquistato a tempo di record una facoltà che era stata una roccaforte maschile.

Per tutto quell'anno mi ero preparata alla mia folle vacanza in Messico. Perché avrei espugnato anche quello, ne ero certa. Sarei stata la *gringa* dai capelli rossi che fa impazzire gli uomini. Uomini che non hanno mai visto una donna così e che non avrebbero saputo resisterle.

Una che regge più birra di loro e che segue le partite con la stessa competenza che ha dimostrato all'esame di Ingegneria sostenibile. Che sarebbe capace di costruire un grattacielo. Che guida un 4x4 come se fosse una Smart.

Quando ho rinunciato all'idea del camion, ho pensato che mi sarei comprata una Jeep. Influenzata dalla canzone, certo.

È una storia divertente: la Jeep ha rilasciato un nuovo modello di auto proprio quando è uscito questo pezzo. Il brano di un gruppo poco conosciuto è diventato virale. Uno spot perfetto per l'ultimo modello di SUV, il *Renegade.* Non per questo la canzone mi è piaciuta di meno. Anzi, hanno cominciato a piacermi anche i fuoristrada.

Il tempo di finire gli studi e lavorare un po' per guadagnare qualche soldo: subito dopo, avrei acquistato la mia prima Jeep. Nera (da qualche anno, sono passata al total black. Snellisce – è l'unica cosa abbia mai capito sulla moda. Mette in luce i miei capelli. È facile da abbinare). Non avevo mai visto la *siglo XXI*, ma senza dubbio è in un posto simile che immaginavo di guidare la mia auto.

*Infiernillo.* Un nome autoironico per un posto incredibile. Una piccola comunità sulla *presa* del Rio Balsas. Delle case, lì, io non ce le avrei costruite. I ponti sul fiume, invece, sono opere mirabili. È assurdo che mi sia sfuggito tutto questo.

Mi sarei dovuta fermare qui, anziché raggiungere quella costa purulenta, infetta. Qui, dove lo stato del Michoacán finisce e comincia il Guerrero.

Sarei stata felice di studiare questi ponti e la gigantesca centrale idroelettrica che si intravede (Lali avrà pensato a me, nel vederla? Quando viaggiavamo insieme e trovavamo un impianto industriale – un cementificio, un'acciaieria, una centrale nucleare come quella che abbiamo visto in Francia, durante una gita del liceo – la riempiva d'ammirazione il fatto che io capissi sempre di cosa si trattasse. Lei vedeva solo una struttura inquinante che deturpava il paesaggio. Interpretavamo le stesse cose con occhi diversi. D'altronde, nel fortunato sottogruppo degli occhi chiari, non esistono due paia di occhi più diversi di quelli di Lali e dei miei. Verde sottobosco, verde-muschio-gonfio-diparticelle-d'acqua, contro blu-cielo-padano-al-crepuscolo. Che razza di competizione).

Avrei potuto criticare le case, nuotare nelle acque profonde di questo fiume così americano, invece di accontentarmi di sorvolare questo paesaggio magnifico.

Se mi tuffassi adesso, la polvere magica svanirebbe per sempre.

Eppure

*It's our time to break the rules*
*Let's begin…*

## L.

Mi chiedo come mai i miei genitori non abbiano voluto aprirla qui, la loro SPA. Suppongo che in Costa Rica ci siano più servizi, più organizzazione. Un paese più adatto ai *gringos* che prenotano vacanze yoga&detox. E, *vaya*[44]: un paese più stabile e sicuro del Messico.

Ma di spiagge così, in Costa Rica, non ce ne sono.

Abbiamo viaggiato per tutta la giornata, perché il *fierrari* sopra i settanta comincia a fare dei rumorini che a Nirvana non piacciono (e Pier, che cerca di esprimere competenza quando non sono certa che sia capace di cambiare uno pneumatico, mi fa tenerezza).

Inoltre, dopo Lázaro si imbocca la statale 200, che è piena di curve pericolose.

È una strada di una bellezza incomparabile. Segue la costa dell'oceano Pacifico per un intervallo di tempo che si approssima all'infinito; se ci si lascia trasportare dalla sua sinuosità, ci si dimentica dello scorrere del tempo (come succede a chi si occupa per qualche giorno delle tartarughe neonate di Colola). I no-

44 Intercalare che corrisponde a "dai".

mi delle località che si incrociano lungo il viaggio sembrano ispirati al regno delle fate.

*Ixtapilla, Maruata, Faro de Bucerías, La Manzanillera, Palma Sola, La Ticla...*

Si possono raggiungere le più famose località balneari di Ixtapa e Zihuatanejo e, volendo, le celebri spiagge di Acapulco (a sud) e Puerto Vallarta (a nord).

Da quando sono atterrata in Messico, è come se fossi diventata più consapevole dei colori. Per la prima volta mi sono accorta di quanto sia grigia la città italiana in cui sono cresciuta e stata felice... Mi rispecchia e mi ha sempre offerto quello di cui avevo bisogno, eppure soffre di un deficit strutturale di toni vivaci.

A Maruata invece la luce del sole fa virare l'acqua dal blu ceruleo al cobalto, passando per lo zaffiro.

I rilievi che incastonano la spiaggia sono verde marino, verde foresta, verde cinabro. La sabbia è zafferano, zolfo e oro. Blu, verde e giallo si mescolano, si sposano e si riproducono nell'insenatura di playa Maruata, senza seguire le regole consuete della rifrazione. Per essere sicura di dare i nomi giusti alle sfumature, mi sono scaricata un po' di *palette* di Pantone.

Abbiamo deciso di dormire qui, presso le *cabañas* di un centro di ecoturismo costruito a pochi passi dalla spiaggia. Uno dei motivi del fascino del posto è che su questo tratto della costa non esistono dei veri e propri alberghi. A Maruata si può nuotare, perché una piccola baia protegge i bagnanti dalla violenza dell'oceano aperto .

Negli ultimi anni ci sono stati scontri tra l'esercito e le comunità locali. Nel '15, un anno prima che venisse Vanessa, è addirittura morto un bambino. Forse la povertà di queste zone e l'influenza dei *narcos* che sfruttano la statale 200 per i loro traffici non attirano i soldi degli investitori.

Magari ho sempre sottovalutato i problemi di questa zona.

Sono stata io a parlare a Vanessa di Colola, ai tempi del mio primo campo di lavoro.

Lei non mi ha mai chiesto se ci fossero dei pericoli. Era rimasta colpita dalle mie foto e dai miei racconti. Sapevo che mi invidiava, e questo mi faceva sentire a disagio; ma l'alternativa a raccontarle quel che stavo facendo (scomparire da Internet per due settimane, lasciandola completamente sola, perché non aveva altri amici) sarebbe stata ancora più crudele.

La seconda volta che sono stata a Colola, lei era appena ripartita dal suo primo viaggio in Messico. Avevamo trascorso insieme tutto il mese precedente. Era venuta sulla spiaggia con me e Nirvana – a Zihuatanejo, una cittadina incantevole che però non può essere comparata alla costa selvaggia dei dintorni di Colola.

Le tartarughe le avevamo viste anche lì, una notte, mentre camminavamo verso una discoteca. Sulla spiaggia illuminata dalla luce artificiale si era schiusa una nidiata. Avevamo cercato di non pestare i tartarughini che cercavano di trovare l'acqua, confusi dal chiarore dei lampioni e dal rumore proveniente dai locali notturni. Appoggiavamo i nostri piedi nudi su un sentiero marcato dalla luminescenza del plancton depositato sulla battigia.

La prima vacanza intercontinentale di Vanessa si era conclusa sull'oceano, che non aveva mai visto prima di allora; poi era salita su un aereo e dall'aeroporto di Ixtapa aveva volato a Città del Messico. Si era già pentita di non tornare con me una ventina di giorni dopo, ma voleva organizzare il suo primo anno di università (io invece mi ero iscritta senza troppo entusiasmo a Scienze motorie, e non avevo intenzione di occuparmi di scocciature burocratiche prima di ottobre).

Nel corso del mese appena trascorso non aveva comunicato con i suoi genitori: temeva che non l'avrebbero riaccolta in casa, dopo il suo atto di disobbedienza.

Era una possibilità remota, eppure a diciannove anni l'avevamo trovata plausibile. Stava pensando anche di cercarsi un lavoretto e iscriversi a tempo parziale all'università, per essere certa di riuscire a mantenersi.

Dopo averla salutata, Nirvana mi aveva accompagnata fino a Colola, dov'ero già stata l'anno prima. Lui stava per cominciare il suo quarto semestre universitario, perché in Messico si finisce il liceo a diciotto anni.

Come sempre, mi aveva salutata con riluttanza. La prima sera di campo aveva dormito con noi nel *campamento tortuguero* e aveva conosciuto gli altri ragazzi.

Quell'anno, avevo trovato un bel gruppo. I *tortugueros* erano giovani e simpatici; i volontari internazionali erano un pugno di giapponesi e coreani che si guardavano in cagnesco, due tedeschi, un inglese arrivato già ubriaco e svariate ragazze dell'Europa dell'Est. Tutti avevano pensato che Nirvana fosse il mio fidanzato, ma il più carino dei tedeschi aveva cominciato lo stesso a strizzarmi l'occhio.

La seconda sera di campo Nirvana era tornato a Morelia, e io avevo fatto l'amore con Albert proprio mentre ricevevo i messaggi di Vane che mi comunicava di essere arrivata.

Di solito è una ragazza sarcastica e controllata, ma quella sera il suo stato emozionale era alterato dal jet lag, dal sollievo per l'accoglienza da parte dei suoi genitori, da quel suo primo viaggio intercontinentale che a detta sua l'aveva cambiata così tanto (ma non era vero. Cambiava in continuazione, come tutti. Non era stato il Messico a farla diventare diversa. Era solo diventata un po' più fiduciosa nei confronti delle proprie capacità). Mi aveva scritto dei messaggi dolci.

Al *campamento tortuguero* la rete telefonica è disponibile solo in alcune zone. Quella che avevo scelto per appartarmi con Albert era una di queste (a proposito, è ancora tra i miei amici di Facebook. Al campo ci eravamo scattati qualche foto insieme, e ogni estate le ricondivide, raccogliendo un sacco di commenti – per lo più poco eleganti. Io non approvo mai il tag, e così non appaiono sulla mia bacheca).

Il mio telefono continuava a rumoreggiare. Vane sapeva che riuscivo a connettermi, perché l'avevo controllato poco prima. Avevo letto i suoi primi due messaggi ed ero curiosa di sapere come fosse andato l'incontro con i suoi genitori, ma poi il tedesco aveva disteso a terra un asciugamano in microfibra.

Sapevo che il mio silenzio l'avrebbe offesa. Mi stava offrendo il suo fianco vulnerabile, indifeso, con quei messaggi di amicizia e di gratitudine; io avrei dovuto ribadire l'importanza del nostro rapporto e quanto mi avesse fatto piacere viaggiare insieme.

Ero consapevole di tutto questo, ma avevo anche diciannove anni, e Albert somigliava a Ryan Gosling (da *Drive* in poi, sono sempre stata una sua fan. Vane invece non lo sopportava: "Quello slavato dagli occhi piccoli e il mento sfuggente", lo definiva. L'autunno scorso ho pianto per tutta la durata di *La la land*, Perché pensavo a quanto avrei riso, se l'avessi visto con lei).

Avevo messo il telefono in modalità silenziosa. Avevo sfilato la canottiera e i pantaloncini che erano le uniche cose che avevo addosso. Con tutto il rispetto per Pier e la consapevolezza che Albert non è mai stato il mio tipo, la ricordo come una delle notti più belle della mia vita.

Dopo aver dormito sotto le stelle per un paio d'ore, mi ero ricordata di Vane. Avevo afferrato subito il cellulare, che era scivolato fuori dalla borsa di tela del Chiapas (colori appariscenti, ci potete giurare. Sfumature, poche) in cui l'avevo infilato e che si era riempito di sabbia e umidità.

Per noi era quasi ora di andare a pattugliare la spiaggia alla ricerca di uova di tartaruga; in Italia dovevano essere circa le cinque del mattino. L'orario però non aveva importanza, perché Vane doveva essere sotto l'effetto del cambio di fuso.

Avevo finalmente letto i suoi messaggi.

Lali, vedo che sei in linea. Come va? Sei arrivata al campamento tortuguero? Nirvana è riuscito a ripartire? :)

Io sono arrivata a casa due ore fa. Sono devastata. Impossibile dormire per tutto il viaggio. Bebè che piangevano, ubriachi, vicini che vomitavano alla minima turbolenza… Un girone infernale.

Ma ne è valsa la pena <3 Anche se continuo a pensare che sarei dovuta venire a Colola con te.

Lali, sei in linea? Mi pare di sì.

Beh, aveva ragione Jey. Non avrei dovuto preoccuparmi. I miei genitori sono venuti a prendermi in aeroporto. Mia mamma ha cucinato i miei cibi preferiti. Hanno ascoltato i miei racconti come se fossi mio fratello maggiore, tornato dall'aldilà.

Ehi, sei già sparita con uno svedese dai capelli albini? Goditelo. Dopo due giorni in Messico sarà rosso come un gambero, con la pelle che si staccherà dalla punta del naso! Hai dei gusti immondi :P ! Io avrei scelto un tortuguero.

Se sei online ma non mi rispondi, è perché ti stai divertendo. Benissimo così. Anzi, bene ma non benissimo ;) perché mi manchi.

Non vedo l'ora che torni a Torino. Grazie a te, ho trascorso il mese più spettacolare della mia vita. Grazie, grazie, grazie per avermi fatto conoscere il paese più bello che esista.

Avevo cominciato a sentire dei rumori provenire dalla capanna dove dormivano gli altri volontari.

Dovevo svegliare Albert.

Una notifica mi aveva segnalato che Vanessa mi aveva citata su un'immagine caricata su Facebook. Avevo approvato il tag senza guardarlo e mi ero precipitata al lavoro.

Qualche ora dopo, quando si stava già levando il sole e noi eravamo tornati a letto (questa volta nei nostri sacchi a pelo leggeri, appoggiati a semplici strutture di legno piene di sabbia), avevo letto la vignetta.

Era una di quelle in bianco e nero, che raffigurano due donne ottocentesche.

La dedica era: @*Citlali Pellegrino. Muchas gracias por este viaje, amiga!*[45]

Nel disegno, una figura diceva all'altra: *We'll be best friends forever, because you already know too much.*

Nella capanna non c'era rete telefonica e non ero riuscita a risponderle. Ero troppo stanca per andare a passeggiare sulla spiaggia, cercando un po' di ricezione. Sapevo che ci sarebbe rimasta malissimo.

Mentre mi stavo addormentando, cullata dal ricordo di Albert che si muoveva dentro di me e dal fragore delle onde sulla spiaggia, avevo pensato: ma cos'è questo *too much* che dovrei conoscere? Cos'ha fatto di così disdicevole, in Messico? Non si era neanche mai ubriacata (mentre io, che non sono certo un'alcolista, in un paio di serate nei locali di Morelia ci ero andata vicino). Nessuno degli amici di Nirvana ci aveva provato con lei. Forse voleva solo lasciar intendere agli amici di Internet che il suo mese messicano era stato più intenso rispetto alla realtà.

Ci avrei pensato il giorno dopo. Se avessi trovato un po' di rete, o un po' di tempo.

## P.

Ho promesso di non lasciarmi impressionare, ma in realtà, da quando ho conosciuto Lali, non c'è stato un giorno in cui non sia rimasto sorpreso.

Sorpreso per il fatto che esistesse una ragazza così bella. Una ragazza così bella che ricambiava il mio interesse. Una ragazza così bella che ricambiava il mio interesse e che abitava in un appartamento tutto per sé.

Una ragazza così bella che si lasciava stalkerizzare, aveva la casa libera e una sorella gemella cattiva. Potrei continuare per ore, con la *Fiera dell'est* di Lali e della sua vita scombinata.

45 Grazie per questo viaggio, amica!

In Messico, questo mio sentimento ha raggiunto il climax. Hanno cominciato con *Noche de Muertos* e i suoi primi timidi shock culturali (fiori dal nome impronunciabile e sparatorie di giubilo), poi le antiche divinità azteche hanno pensato che non mi fossi lasciato coinvolgere abbastanza da questo paese. Quindi mi hanno fatto vestire da cretino e mi hanno condotto verso l'oceano.

E qui, l'ultimo firewall è stato abbattuto.

Quando abbiamo cercato un alloggio che ci permettesse di condurre la nostra indagine, ho scoperto che, presso le piccole comunità della costa, ci sono centri di ecoturismo un po' dappertutto. Le loro pagine su Internet sono penose, roba che neanche nel 2005.

Lali e Nirvana si sono scambiati uno di quegli sguardi complici che ogni volta mi inducono a cercare rifugio in un cazzo di esercizio di respirazione *pranayama* che Lali mi ha obbligato a imparare.

Una ha detto all'altro «*¿Maruata?*», e l'altro ha risposto: «*Oh sì, que sea Maruata. Ya voy a llamar*[46]». E ha telefonato per prenotare, perché non c'era nessuna speranza che qualcuno rispondesse all'indirizzo email che avevo trovato sul sito con tecniche da hacker.

Dopo Lázaro Cárdenas, l'ultima città costiera se si è diretti verso Colola, ho chiesto a Nirvana se voleva che lo sostituissi alla guida. Ha risposto con una delle sue sprezzanti risate messicane. Una di quelle che sottintendono: "*Gracias, amigo*, ma non sei abbastanza *hombre* perché ti permetta di avvicinarti al volante della mia *fierrari*". Ora che ci penso, questo tipo di risate messicane le fa anche l'Avvocato.

E invece se mi avesse lasciato guidare sarebbe stato meglio.

Se guido, non soffro il mal d'auto. E non ho mai visto una strada con così pochi tratti rettilinei come la statale 200.

Nirvana si diverte a imboccare le curve a tutta velocità per

46 Sì, che sia Maruata. Provo subito a telefonare.

frenare poi all'improvviso. Non so se stupirmi di più perché siamo ancora tutti vivi o perché la macchina funziona ancora.

Mentre Lali mi passava un sacchetto di plastica nero, Nirvana scuoteva la testa, incredulo. A sentire lui, a nessun messicano succedono queste cose. Vomitare in macchina è come piegarsi per raccogliere il sapone nelle docce di un carcere, ha detto in inglese. Una dichiarazione forte e chiara di virilità compromessa.

Neanche Lali mi è parsa molto comprensiva. Ho provato a incolpare i tacos che abbiamo mangiato a Lázaro, le Negra Modelo[47] che Nirvana continuava a ordinare («Fa caldo. Non possiamo mica bere acqua. Con l'acqua la sete non passa»), ma ho peggiorato la situazione.

Non bisogna mai dire a un messicano che hai trovato pesanti i suoi cazzo di *tacos* o che le sue sacrosante birre ti fanno venire la gastrite.

Quando è riuscito a fermarsi per farmi prendere fiato e permettermi di trasferirmi sul sedile anteriore, ho intravisto il Pacifico. Era verde come le mie guance che vedevo riflesse sul finestrino. Ho sempre pensato che la costa della California e la Baia di Monterey non potessero avere rivali.

Tre quarti d'ora dopo abbiamo raggiunto Maruata, dove siamo ora.

Qualcosa che mi ricorda la California c'è. Si vede che sono due declinazioni della stessa costa, che va dall'Alaska alla Patagonia. Ma intorno alla baia di Maruata non c'è nulla. Solo cielo, acqua, onde che modellano le rocce. Le uniche costruzioni che si scorgono dalla spiaggia sono delle casupole di cemento bianco. Un riparo notturno, perché la vita degli abitanti si svolge all'aperto.

Non deve mancare molto al tramonto. Troviamo subito le nostre *cabañas*, a pochi minuti di auto dalla celebre spiaggia. Questa sistemazione offre qualche lusso: due letti di taglia nordame-

47 Marca di birra apprezzata dai messicani.

ricana e un'amaca appesa all'aperto, tra due palme. Il prezzo è irrisorio. Se anche avessimo voluto spendere di più, nelle vicinanze ci sono solo queste capanne dai tetti di materiale vegetale (e qui mi manterrò sul vago, perché se dovessi azzardare il nome della pianta da cui è stato ricavato, Nirvana potrebbe prendermi in giro per i prossimi quindici giorni). I muri sono di legno.

Sistemati alla meglio in camera i nostri vestiti da malati psichiatrici, ci precipitiamo sulla spiaggia.

Caso mai avessi ritrovato un po' di dignità agli occhi dei miei compagni di viaggio, la perdo nei successivi dieci minuti. Appena calpestiamo la sabbia e infiliamo i piedi nell'acqua, il cielo diventa rosso, la sabbia rosa.

Lali elenca le sfumature: bordeaux, corallo, carminio, cremisi, porpora, magenta. Non so cos'abbia con i colori, in questi giorni. Da quando si è fatta colorare le unghie da quella balorda nail stylist, continua a cercare l'aggettivo perfetto per descrivere ogni tonalità.

Io non conosco i nomi delle gradazioni del rosso. Suppongo che quel poco di virilità che rimane in me mi impedisca di apprezzarle come riesce a fare lei. Noi maschi non vediamo i colori come le femmine. Le donne daltoniche sono rarissime. Il nostro sistema percettivo è diverso.

In ogni caso, il mio grammo di virilità si scioglie tra i flutti, perché la bellezza di questo tramonto, il silenzio che ci circonda, ecco, mi *commuove*.

## Y. & L.

«Siete arrivati?».

«Sì. E ho scoperto che è altissima stagione, per i *campamentos tortugueros*. Nascono un sacco di tartarughine».

«Ce n'è più di uno?».

«Mi pare di aver capito di sì. Io conoscevo solo quello di Colola, ma ce ne sono altri. Gestiti per lo più dalle comunità indigene».

«Come se la cavano i due rivali in amore?».

«Nirvana è ai tuoi ordini, se vuoi gli passo il telefono e gli scrivi un po' tu».

«Mi sputerebbe in un occhio. E Pier?».

«Un *gringo* molto credibile».

«Ha la diarrea?».

«Non ancora. Ma aspetta che ceniamo in uno dei ristoranti di Maruata :)».

«Compragli del *pan Bimbo*, mettilo a letto e vai a ubriacarti con nostro cugino».

«Avevo pensato la stessa cosa. Come va a Reykjavík?».

«*Puto frío.* E colleghe dementi. Ma dopo il servizio abbiamo potuto cazzeggiare nella laguna blu. Ti mando una foto».

«Fico».

«E questa è quella che caricherò stasera sulla tua pagina Facebook».

«YATZIL! >:-O».

«Non ti piace?».

«Non so se sia peggio la posizione, che è scorretta, o quel top. Oltre a essere zebrato, è imbottito».

«:) La posizione non è scorretta. Cioè, magari sarebbe scorretta dal punto di vista di Paramahansa Yogananda, ma è solo innovativa. Non trovi che sia monotono mantenere le stesse pose per cinquemila anni?».

«Innovativa nel senso che si vedono meglio le tette».

«Non voglio che tu perda i tuoi studenti, mentre sei lì. La didascalia sarà:"*periodo decisamente intenso... let's breathe*"».

«Può andare. Rispondi ai commenti, mi raccomando. Gli studenti dei corsi di yoga si chiederanno perché c'è una sostituta. I miei compagni di università, cosa ne stia facendo del mio terzo semestre sabbatico».

«Non ti preoccupare. Non si chiederanno niente. Guarderanno le tue tette e basta ;)».

«Le TUE tette».

«Non c'è poi questa grande differenza».

«Vado a cena. Grazie. *Cuídate*».

«Lali?».

«Ci sono ancora. Dimmi».

«*Cuando encuentres a la pelona, no te vayas con ella*[48]».

## N.

Mal di testa. È già mattina?

Impiego un po' di tempo a mettere a fuoco la stanza. Lali e Pier dormono ancora, sull'altro letto. Composti, ognuno dal proprio lato del materasso. Non mi pare che facciano fatica a trattenere i loro istinti a causa della mia presenza, ma una delle prossime notti proverò l'amaca.

Non abbiamo messo le zanzariere, ci piace vivere pericolosamente. Ma non ho visto neanche una zanzara.

Devo alzarmi per forza, o mi scoppierà la testa. Non c'è modo per avere un caffè, da queste parti?

Abbiamo bevuto troppo, ieri sera? Direi di no, eppure questa *resaca*[49] farebbe supporre il contrario. Anche Lali ha bevuto più del solito. Pier esitava tra il timore di peggiorare la sua situazione di sfigato (chiedendo solo acqua imbottigliata senza ghiaccio), la paura di sentirsi male di nuovo e quella di fare altre cazzate sotto l'influsso dell'alcol.

A Torino non era così insicuro. Si vede che non è un Rambo, ma riusciva a non infilare una *pendejada*[50] dietro l'altra. Devo dire che Vanessa se la cavava meglio di lui. Si sentiva talmente a suo agio che si è messa nei guai cinque minuti dopo essere stata lasciata da sola.

Le *chilaquiles* che ordino per colazione mi rimettono al mondo. Pollo, tortillas, cipolle e salsa di pomodoro. Lali segue il mio

48 Quando incontrerai la pelata (la morte), non andartene con lei.

49 Malessere post sbronza.

50 Cazzata.

esempio e Pier ordina *hot cakes*. Chiede sciroppo d'acero e gli portano del miele. Lo sguardo del cameriere gli impedisce di riformulare la sua richiesta. Non penso stia recitando, ma non ho mai visto un *gringo* così perfetto.

Trascorriamo la mattina in spiaggia, perché all'accampamento di Colola nessuno si sveglia prima di mezzogiorno. L'acqua dell'oceano è un po' più fredda che in estate. Lali, decisa ad apparire più messicana che mai, fa il bagno in pantaloncini e maglietta. Pier ha indossato i suoi boxer troppo larghi. Non nuota così male come mi sarei aspettato.

Non ho voglia di allontanarmi da questo posto meraviglioso.

Sul *fierrari*, inserisco un cd nuovo che ho preparato per l'occasione. Lali scoppia a ridere appena sente le prime note.

*En la ratonera*
*ha caído un ratón*
*con sus dos pistolas*
*y su traje de cowboy.*
*Ha de ser gringuito*
*porque siempre habla inglés*
*a más de ser güerito*
*y tener grandes los pies*[51].

Colta da un moto di pietà, traduce il testo per il suo ragazzo. Pensavo che si sarebbe immusonito, ma lui si unisce alla nostra risata.

È la prima cosa giusta che combina da quando è salito sulla mia auto. I *tacos al pastor*, la *Negra modelo*, *chilaquiles* a colazione e Cri-Cri: Pier deve capire che con la religione messicana non si scherza.

Da playa Maruata a Colola c'è appena un quarto d'ora di

51 "Nella trappola / è caduto un topo / con le sue due pistole / e il vestito da cow boy. Dev'essere nordamericano / perché parla sempre inglese / tra l'altro, è biondo e ha i piedi grand". È una delle celebre canzoni per bambini di Cri-Cri, conosciuta da tutti i messicani.

strada. Dopo il bagno di stamattina non ci siamo lavati né sistemati.

Lali ha infilato i più semplici tra i suoi vestiti nuovi: un paio di pantaloncini jeans più corti e più stretti di quelli che indossa di solito, una maglietta rossa con un bel taglio sopra le tette e tante frange. I suoi capelli lisci sono più spettinati del consueto. Per la prima volta dopo la prova presso l'ottico, ha indossato le lenti a contatto scure.

Il cambiamento complessivo è sorprendente. Se dovessimo incontrare qualcuno che l'aveva conosciuta come volontaria qualche anno fa, è improbabile che la riconosca.

Volevo che impersonasse la signora delle pulizie di un hotel di Ixtapa, temporaneamente occupata a raggirare un *gringo*, ma forse somiglia di più a una tossica un po' su di giri. Una che ha girato qualche telenovela per Televisa e poi è stata lasciata sul lastrico, in balia delle sue dipendenze. Il fatto che vicino a lei ci sia io non fa che ratificare l'impressione che trasmette.

A Colola, ci siamo arrivati. Un cartello scritto a mano sulla carretera 200 indica il punto in cui si trova il *campamento*. Lali e io conosciamo la strada.

Io sono tranquillo. Di Vanessa, l'ho già detto, mi importa poco. Sono certo che non la troveremo: questo viaggio è solo per Lali. Mi sono divertito a giocare agli agenti segreti, a fare di noi tre dei personaggi credibili. Ma è soltanto perché non avevo intenzione di perdermi quest'avventura al fianco di mia cugina.

Non so proprio come potremmo trovare informazioni sfuggite alla polizia di due paesi (e ai giornalisti).

Nessuno ci viene incontro. Sono le due del pomeriggio; i volontari si stanno raccogliendo intorno al tavolo dove si consumano i pasti. A loro disposizione ci sono due strutture: la grande capanna con i letti, e la tettoia che protegge il tavolo dalle piogge estive. In questa stagione piove di rado.

L'estate è un periodo meno gradevole di questo per andare in spiaggia, ma al campo arriva un buon numero di studenti universitari in vacanza. A novembre invece il panorama umano è più variegato.

La spiaggia di Colola è splendida ma non balneabile, perché si tratta di oceano aperto.

La conformazione di questo tratto di costa e le scarse condizioni igieniche del campo non lo rendono un posto adatto alle famiglie, ma adesso ce n'è una: due genitori quarantenni con due ragazzi tra gli otto e i dieci anni. Olandesi o giù di lì.

Nessuno è sorpreso di vederci arrivare: c'è un viavai continuo di gente squinternata.

Ci offrono un caffè. Lali e io accettiamo, mentre Pier ringrazia e dice di no. Mi è difficile capire se si stia comportando apposta da *gringo* diffidente nei confronti della pulizia della tazza o se avrebbe rifiutato in ogni caso. Punto sulla seconda ipotesi.

Quando parla con me, il suo inglese è quello di uno straniero. Fluente e corretto, molto più del mio, ma comprensibile. Adesso che si è immerso nella sua parte, mi sorprende: sembra davvero uno statunitense. A volte mi sfuggono intere frasi.

Racconta che viene da San Francisco e che sta facendo un giro sulla costa. Che ci ha conosciuti a Lázaro Cárdenas e che ci siamo offerti di accompagnarlo nelle sue esplorazioni.

Una ragazza dal pesante accento tedesco gli chiede di che tipo di esplorazioni si tratti.

Rispondo io: cerca un posto dove aprire la sua start up di ingegneria. Offrirà esclusivamente servizi online, quindi tanto vale scegliere come base una *cabaña* su una spiaggia mozzafiato.

L'idea di Jey convince tutti: nessuno, appena sveglio, ha voglia di conoscere i dettagli della start up di un ingegnere americano.

Non vorrei esagerare con l'ottimismo, ma Lali e io sembriamo loschi proprio come ci eravamo proposti di essere.

La famiglia olandese ci racconta del loro progetto di *homeschooling*, cioè di educazione casalinga di quei due ragazzi dall'aria annoiata. Alla loro età, l'idea delle uova di tartaruga da raccogliere e osservare durante la schiusa mi sarebbe potuta piacere, ma dopo due notti di lavoro avrei cominciato ad auspicare l'estinzione di massa di tutti i rettili.

Non dormono nella capanna comune ma nel loro camper preistorico, sul quale stanno attraversando tutta la costa pacifica. È anche uno dei miei progetti, e li invidio un po'.

Finalmente appare qualche *tortuguero*. Sono due nativi del posto, uno intorno alla quarantina e l'altro nostro coetaneo. Il primo è alto e secco, il secondo piccolo e più in carne.

«Da quanto tempo lavorate qui?» chiedo, sforzandomi di assumere un tono noncurante. Pur di zittire la signora olandese, mi rispondono volentieri.

Lali cerca di parlare il meno possibile: Jey ci ha detto che la voce è la cosa più difficile da mascherare. Non riesco a capire se abbia riconosciuto uno dei due messicani.

«Vengo qui ogni volta che non trovo un altro lavoro» dice il più anziano. «Faccio il muratore, quando costruiscono qualcosa nei dintorni. Se sono libero ed è la stagione giusta, mi occupo delle tartarughe. Conosco gente e trovo sempre qualcosa da mangiare».

«E com'è, questa zona? È sicura? Si può fare il bagno nel mare? Il cibo è buono? Arriva la fibra ottica?».

Beh, grande, Pier. Stasera gli offrirò del tequila. José Cuervo.

Il padre dei ragazzi olandesi sorride, accondiscendente. Assume il ruolo dell'europeo sofisticato che spiega le verità della vita all'ingenuo americano.

«*No, it's not a safe zone.* Ci sono scontri tra l'esercito e gli abitanti del luogo. Non si può fare il bagno: sarebbe impossibile tornare a riva, una volta che ti sei tuffato. Ci sono dei semplici ristoranti. Sono economici, ma offrono una scelta piuttosto scarsa. Sulla fibra ottica, devo davvero rispondere?».

«*No optical fiber? Any plan to get Cowlowlaw covered in the future?*».

Non starà esagerando? Neanche Lali riesce a trattenere le risate.

Il suo viso, invece, è serissimo.

«*¿Qué quiere el gringo?*» chiede il tortuguero più anziano. Traduco per lui in spagnolo.

Gli dico che sta cercando un posto dove trasferire tutti i membri della sua azienda. Che si sta chiedendo se la zona sia abbastanza sicura. Che l'olandese pensa di no, ma lui si è innamorato di queste spiagge. La mia compagna e io l'abbiamo portato al *campamento tortuguero* per metterlo in contatto con la gente del posto.

Lali ha addosso le cuffie. Ascolta reggaeton a volume altissimo. Si mostra disinteressata, ma nessuno degli uomini presenti ricambia il suo distacco. Senza distogliere lo sguardo da mia cugina, il tortuguero più vecchio risponde: «Claus *tiene razón*. È un posto pericoloso per i *gringos*. L'anno scorso, mentre lavoravo qui, è sparita una ragazza. *Un desmadre como no tienen idea*[52]. Sono venuti poliziotti, detective, giornalisti. Nessuno ha mai trovato niente».

«*What did he say?*». Non aveva capito sul serio. Traduco in inglese l'ultimo commento.

Lali non si toglie le cuffie.

Pier si lancia: «*¿Y qué passó to the muchachaw?*».

Se i messicani non sospettano niente, è solo per le doti d'attore che Pier sta dimostrando di avere. E forse, perché le incursioni di poliziotti e giornalisti sono abbastanza lontane nel tempo da rendere i due possibili testimoni meno reticenti rispetto all'estate scorsa.

«*Quien sabe*[53]. Io non ero qui durante il campo, sono arrivato poco dopo che è sparita».

«*Yo si alcanzé a verla*[54]» commenta il ragazzo più giovane. «*Una muchacha fea, pero con muchas ganas*[55]».

Non so come Lali riesca a sentire quello che dicono, con la musica così alta. Eppure la sua mascella si contrae.

52 Un casino che non potete immaginare.

53 Chissà.

54 Io sono riuscito a vederla.

55 Una ragazza brutta, ma con molte voglie.

«*¿Se la llevaron las olas?*[56]» chiedo io. Oggi il mare è agitato. Non è difficile crederlo.

«*Quien sabe*».

Non c'è modo di insistere senza attirare l'attenzione.

L'ha capito anche Pier. Si è alzato e si sta dirigendo verso l'oceano, accompagnato dai ragazzi olandesi. Le onde si infrangono rumorose sui piccoli promontori che delimitano la spiaggia del *campamento*. L'acqua in questa stagione dovrebbe essere limpida e azzurra, ma oggi l'oceano è troppo spumeggiante perché si distingua il suo colore.

Quando finisce l'ultima canzone, Lali si toglie le cuffie. Sfila un elastico dal polso e raccoglie in una coda i suoi capelli incrostati di sale. Mentre lo fa, i suoi seni sembrano più grandi.

«*Este gringo es una desgracia*[57]. Vuole il suo terreno sulla spiaggia. Non c'è modo di convincerlo che da questi posti non tirerà fuori nulla. Noi lo portiamo *a pasear*[58] e lui ci paga bene, allora andiamo avanti così».

Il più giovane dei messicani è ipnotizzato. È il più vecchio a rivolgerci la parola.

«*Hay una gringa que vive por acá*[59]. È arrivata l'estate scorsa, poco prima della *muchacha desaparecida*[60]. Condivide una stanza con Carlos. Si droga dal mattino alla sera. Prova a farli parlare».

Se dentro di sé Lali ha sussultato, non lo dà a vedere.

«E chi è Carlos?».

«Quello che *nos cuida*[61]. La *gringa* ha scelto bene. Era un militare, ma non uno di quei ragazzini *bajados del cerro a tambora-*

56 Se la sono portata via le onde?

57 Questo americano è una disgrazia.

58 Passeggiare a vuoto.

59 C'è una statunitense che vive da queste parti.

60 Ragazza che è sparita.

61 Ci protegge.

*zos*[62] cui danno in mano *un fusil de asalto*. Lui faceva parte dei corpi speciali, finché La Familia[63] non gli ha torturato e ucciso la moglie. Allora si è stufato e *puso su negocio*[64]. Da quando lavora da solo non abbiamo più avuto problemi. El Torito dice che è grazie a lui se adesso viviamo tranquilli, ma tutti sappiamo che è merito di Carlos. Quella volta che El Guajo tormentava doña Rosa perché la voleva nel *cartel*[65], è stato Carlos a sistemarlo. *El Torito se habia puesto pedo con El Tripas*[66], quel pomeriggio, altro che andare a caccia di narcos. Ma il giorno dopo è venuto a raccontare che era stato lui a mettergli *tres plomazos*[67]».

«Dove li possiamo incontrare? Questo Carlos e la gringa, *no el otro hocicón*[68]» chiedo io.

«A quest'ora dormono. Ma stasera andranno al ristorante del pueblo».

«*Bueno. Ojalá se lo entregamos a ellos, el pinche gringo*»[69].

Pier e i due ragazzi sono dei puntini lontani, vicini alle onde. Da qualche parte sono riusciti a trovare una pallina e un bastone. Se la distanza non mi inganna, il fidanzato di mia cugina sta spiegando agli olandesi come si gioca a baseball.

## L.

Saliamo in macchina. Siamo abbastanza lontani dal *campamento* per non sentirci più osservati. Nirvana appoggia una mano

62 "Fatti scendere dalla montagna a bastonate". Espressione tipicamente messicana per indicare qualcuno di molto provinciale, senza nessuna esperienza di vita nel mondo civile.

63 Cartello di narcos che qualche anno fa dominava il Michoacán.

64 Si è messo in proprio.

65 Nel cartello (di narcotrafficanti).

66 El Torito si era ubriacato con El Tripas.

67 Tre pallottole.

68 Fanfarone.

69 Bene, magari possiamo mollarlo a loro, il fottuto *gringo*.

sul ginocchio di Pier. Lo sguardo che gli rivolge non reca più tracce della superiorità con cui lo trattava stamattina.

«*Estuviste increíble. Eres un puto gringo perfecto*[70]».

«*Cheers, mate*».

«È vero, Pier, hai stupito anche me. Credi che riuscirai a ingannare anche la *gringa* vera e l'assassino professionista con cui vive?».

«Dipende da quanto saranno fatti».

Purtroppo questo non dipende da noi. Torneremo a Colola verso le ventidue, più zarri che mai.

«Lali, li conoscevi, vero?».

«Non ne sono sicura. Forse il più vecchio. Ma lui non ha riconosciuto me, ne sono certa».

Beh, non del tutto. Non sono Yatzil. Non so leggere nella mente degli altri.

Appena mettiamo piede in albergo mi precipito a togliere queste maledette lenti. Mi danno fastidio e i miei occhi sono già irritati. Respiro profondamente e ci riesco al primo tentativo. Mi compiaccio di me stessa. Non sono al livello di Pier, come attrice, ma faccio del mio meglio.

Mentre le ripongo nel loro contenitore, due braccia un po' scottate mi stringono da dietro la schiena. Non avevo sentito i suoi passi.

Nirvana è andato a nuotare. Abbiamo qualche minuto solo per noi, e ne sono felice.

Portiamo qualche birra davanti al mare, per goderci il nostro secondo tramonto a Colola.

Condivido con gli altri le mie impressioni. Forse i due *tortugueros* sapevano sul conto di Vanessa più di quanto abbiano scoperto poliziotti e giornalisti, ma non possiamo interrogarli.

Parlare con una *gringa* presumibilmente isolata potrebbe essere più facile. Mentre finisco la mia bottiglia, Pier e Nirvana

70 Sei stato incredibile. Sei un cazzo di *gringo* perfetto.

nuotano fin quasi a sparire all'orizzonte. L'oceano adesso è calmo.

Verso le nove andiamo a prepararci. Questa volta laviamo via la salsedine dai capelli. Con il sole di oggi, quelli di Pier sono diventati ancora più chiari. La pelle, dove non è scottata, vira al Cream Gold Pantone. Sta diventando fico. Nirvana lo era già.

Indosso un tubino nero a vita alta e una canottiera sintetica fucsia. C'è il disegno della torre Eiffel e sopra c'è scritto *I love Paris*. Mi faccio scattare una foto da Pier, per vedermi a figura intera. Voglio far ridere Yatzil.

Ma sembro più elegante di quel che credevo. Se pure avrei voluto tenere le infradito, sono costretta a optare per i sandali zeppati con le borchie.

Mio cugino si veste da se stesso, e lo invidio. Pier si rimette i vestiti di prima. Ai messicani piace pensare di essere gli unici a fare la doccia tutti i giorni.

Un turista straniero faticherebbe a capire che quello di Colola è un vero ristorante, aperto al pubblico. Non ci sono insegne. C'è solo un tetto di paglia che protegge dalla pioggia la zona cucina e qualcuno dei tavoli all'aperto, attorno ai quali è seduta solo gente del posto.

C'è anche la famiglia europea, che ha già finito di mangiare. I ragazzi salutano Pier con entusiasmo. La donna mi rivolge uno sguardo sorpreso, come se questa mattina non mi avesse notato.

La musica che proviene dalla radio decrepita (ma dotata di impianto woofer ultra sofisticato) è la stessa che ascoltavo stamattina. Mentre mi dirigo dalla cuoca (che è anche proprietaria, cameriera, dee-jay e *vigilante* del locale) a ordinare qualche taco – non si serve nient'altro –, accenno qualche mossa di reggaeton. Non è facile muoversi bene con questi sandali sul pavimento di terra battuta: ringrazio mia sorella, che mi ha insegnato a ballare senza sfigurare su qualunque tipo di musica e di calzatura.

La signora olandese non è l'unica a fissarmi.

Mangiamo i nostri *tacos* il più lentamente possibile. Spieghiamo a Pier come arrotolarli per portarli alla bocca. Si sbrodola la maglietta, e non so dire se l'abbia fatto apposta. Dagli altri tavoli arrivano incitazioni e risate.

Credo che nessuno immagini che siamo sulle tracce di Vane. Se riusciremo a renderci simpatici, sento che gli abitanti di Colola potrebbero raccontarci qualcosa.

Alle undici, mi accorgo che Pier inizia a sbadigliare. La cena, le nuotate e le birre hanno sortito il loro effetto. Gli porto un caffè lungo e lui mi guarda stupito.

Non beve mai caffè o Coca-Cola dopo le due del pomeriggio. Sollevo le palpebre quanto basta per ricordargli che in questo momento è un americano stravagante, non il figlio dell'Avvocato con un maglioncino verde acqua. Contrariamente alle sue abitudini, versa due bustine di zucchero nella tazza.

Una piccola figura si avvicina all'unico tavolo rimasto libero. È accompagnata da un messicano grande il doppio di lei, che non supera il metro e cinquanta. Indossa una canottiera con l'immagine di Rapunzel – probabilmente è una taglia da bambina. Una minigonna jeans e infradito di un numero che non supera il trentacinque. Sulle gambe scheletriche spiccano le ginocchia nodose. I capelli neri sono rasati da un solo lato e ha un bridge piercing sul naso.

Sarà lei? Esistono nordamericane così minuscole?

Saluta alcuni avventori e il suo spagnolo è accettabile. Due occhi azzurri e vispi ci scrutano divertiti. Pier le si avvicina e io trattengo il respiro. La saluta in inglese e si presenta.

Si chiama Cindy, un nome da bambola. È originaria del Texas: forse Pier potrebbe essere un californiano plausibile, dal suo punto di vista. Lo spero, perché non credo che sia fatta. È di gran lunga più lucida di lui. Il suo sguardo penetrante mi ricorda quello di mia sorella.

Invita Pier a ballare e lui fa del suo meglio. Ha bevuto abbastanza *cervezas* da essere capace di muoversi in modo buffo. I loro bacini sono vicinissimi e mi sforzo di non pensarci, ma l'ha notato anche il gigante con cui è arrivata.

Finita la canzone, quest'ultimo si avvicina a Pier con aria minacciosa. Alza un braccio, ma Nirvana si piazza davanti a lui. Il tipo lo sovrasta di almeno cinque centimetri.

La proprietaria del locale, che tutti chiamano doña Rosa, spegne la musica ed esclama: «*¿Qué pasa por acá? Cálmense todos. Ya es tarde, vayanse para su casa*[71]».

Cindy ci invita a salire nella sua stanza, a mezzo isolato dal ristorante. Il suo accompagnatore beve l'ultima birra tutta d'un fiato, senza respirare.

Ci dirigiamo verso un complesso d'appartamenti la cui semplicità sconfina nello squallore. Almeno sono costruzioni moderne, completamente coperte dal tetto.

Saliamo una scala sudicia. Cindy, alternando inglese e spagnolo, ci racconta che i primi tempi lasciava dei croccantini a disposizione di quello che pensava essere un cane o un gatto randagio. Una mattina ha sentito dei passi pesanti sul pianerottolo e si è affacciata per conoscere il suo trovatello: beh, era un'iguana lunga più di un metro.

La situazione è tesa, ma l'aneddoto ci fa ridere. Il messicano entra per primo e accatasta un po' dei vestiti sporchi seminati per terra. Si siede a gambe incrociate e la sua espressione mi fa subito pensare che il nostro piccolo Jorge Salcedo abbia trovato il proprio Navegante[72].

Vorrei dirglielo e poi ridere insieme a lui. Mi dispiace non avere a disposizione una lingua segreta.

Cindy accende la luce di un monolocale angusto. La stanza è dignitosa, ma il disordine la rende simile alla tana di un animale. Di un predatore che abbandona in giro i resti dei suoi pasti.

Ci sediamo anche noi sul pavimento. Mi tolgo le scarpe e mi inginocchio, perché il mio tubino non mi permette di incrociare

71 Che succede qui? Calmatevi tutti. È tardi, andate a casa.

72 Nella serie *Narcos*, l'indimenticabile tirapiedi del cartello di Cali.

le gambe. Cindy offre a tutti della marijuana, specificando che è *made in Colola, organica, km 0.*

Pier e Nirvana accettano, ma io non so cosa fare. Detesto ogni forma di fumo; in ogni caso, preferisco conservare tutta la mia lucidità, con quella specie di caimano seduto di fronte a me.

«*Estoy embarazada*[73]» dico. È la prima giustificazione che mi venga in mente.

«*Al restaurante, te he visto tomar*[74]» dice il gigante.

«*Una cerveza no hace daño*[75]».

«*Jaja. Sí la mirabas, Carlos. Que gusto*[76]» commenta Cindy. «*Yo también estoy embarazada. I just discovered it. The baby will born in june*[77]».

Il mio cuore salta un battito, ma riesco a non sussultare.

«*I will give birth in may*[78]» invento.

La pancia di entrambe è piattissima, ma la sua è addirittura concava.

«Da quanto abiti qui, Cindy?» chiede Pier.

«Dall'estate scorsa. *I came with the turtles*[79]. E voi, che fate?».

«Sono un ingegnere. Sto cercando un posto dove trasferire la mia start up».

Nello sguardo freddo della texana sparisce ogni traccia della risata di pochi istanti fa. «Piantala, Andreas Wolf dei poveri».

Momento di silenzio. Nessuno di noi ha idea di chi sia Andreas Wolf. Dobbiamo preoccuparci?

«Non avete letto *Purity*, di Franzen?».

Non l'abbiamo letto. Carlos si è appoggiato al muro e ha iniziato a russare. È l'unica nota positiva.

73 Sono incinta.

74 Al ristorante ti ho visto bere.

75 Una birra non fa male.

76 Ah-ah. La tenevi d'occhio, Carlos. Che piacere.

77 Anch'io sono incinta. Il bambino nascerà a giugno.

78 Io partorirò a maggio.

79 Sono arrivata con le tartarughe.

«*The sunlight project*. Un hacker di alto livello che mette su in Bolivia una comune di pirati informatici che sorvegliano il World Wide Web e pubblicano le malefatte dei vari governi e istituzioni. Tipo Assange. Un tedesco».

«Io non sono tedesco». Pier continua a fumare. Mi stupisco della sua espressione rilassata.

«Cosa sei, olandese come quella famiglia di criminali? Greco? Lituano?».

«Non ho mai conosciuto una *gringa* che fosse al corrente dell'esistenza della Lituania».

«Non hai mai conosciuto Cindy, *dude*».

Si è alzata e ha recuperato una busta da uno scaffale. Sospetto che dentro non ci sia la bolletta del gas.

«Okay, Cindy, sono italiano. È vero che sei incinta? *You shouldn't snort coke*[80]».

«*You're a cop*[81]».

«Non lo sono. Ma è vero che sono qui per fare una specie di indagine».

«Stai cercando Vanessa. Ma complimenti per il tuo accento. Gli italiani non parlano così bene».

«Okay, Cindy. Non sono un poliziotto. Sono il suo fidanzato». Mi indica.

«Oh, peccato. Questo non l'avevo indovinato. Comunque è troppo bella per te, anche così vestita da puttana».

Non è che lei sia molto più coperta di me, eppure capisco cosa intende. Il fumo e l'irritazione dovuta alle lenti mi stanno facendo lacrimare gli occhi. Visto che siamo stati scoperti sarei felice di toglierle, ma temo che il bagno di Cindy non offra molte garanzie in fatto di igiene.

Versa una striscia di coca sul tavolino da campeggio, che è l'unico arredamento della stanza. Il letto è un materasso lurido

80 Inalare coca.

81 Sei un poliziotto.

appoggiato per terra, circondato da libri. È la prima volta che vedo qualcuno sniffare.

«*Tell me the whole story*[82]». Le pupille hanno inghiottito quasi tutto l'azzurro fiordaliso dei suoi occhi.

Pier tira una lunga boccata e spegne la sua canna. Nirvana si è appoggiato alla parete. Seguirebbe volentieri l'esempio di Carlos, ma si sente in dovere di seguire gli sviluppi.

Pier racconta a Cindy della mia amicizia con Vanessa, dei miei sensi di colpa. Spiega che siamo in incognito perché le indagini ufficiali non hanno ottenuto risultati, e che io non riuscivo a trovare pace senza provare a fare un lavoro migliore.

«*Y hacen bien, porqué a los cops yo no le dije nada*[83]».

Nirvana si riscuote dal torpore. Il mio cuore batte forte.

«Qui non vogliamo la polizia tra i piedi. Nessuno ha voglia di essere schedato e invitato a testimoniare. Quando sono arrivati i giornalisti, poi… Se ci fosse stata la possibilità di salvare quella poveretta – e non posso certo saperlo – il loro arrivo avrebbe azzerato le sue possibilità di cavarsela».

«Cindy, eri qui quando Vanessa ha partecipato al campo?».

«Sì, ero una volontaria anch'io. Ma non figuravo nell'elenco ufficiale. Come la gente del posto, andavo al *campamento* solo quando ne avevo voglia».

«Allora l'hai conosciuta».

«Sì. Mi ero già stabilita qui, e per i volontari ero un esempio da invidiare o compatire, a seconda della loro personalità. Vanessa mi invidiava».

«Posso immaginarlo».

«Scopavo ogni sera con una persona diversa. Maschi, femmine, vecchi e giovani. Non ho mai fottuto come nei primi due mesi che ho passato a Colola. Avevo tante cose da dimenticare».

«E ci sei riuscita?».

«Ogni orgasmo cacciava il dolore un po' più in fondo. A vol-

82 Raccontami tutta la storia.

83 E fate bene, perché ai poliziotti non ho detto nulla.

te le sostanze lo facevano riemergere, ma il più delle volte riuscivo a tenermi in equilibrio».

«Vanessa non ci è riuscita».

«Cercava solo di attirare l'attenzione, ma passava per una assetata di sesso. Non aveva nessuna esperienza. La disperazione non è *sexy*. E dire che i gusti dei ragazzi non sono troppo raffinati. *Ay, mujer que fácil eres... Abres tus alitas muslos de colores... Donde se posan tus amores... Mariposa traicionera*[84]».

Conosce la canzone dei Mana e la canta decentemente. Che tipa assurda. Una parte piccolissima di me è gelosa. È l'amica che Vanessa deve avere sempre sognato.

«Nessuno dei volontari le ha prestato l'attenzione di cui aveva un disperato bisogno. Anch'io li spaventavo, ma per motivi diversi. Temevano potessi trasmettergli qualcosa. E avevano ragione. Sono portatrice sana del virus della depravazione».

O almeno, credo che abbia detto qualcosa di simile. Quando esprime concetti complessi, il suo inglese diventa fuori dalla mia portata. Spero che Pier saprà spiegarmi tutto.

«Ogni tanto andavo a pranzare con i volontari. Durante l'estate ce ne sono tanti e il fornellino a gas che ho qui è deprimente. Vanessa parlava troppo, rideva troppo, si sforzava troppo. Addirittura, si truccava. Lo facevano anche le ragazze giapponesi, ma lei non ne era capace. La maschera di fondotinta del colore sbagliato sulla sua pelle scottata, con il naso rosso da pagliaccio al centro di tutto. L'ombretto verde o viola che colava appena aveva finito di stenderlo, l'eye liner nero che non riusciva ad applicare senza sbavarsi tutta... *She was grotesque, do you get it?*».

*Yes, I got it.* Deglutisco. Non sopporto che si parli così di lei. Eppure so che Cindy ha ragione.

«A me faceva pena. Mi ricordava cosa avrei potuto essere io, se non avessi dovuto imparare a cavarmela da sola fin da quan-

84 "Oh, donna, come sei facile... apri le tue ali, le tue cosce colorate... dove si posano i tuoi innamorati. Farfalla traditrice".

do ero in *6th grade*. Una Cindy grande e grossa, incapace di nascondere il suo bisogno di essere desiderata».

«Si è mai messa in pericolo?».

«*In my honest opinion*, era in pericolo da anni. *How the fuck she arrived alive in Colola?*[85] Un mistero. Mi ha detto che aveva un'amica messicana, ho pensato che fosse sopravvissuta per quello. Allora eri tu? Ti si era appiccicata come una cozza, sperando di beccarsi i ragazzi che scartavi?».

Pier e Nirvana fanno entrambi per rispondere, con un'espressione furiosa che stona con le loro palpebre pesanti. Alzo una mano per zittirli. Dovrebbero andarsene a dormire con quel sicario appoggiato al muro. È diventata una faccenda fra donne.

«Sì, Cindy, immagino di sì».

Con Vanessa siamo amiche da quando eravamo bambine, e io avevo (ho) bisogno di lei quanto lei ne avesse di me. Ma se la *gringa* vuole ridurre la nostra amicizia a uno stereotipo triste, che lo faccia pure. Non mi importa. Non sono una che si offende. Vorrei solo togliermi queste dannate lenti, che mi stanno facendo piangere.

«Una delle prime sere, è venuta da me. Abbiamo parlato, ha tirato un po' di coca. Ha fatto una faccia buffa, ma le è piaciuto. Ha comprato un po' di marijuana – quella che avete fumato stasera. La coltiva il fratello di Carlos. L'aveva già assaggiata al campo, e le era piaciuta. Piace a tutti voi ragazzi europei, abituati come siete all'hashish indiano impastato con l'immondizia».

«Vanessa non era una consumatrice abituale di droghe».

«Solo perché le erano mancate le occasioni, credimi. Comunque, ne ha comprato un bel sacchetto. Marijuana e qualche funghetto. Nei giorni successivi lo teneva sempre addosso. Dopo pranzo, e la notte, dopo aver raccolto le uova, rollava una canna e ne offriva a tutti. Le era servito a diventare un po' più popolare, ma non ad attrarre i ragazzi».

L'immagine di Vanessa con il mascara gocciolante, che aveva

85 Come cazzo ha fatto ad arrivare viva a Colola?

comprato fumo e allucinogeni per regalarli a perfetti sconosciuti che ridevano di lei, è troppo per me.

Senza chiedere permesso mi avventuro alla ricerca del bagno. Inciampo nella custodia di una chitarra. Chi sarà il musicista? Lei o il suo raffinato convivente? Suoneranno il *Concierto de Aranjuez* alla loro iguana?

Il suo cesso è più pulito di quel che temevo. Mi lavo meticolosamente le mani, strofinando il sapone sulla pelle per più di un minuto. Di nuovo, riesco a togliere con facilità quelle terribili lenti. Non dovrei usare l'acqua del rubinetto per sciacquarmi gli occhi, ma non resisto un minuto di più. Sono felicissima di riporle nel contenitore. È come togliersi gli scarponi dopo una lunga passeggiata in montagna, con una discesa che ti ha fatto spuntare le bolle sui piedi. Quando ho finito, va molto meglio.

«Cosa cazzo è successo ai tuoi occhi?».

«Niente. Il vostro schifoso fumo li ha irritati».

«Sono diventati verdi. Gialli. Non capisco. Ma prima erano scuri».

«Ti sbagli».

Sa benissimo che non si sbaglia, ma non insiste.

«I militari hanno l'ordine di lasciar stare i turisti, ma i volontari di Colola sono visti come dei freak, che non meritano lo stesso rispetto di quelli che si drogano nella Zona Hotelera di Acapulco e nei locali di Cancún. Vengono spesso a perquisire il *campamento*».

È vero. Era così anche quando ci sono stata io. Sono sempre armati; agli stranieri fa impressione. Agli europei e agli asiatici, almeno.

«E lei aveva le tue foglie sempre con sé» dice Nirvana.

«Erano sue. Le aveva comprate. Ascolta: di solito si sa delle perquisizioni. I soldati non possono piombare a Colola dal nulla; li si vede arrivare dalla strada. Qualcuno corre sempre ad avvisare i ragazzi che sono al campo e loro nascondono tutto. Non è il controllo che farebbero a dei messicani. Dura cinque minuti. Basta scavare una buca nella sabbia. Fanno sempre così».

«Cos'è successo?».

Vorrei che il suo racconto fosse più rapido. Non vedo l'ora di andarmene da questo buco puzzolente e dormire tra le braccia di Pier, ascoltando il rumore delle onde. Non sono più sicura di voler cercare Vanessa.

«Il giorno successivo mi ha detto che lei era sotto la doccia, quelle docce orribili che hanno al campo. Quelle che si fanno con l'acqua del *tanque*[86] nel quale galleggiano i topi morti».

Conosco. È parte del divertimento del campo di Colola. Una delle cose che contribuisce a proiettarti in un'altra dimensione. Non accetteresti di farlo in nessun altro posto.

«Quando i volontari sono stati avvisati della perquisizione imminente, lei si stava lavando e nessuno ha pensato di dirglielo. *Freudian lapse*. Quelle dimenticanze che manifestano desideri inconsci. La speranza crudele di assistere allo spettacolo di quella sfigata costretta a cavarsela con i militari, per esempio».

«*Chale*[87]» dice Nirvana.

Non le chiedo perché non l'abbia raccontato ai poliziotti: ormai sarebbe inutile. Ha preferito essere lasciata in pace e non me la sento di giudicarla. Anch'io ho fatto il possibile perché si dimenticassero di me. E, a occhio, non ho la metà dei problemi che ha Cindy.

«Me l'ha raccontato il giorno dopo. Quella sera sono andata a raccogliere uova e lei non c'era. Ho chiesto agli altri ragazzi dove fosse. Erano imbarazzati. Hanno detto che era andata a dormire, che forse era malata. Alla fine del turno l'ho trovata sul suo letto, sveglia. Le ho chiesto se si sentisse male e ha detto di no, che aveva voglia di stare da sola. Mi ha detto che sarebbe venuta da me il mattino successivo».

«Cazzo» dico io.

86 Cisterna.

87 Esclamazione messicana comparabile a "cazzo".

«*Catsup*[88]? Una specie di *chale*? Mi piace *chale*».

«Vuol dire *fuck*».

«*Got it*. È arrivata il giorno dopo, verso mezzogiorno. Gli altri stavano ancora dormendo. Le ho offerto un caffè, che ha bevuto a piccoli sorsi. Ci ha impiegato una vita a finirlo».

## V.

Lali e Cindy insieme. L'amor sacro e l'amor profano. *Le papillon* e *la mariposa traicionera*. E io? La *borboleta*, forse. Quella più goffa, piena di B, inventata per far ridere i bambini. O la *babushka*, la nonnina.

Sono triste per gli occhi rossi di Lali. Non dovrebbe mettere quelle lenti. Anche con gli occhi scuri, è impossibile non notarla. Se lei avesse offerto della droga agli altri volontari, li avrebbe avuti tutti ai suoi piedi. E dire che detesta il fumo.

In Messico, i soldati non sono come quelli che si vedono da noi. Ragazzi del Sud dall'accento pesante, tarchiatelli, con gli anfibi stretti sulle caviglie. Che girano per Torino sorridenti e disarmati.

L'esercito messicano recluta i suoi elementi tra coloro che non hanno più nulla da perdere. Una sorta di legione straniera fatta in casa. Adolescenti che girano con il kalashnikov appoggiato alla spalla, senza la sicura. È un esercito facile da corrompere. Le loro maniere non spiccano per delicatezza.

Dopo la doccia mi sono infilata i pantaloncini e una canottiera. Quei jeans cortissimi, che coprono appena il sedere. Non avrei avuto il coraggio di usarli in città, perché non ho certo le gambe di Lali. Ma a Colola fa caldo. Sotto la canottiera non portavo nemmeno il reggiseno.

88 Salsa simile al ketchup che si usa in Messico e negli Stati Uniti. La pronuncia è simile a quella di "cazzo".

Era un soldato solo. Non so dargli un'età. Avrebbe potuto avere sedici o ventisei anni. Un metro e sessanta al massimo. Pelle scura come quella di Lali, tratti del viso rozzi, da povero. Oh scusate, non credete nella fisiognomica? Vi sfido a dire che non avete capito cosa intendo. I lineamenti così ce li ho anch'io.

*Hoyo, aunque sea de pollo*[89]. Un'espressione che forse non vi dirà nulla. È una cosa tipo "basta che respiri", ma ancora meno elegante.

Mi ha chiesto di svuotare le tasche, e le mie erano piene. Non ho perso la calma; gli ho offerto subito cinquecento pesos *por hacerse de la vista gorda*[90].

Mentre viaggiavamo insieme, una volta i militari avevano fermato Nirvana lungo la strada. Avevano minacciato di tenerci per ore in una piazzola di sosta caldissima, senz'acqua, per qualche *jodido*[91] documento che mancava alla *fierrari*.

Con un investimento inferiore a trenta euro, avevamo risolto il problema in cinque minuti.

Il mio soldato invece ha detto che avrei dovuto seguirlo. Non avevo paura. A Colola è impossibile provare certi sentimenti. E io avevo fumato poco prima.

Siamo passati davanti al *campamento*; gli altri volontari hanno sgranato gli occhi. Anche loro dovevano essere stati perquisiti, però solo io sono stata portata via. Sotto la capanna del pranzo c'erano altri militari, ma erano sul punto di andarsene. Dalla parte opposta rispetto a quella dove ci stavamo dirigendo noi.

Ho detto che avrei voluto restare al campo, insieme agli altri. Lui mi ha puntato contro il fucile. So che non aveva il diritto di farlo, ma opporsi a uno sconosciuto con un'arma automatica in mano non mi è sembrata un'idea prudente.

L'ho seguito fino alla strada. Camminavo davanti a lui, ma

89 Un buco, anche se di pollo.

90 Per far finta di non aver visto.

91 Fottuto.

continuavo a vedere le sue guance rovinate dall'acne, i suoi denti storti e i suoi occhi piccoli e pieni di venuzze.

Mi ha condotta fino a una baracca di cemento, poco lontana dall'ingresso del *campamento*.

Uno scheletro di casa mai portato a termine, puzzolente di urina e immondizia.

«*Pasa, perra drogadicta*[92]».

## P.

Non credevo che il nostro viaggio avrebbe avuto un senso. Ero sicuro che Vane fosse evaporata, dissolvendosi nel nulla. Le istituzioni hanno fatto il possibile per trovarla: se non è successo, vuol dire che è impossibile. Ma c'è da dire che mio padre, che da trent'anni si muove nel mondo delle inchieste ufficiali, incoraggiava il nostro viaggio: avrei dovuto sospettare qualcosa.

Non l'abbiamo trovata e sono ancora convinto che non succederà. Eppure comincio a pensare che far luce sul perché sia sparita alla fine del campo non sia uno sforzo vano.

È più di un anno che seguo le vicende della gente che sparisce. Lali approfondisce tutte le storie che legge su Internet. Spulcia gli archivi dei quotidiani, legge la storia dei casi celebri. È diventata amica di Emanuela Orlandi, di Ylenia Carrisi, la figlia di Albano scomparsa a New Orleans quando io avevo un anno e Lali non era ancora nata. Ha studiato il caso delle numerose giovani messicane dai capelli lisci e la pelle scura scomparse qualche anno fa a Ciudad Juárez, nel tragitto tra la loro casa e la *maquiladora*[93] che le sfruttava per produrre merce a basso costo.

Forse nessuna di loro tornerà a casa, ma è importante seguire i loro passi finché si riesce a individuarli. È un atto dovuto; un tributo ai nostri spettri.

92 Entra, cagna drogata.

93 Fabbrica.

Uscire da quell'appartamento pieno di fumo, della presenza oppressiva di Carlos e del suo russare, della lucida follia di Cindy e dalla sua gravidanza isterica (prego perché sia così), è stato come scoprire un panorama inaspettato dopo una camminata faticosa.

Saranno le due di notte, siamo stravolti dal sonno (o almeno Nirvana e io, che abbiamo fumato; Lali è tesa e ha gli occhi gonfi). Decidiamo di fare una passeggiata in spiaggia prima di rimetterci in macchina.

Sono stanco, eppure dentro di me sta maturando una soddisfazione oscura. Intanto perché il nostro viaggio farà del bene a Lali, e poi perché oggi sono sicuro di averli stupiti. Agli occhi dei *tortugueros* e dei volontari europei sono stato uno statunitense perfetto.

Siamo riusciti a trovare un testimone senza che le persone con cui abbiamo parlato diventassero reticenti, anche se poi la *gringa* vera mi ha sgamato in un battito di ciglia.

Ma non è una *gringa* qualsiasi. Lali ha mormorato qualcosa su quanto somigli a sua sorella, e non posso che essere d'accordo. Per fortuna la gemella della mia fidanzata è solo malvagia, non prigioniera di un cervello fuori controllo.

Sarà per quello che Jey è così accurata, così attenta alle conseguenze di ogni suo respiro? Ha paura che il suo spirito fuggirebbe per non tornare più, se si accorgesse di avere le briglie sciolte?

Mentre camminiamo in silenzio, a piedi scalzi, scorgiamo una figura enorme che si trascina sulla sabbia.

«Dev'essere una golfina» dice Lali. Una grossa tartaruga del Pacifico venuta a deporre le uova. Restiamo a una cinquantina di metri di distanza, anche se la nostra presenza non la disturba. La osserviamo scavare una buca profonda, con i movimenti frenetici ma precisi delle zampe anteriori.

Lali dice che possiamo avvicinarci un po', senza darle fastidio. Poco dopo, l'animale compie una manovra laboriosa e piazza il sedere sul buco che ha scavato.

Il rumore ovattato delle uova umide che cadono nella cavità che la madre ha scavato per loro ha qualcosa di rilassante. Non è ancora una nascita, perché sarà tale solo quando si schiuderanno. È tuttavia uno sgravarsi, uno svuotamento profondo.

La tartaruga si libera del peso di miliardi di sequenze del proprio DNA, unito a quello di *un biondo tartarugo che non aveva mai notato*[94]. Non smette più. Ne depone almeno un centinaio.

Sentirà dolore? Sarà più simile a un parto o a una cagata?

Mi vergogno di questo pensiero, che profana la solennità del momento.

Non capisco niente del mondo femminile. Non deporrò mai un uovo, non partorirò, se non sotto l'effetto dei funghi di Cindy. Non scomparirò mai nella giungla messicana, tra armadilli e mangrovie. Se un soldato mi punterà contro un AK47, non sarà per condurmi in una baracca abbandonata.

Sono strani, i pensieri che la marijuana messicana fa apparire nella mente di un ingegnere italiano.

L'odore della sabbia umida che la golfina ha sollevato si mescola a quello della salsedine, mentre il suono ritmico delle onde si confonde con quello della sua respirazione pesante.

La illuminiamo con la torcia del cellulare per qualche secondo; facciamo in tempo a vedere il suo muso rugoso, i suoi occhi umidi.

Copre di nuovo il nido e poi, con quel guscio massiccio che sposta sulla sabbia con una certa rapidità, torna a tuffarsi nel l'oceano.

Lascia dietro di sé delle scie profonde.

## Y. & L.

«Sei sveglia alle tre di notte. Che succede?».

«Ciao. Un po' di novità. Sei a Parigi?».

94 Citazione da Bruno Lauzi, *La bella tartaruga*.

«Sì, evento di Hermès tra poco. Palle. Sono al sesto episodio di *Narcos 3* e l'ultima cosa che vorrei fare è uscire da questa stanza».

«Salutami l'agente Javier Peña».

«Non mi sembra il tuo tipo».

«No, sono fedele a Ryan. Ma nella pubblicità del profumo ha fatto vacillare la mia fede».

«A proposito, ho una foto per te. Ma prima racconta. Non ho molto tempo. E da te è tardissimo. Hai tolto le lenti?».

«Ti preoccupi per i miei occhi?».

«Sì, sono pentita di averti dato quel suggerimento. Non sono igieniche e ti si nota lo stesso».

«Un po' meno. Ci sono quasi rimasta male».

«È il primo commento vanesio che ti sento fare in ventitré anni».

«La terza età che si avvicina. Ascolta questo».

▶ —•————

«Cazzo! Sono ubriachi?».

«Non troppo. Ma non li ho mai sentiti russare così. Andrò a dormire sull'amaca».

«Dai, dimmi. C'è la *coiffeuse de la chingada madre francesa* che mi aspetta».

«Fatti fare la piega con i bigodini, quella da *madamìn*».

«Cos'hai scoperto?».

«Vanessa era diventata amica di una *gringa* inquietante. Drogata, spacciatrice, con un sacco di problemi, convivente di una specie di Navegante».

«Oh. Ti prego, voglio un video. Sai che vedo i personaggi di *Narcos* dappertutto? Ieri sera ho visto Pacho al bar del Ritz».

«Capita a chiunque sia infoiato con una serie, ma nei posti che frequenti tu è facile che si tratti di quelli veri».

«Non lo escludo. Ma quello era finto. Baciava una prostituta russa[95]».

«Beh, il Pacho vero è morto da tempo. Puoi aver incontrato l'attore :)».

95 Pacho del cartello di Cali era famoso per essere omosessuale.

«STRONZA! Non spoilerare. Pacho muore?».

«...»

«Dimmi. Mi chiamano».

«Le ha venduto un po' di marijuana e qualche funghetto. Vanessa li offriva ai volontari per cercare di migliorare il proprio ranking. Per ringraziarla, non l'hanno avvisata di una *pesquisa*[96] dei militari».

«*Malparidos hijueputas*».

«Sì, l'ho pensato anch'io. Un soldato le ha puntato contro un fucile e l'ha portata in una baracca. Non si sa cosa sia successo lì dentro, ma ne è uscita cupa e silenziosa. Non ha raccontato i dettagli a Cindy».

«La *gringa* simpatica».

«Sì, ti somiglia».

«C'è altro?».

«Si entra nel territorio della speculazione pura».

«Il mio preferito».

«Per questo sono ancora sveglia a scriverti. Cindy ha detto che c'era un tipo strano che frequentava il *campamento*. Lavora per un cartello della costa, occupandosi di bassa manovalanza. Sposta pacchetti di droga con la sua auto e corrompe i militari più giovani. Però si dà delle arie da capo del cartello di Cali. Anche i due *tortugueros* con cui abbiamo parlato quando siamo arrivati avevano accennato alla sua esistenza. Dicevano che quello che tiene davvero i cattivi lontano da Colola è il Navegante, ma che questo povero disgraziato cerca sempre di prendersi tutto il merito».

«Un narcotrafficante della domenica che non sa come impiegare il tempo libero».

«Sì. Lo chiamano El Torito».

«Si è messa con lui, ovviamente».

«Emarginata dagli altri volontari, che dopo l'episodio del soldato non avevano più avuto il coraggio di parlarle, ed evitata anche dai *tortugueros*, che la trovavano sgradevole, ha iniziato ad avvicinarsi a lui».

«E la polizia non è riuscita a scoprire neanche questo? Con la testimonianza di dodici volontari e una *gringa*?».

96 Retata, perquisizione.

«A lei non ci sono mai arrivati».

«*Doh*».

«È come te. Una che prende le sue precauzioni».

«Che funzionano benissimo contro gli incapaci».

«Che a sentire te, sono i padroni del mondo».

«Esattamente. È ufficiale che si sia allontanata con lui?».

«No, questo è il punto. L'unica cosa effettiva che abbiamo scoperto è quella presunta violenza. Per quel che ne sappiamo, Vanessa potrebbe anche avergli allungato un biglietto da *mil pesos* e proposto di fare una partita a *Pokémon Go* sul suo cellulare. Era appena uscito, ci giocavano tutti».

«Mi fa piacere che conservi un po' di humour. Bene: c'è un'unica pista da seguire. Dovete recuperare il torello, che più probabilmente sarà un castrato buono solo per il brodo, e capire se si sia effettivamente allontanata con lui».

«Sì, c'eravamo arrivati. Volevo solo aggiornarti. Pensi che abbiamo qualche possibilità di trovarlo?».

«Scusa, sono abituata alla gente che non capisce niente. È un mondo difficile. Comunque sì, se quello che hai sentito è vero, io credo che potreste riuscire a beccarlo. Le persone come lui sono convinte di godere di un'assoluta impunità. Il vecchio Pablo non si farebbe neanche allacciare le scarpe da uno di loro, ma quando si scattano un selfie credono di potersi permettere il sorriso di scherno che Escobar sfoggiava nella foto segnaletica. A questo profilo aggiungi che di solito si tratta di spacconi, orgogliosi delle loro conquiste... Se c'è stato qualcosa tra lui e Vanessa, non si sarà curato di nasconderne le tracce. Qualcuno potrebbe ricordarsi di averli visti insieme».

«Lo credo anch'io. Domani torneremo a Colola a cercare questo tipo, o quel che si è lasciato dietro. Mi raccomando, Yatzil, le onde da *sciura*».

«Sono in attesa del mio turno. Che la pettinatrice faccia quello che vuole, tanto io penserò solo a Jorge Salcedo e alla sua famiglia. A proposito di foto segnaletiche: questa la caricherò sulla tua pagina appena possibile».

«:O».

«Stupita, sorella?».

«Quando hai imparato a fare uno scorpione così perfetto? C'era qualcuno ad aiutarti? Lo sai che rischi di romperti il collo?».

«Ovviamente non c'era nessuno con me, se no non l'avrei potuta caricare sul tuo profilo. Ho visto molti *tutoriales*».

«Immagino che avrai sofferto per il tempo che quest'operazione ha sottratto a *Narcos 3*».

«Mi conosci bene. Ma è bello anche prolungare il piacere».

«È la prima metafora sessuale che ti sento fare in ventitré anni».

«Invecchio insieme a te. Il mio scorpione ti ha distratto talmente tanto che non hai notato il tanga che si intravede».

«L'ho notato, ma mi sono rassegnata. Come cacchio hai fatto a scattarti la foto?».

«iPhone X, funzione autoscatto. C'è anche nei modelli precedenti, eh».

«Ce l'hai già?».

«Beh sì, dal 30 ottobre. Me l'hanno regalato. Dicono che le modelle con l'ultimo iPhone facciano bello».

«Buon lavoro, *hermana*».

«Anche a te. *Cuidate. Lo siento que la violaron. Son unos putos culeros*[97]».

«Non ci voglio pensare, adesso. Preferisco concentrarmi sulla ricerca del Torito. Cindy non sapeva che fine avesse fatto. Oppure non aveva intenzione di dirci altro».

«La seconda che hai detto».

«Possibile».

«Non toccare nessun tipo di droga».

«Rilassati. Cosa scriverai sullo scorpione?».

«*Niente succede per caso. Le cose che succedono finiscono sempre per avere senso, anche se non lo capiamo subito*».

«E perché?».

«Perché l'ha appena postato una fashion blogger sfigatissima che seguo perché è la sorella di una mia compagna di facoltà».

97 Prenditi cura di te. Mi dispiace che l'abbiano violentata. Sono degli stronzi.

«Hai mai conosciuto qualcuno dei tuoi compagni di facoltà?».

«Lali, non rompere».

«Mi piaceva di più quando citavi Catullo. A proposito, la *gringa* stramba legge un sacco».

«E come per don Chisciotte, i romanzi l'hanno resa folle. Io leggo solo quel che è necessario».

«Un giorno mi spiegherai che ne sai tu di don Chisciotte. Suppongo ne abbia parlato su Twitter la visual merchandiser di Louis Vuitton».

«Qualcosa di simile. *Que descanses*[98]. *Te amo, Lali*».

«*Yo también*».

## N.

Sono il primo ad alzarmi. Ho fame. Per fortuna abbiamo una piccola scorta di *pan Bimbo* per fare colazione. Non posso dire di essere soddisfatto di come si stanno mettendo le cose. Ero convinto che, dopo qualche giorno di ricerche vane, Lali si sarebbe rassegnata e avremmo trascorso una bella vacanza insieme. Che saremmo scesi lungo la costa pacifica fino alle spiagge più selvagge di Oaxaca e Chiapas. Fino al Guatemala e oltre.

Credo che neanche lei si aspettasse veramente di trovare qualcosa. Voleva solo provare ad archiviare il ricordo della sua amica. Non è facile, con *los desaparecidos*.

Per chi sopravvive, è meglio la certezza della morte. Una tomba sulla quale lasciare i fiori. La possibilità di costruire un altare alla fine di ottobre. *Papel picado*, *cempasúchil* e *pan de muerto99*. Seppellire un corpo e i ricordi che porta con sé.

Quando quel caso umano di *gringa* ci ha raccontato quelle co-

98 Riposati.

99 Elementi caratteristici della Festa dei morti. Con "papel picado" si intendono le decorazioni di carta velina colorata tipiche del Messico; lo "cempasúchil" è il fiore arancione che si usa per decorare le tombe"; il "pan de muerto" è un dolce che si consuma in quest'occasione.

se, Lali era la più sorpresa di tutti. Ha sempre temuto che fosse successo qualcosa alla sua amica, ma dentro di sé era convinta che Vanessa non fosse davvero capace di combinare casini. Che fosse la solita Vane, più concreta del cemento. Una nave inaffondabile.

Pier mi raggiunge, con la stessa aria confusa del primo giorno. Ma è solo perché si è appena svegliato. Sa che adesso ho fiducia in lui.

Se la missione di Lali è quella di scoprire cosa sia successo alla sua amica, la nostra missione comune è proteggere Lali dall'alito freddo della *pelona*. Come mi ha scritto Jey l'altro giorno. E non avevo certo bisogno dei suoi messaggi, per ricordarmelo.

*El güerito*[100] si siede vicino a me. Mi sorride. Ha la voce roca, perché è mattina e perché ieri ha fumato, ma canticchia:

*What the heck is this house*
*For a manly Cowboy Mouse?*
*Hello you! Let me out!*
*And don't catch me like a trout*[101].

Scoppio a ridere come un bambino. Lali esce in quel momento e ci trova così, pacche sulle spalle e sghignazzi isterici.

«Se avete comprato del fumo da Cindy, mentre ero in bagno a togliermi quelle cazzo di lenti, non lo voglio sapere».

Poco dopo, ha indossato dei leggings luccicanti con effetto push up sul sedere. Va da sé che non ne ha bisogno, ma la rendono abbastanza *naca*[102]. Ha una blusa strettissima che la fa apparire quasi formosa e ha raccolto i capelli in una treccia. Una delle unghie si è spezzata: l'effetto è ancora più volgare. L'im-

100 Il biondino.

101 «Cosa diamine è questa casa, / per un virile Topo Cowboy? / Hey tu, fammi uscire! / Non imprigionarmi come una trota». (Cri-Cri, *El raton vaquero*, seguito della canzone citata in precedenza).

102 Tamarra.

magine che è caduta era quella di un minuscolo san Giorgio (si riconosceva dal drago in miniatura). Una parte di me è sollevata nel vedere che la Virgen de Guadalupe, la protettrice di tutti i messicani, è ancora al suo posto sul pollice destro.

Mia cugina si rifiuta di mettere di nuovo i tacchi e opta per dei brutti sandali viola. Indossa le lenti all'ultimo momento, mentre Pier e io siamo già sul *fierrari.*

Il ristorante di Colola apre solo la sera, quindi torniamo al campamento. I ragazzini olandesi ci corrono incontro, ma questa volta sono i loro genitori ad aggiudicarsi l'attenzione del nostro *gringo*. Sono certo che Pier preferirebbe di gran lunga il baseball.

«Oh sì, certo che voglio trasferire qui la mia azienda! Voi non lo fareste? Ah, non credete negli attuali modelli di sviluppo economico? Per questo non lavorate e girate il mondo su quel vecchio camper? Vi mantenete affittando la vostra casa di Amsterdam e scrivendo articoli sui viaggi in famiglia e l'educazione parentale? Molto interessante, magari qualcuno dei miei colleghi vorrà seguire il vostro esempio, quando si trasferirà qui! Mi date l'indirizzo del vostro blog? PrayLoveTravel.com, annoto. Che cosa pregate, esattamente? Oh, siete Hare Krishna, fantastico, anch'io negli ultimi anni sento il bisogno di riconquistare la mia dimensione spirituale... Per questo sto cercando nuovi orizzonti per la mia azienda. E con le malattie, come va? Serve qualche vaccino per trasferirsi in Messico? Ah, capisco, siete contrari ai vaccini, *chemical shit that makes you sick*, una visione davvero rivoluzionaria! Sono felice che esista gente come voi, che si propongano modelli di sviluppo alternativi. Quando sposterò qui la mia azienda vi contatterò, ho bisogno di spunti per il mio business plan».

Attirati da queste farneticazioni in inglese, i *tortugueros* che abbiamo conosciuto il giorno prima ci raggiungono.

Vado a giocare con i bambini, ma resto a portata d'orecchio: sento che Pier si attiene alla versione che abbiamo concordato. Cindy ci ha detto che la zona non è male, se sai come muoverti. Se davvero vuole portare a vivere qui il suo fantomatico gruppo di *geeks* californiani, è meglio che cerchi di rintracciare un tale Torito. Cindy ci ha detto che ogni tanto si fa vedere al campo. Forse lo conoscono?

Anche se fa caldo, propongo di fare una partita di calcio sulla sabbia, appena oltre l'area comune del *campamento*. Sono distratto e i ragazzi infilano un goal dietro l'altro nella porta che dovrei difendere. Dalle loro espressioni capisco di non essere un giocatore convincente. Ma non mi è sfuggito lo sguardo che si sono scambiati i due messicani. Non gli credono, oppure c'è una faida in corso con lui. Comunque sia, tra le cose che ha detto Pier ce n'era qualcuna di sbagliata.

«*¿Y por qué eso?*[103]».

Lali farfuglia qualcosa riguardo la necessità di assicurarsi la sua protezione.

«Non vi proteggerà. State giocando con il fuoco» risponde il più giovane.

«*Do you know him? I wanna meet him*» continua Pier. So che non è così ingenuo. Sta sondando.

«*Escucha, gringo, he's a bad hombre. Do you see* Narcos*? Do you see blood and torture and death children?*».

«*Oh! Is he a narco? A real mexican one, like Amado Carrillo? Like the Chapo? Awesome! I wanna meet him!*».

«*No seas pendejo, gringo*». È il più vecchio a parlare. Non dice nient'altro.

Ci mostrano le tartarughe nate dalle uova che si sono schiuse ieri notte. Le libereranno questa sera al tramonto. Se ci fermeremo qui, le vedremo anche noi raggiungere l'oceano.

I bambini ci guardano speranzosi e Pier si toglie la maglietta per andare a giocare con loro.

Il tortuguero parla di nuovo.

«*No seas pendejo, gringo. Ponte bloqueador. Pinche sunscrín, ¿Entiendes?*[104]».

103 E questo, perché?

104 Non essere idiota, gringo. Mettiti la crema solare. Il fottuto "sunscreen", capisci?

Formiamo due squadre: io sto con l'olandese più grande, Pier con il piccolo. Imparo i rudimenti del baseball, ma anche questa volta vincono loro.

Lali resta sotto la tettoia a chiacchierare con la madre dei ragazzi. So che non è felice di perdere tempo così. Sento che i due *tortugueros* cercano di entrare nel discorso, ma il loro inglese è ancora più scarso di quello di Lali (non mi ricordavo che lo parlasse così male. Suppongo faccia parte della sua nuova vita da *naca*). Non credo che l'abbiano riconosciuta come un'ex volontaria.

Un paio d'ore dopo, l'italiano è rosso come un rubino e io bevo da solo quasi un litro d'acqua. I ragazzi vengono richiamati dalla madre dentro il camper, per studiare qualche pagina di matematica.

«Ti sarebbe piaciuto, Pier?».

«No, non credo. Si annoiano. Non frequentano abbastanza coetanei. E se l'Avvocato mi avesse dato lezioni su un argomento qualunque, avrei fatto il possibile per restare nell'ignoranza più assoluta».

«È così anche per me. Ma non posso dire di essere stato felice a scuola. Conoscere un po' il mondo non mi sarebbe dispiaciuto».

Alla vista della schiena del fidanzato, Lali si lancia in un discorso colorito, farcito di diminutivi e di un lungo elenco di rimedi popolari. Parla come la venditrice di *pozole* dell'*audi*[105]. Per la prima volta penso che, anche se non ha mai vissuto in Messico, anche se predilige gli abiti sportivi e non avrebbe mai accettato di festeggiare i suoi *quince años* con un vestito da cerimonia gonfio e fucsia, dentro di lei ci sia qualcosa di davvero messicano.

Cindy e il compagno sono arrivati in spiaggia nel tardo pomeriggio, insieme a molti altri abitanti del posto. Sono entrambi scalzi; lei è vestita di nero e ha una borsa colorata a tracolla, del

105 Il *pozole* è un popolare piatto messicano, mentre l'*audi* (auditorio) è un famoso mercato che si tiene la domenica nella città di Morelia.

tipo in cui gli indigeni colombiani stipano le foglie di coca. Ride *a carcajadas*[106] delle battute dell'uomo che al ristorante era stato sul punto di disintegrare Pier.

Ieri sera la *gringa* mi era sembrata piuttosto critica nei confronti di mia cugina, ma adesso si mette a chiacchierare con lei come se fossero legate da un'amicizia ventennale. Le donne. Chissà cos'avranno da dirsi.

Quando il sole è quasi tramontato e la spiaggia e l'oceano sono diventati *rosa mexicano*[107], un *tortuguero* porge a Lali una bacinella di plastica piena di vispi rettili neonati. Lali gli sorride e chiede istruzioni. Deve farli uscire con delicatezza; noi ci impegniamo a restare al nostro posto, per non pestarli.

I tartarughini conoscono la direzione del mare e vi si dirigono con sicurezza. Sono nati da poche ore, eppure hanno il pieno controllo delle loro minuscole zampette squamose.

Solo uno su cento diventerà adulto. È uno spettacolo emozionante e non mi stupisco nel vedere che Pier ha di nuovo le lacrime agli occhi.

Anche Rosa, la ristoratrice, è venuta ad assistere a questo primo tuffo. Appena arriva si avvicina a lui e gli porge un fazzoletto. Gli appoggia una mano sulla spalla. I capelli chiarissimi, la pelle scottata, i jeans al ginocchio, il suo divertimento sincero nel giocare con i ragazzi. Sta quasi piacendo anche a me.

Vedo che la donna gli sta dicendo qualcosa, ma ci sono ancora cuccioli sulla sabbia e non posso avvicinarmi a loro senza rischiare di schiacciarli. E se riducessi in poltiglia proprio quello destinato a invecchiare?

La signora ha tirato fuori un cellulare dalla tasca. Immagino stia cercando di ottenere un suo contatto. Oppure gli starà mostrando le sue foto sexy. O le foto del suo gatto – ci sono anche donne così, ma di solito sono europee. Le latino-americane, per fortuna, preferiscono farti vedere il culo.

106 A crepapelle.

107 Fucsia (almeno secondo i messicani).

Lui strizza gli occhi per mettere a fuoco lo schermo, e capto uno sguardo indagatore in arrivo dalla direzione di Lali.

## L.

Osservo Cindy ridere di un commento di quel suo compagno ibrido, metà amante e metà guardia del corpo. Non credo apprezzi i romanzi che circondano il loro materasso pulcioso, ma è in grado di farla piegare in due dalle risate.

Penso che quel *guardaespaldas* misterioso, rude, capace di rigirare con una mano sola quei poveri ragazzi che si arruolano nell'esercito per mancanza di alternative, avrebbe dovuto innamorarsi di Vane e proteggerla da se stessa. Dai pericoli della costa che non è stata in grado di fronteggiare da sola.

Forse sarei dovuta venire qui a setacciare il paese subito dopo la scomparsa della mia amica, non più di un anno dopo. D'altra parte, non credo che Cindy si sarebbe mostrata così loquace, prima che la storia si raffreddasse. Deve avere degli ottimi motivi per non volere che la polizia si metta sulle sue tracce.

Quando la nostra nuova amica texana finisce di scompisciarsi per le battute del suo protettore, viene a parlare con me.

Mi racconta che qualche ora fa è andata a pranzo a casa di doña Rosa. Una tipa solare, sui trent'anni. Ha una figlia che va già alla *secundaria* – prima l'abbiamo vista scendere dall'autobus della scuola, con la sua divisa colorata che comprende una minigonna un po' troppo sexy per una bambina di dodici anni.

Cindy ha un'età intermedia tra Rosa e sua figlia, e la donna l'ha presa in simpatia. Se adesso se la cava con lo spagnolo, mi dice, è stato solo grazie a lei. Alle loro chiacchiere pomeridiane, alla tv messicana vista insieme (criticata insieme. Entrambe sono più tipe da *Narcos* che da *Los ricos también lloran*). Oggi hanno visto un documentario sull'imminente estinzione della *vaquita* marina. Poi, mentre mangiavano *totopos* e guacamole, Cindy le ha detto che il ragazzo carino con i capelli gialli vorrebbe mettersi in contatto con El Torito.

La gente del paese gli ha assicurato che quest'ultimo, al secolo don Jacobo, sarebbe in grado di garantire protezione alla comunità di *geeks* che vuole impiantare qui. Se avesse la certezza di non cacciarsi nei guai, le ha spiegato Cindy, *el gringo* potrebbe portare a Colola tanti uomini giovani. Piccoli stranieri sperduti che doña Rosa potrebbe accogliere nel suo salotto perché imparino lo spagnolo con le *telenovelas* di TV azteca. «*Van a adorar tus clases de idiomas*[108]» giura di averle detto. E Rosa ha risposto che, se quell'ingegnere con la faccia da bravo ragazzo dovesse portare qui i suoi amici, lei di certo non si opporrà.

Intuisco che la nostra piccola informatrice ha mantenuto il riserbo sul fatto che non siamo quello che sembriamo. Cindy sa quanto sia importante essere vaghi sui dettagli.

La ringrazio; lei mi fa l'occhiolino e torna dal compagno.

Pochi minuti dopo, mentre un *tortuguero* mi porge una bacinella azzurra e mi dice di far uscire delicatamente i piccoli animali, abbiamo la conferma che la loro chiacchierata ha sortito l'effetto sperato: appena la donna arriva sulla spiaggia, si dirige verso Pier, che è solo.

Temo si sia di nuovo commosso, e lei si appresta a consolarlo. Deve averne viste, di cose, ma suppongo che a Colola un uomo che piange per la liberazione dei cuccioli di tartaruga sia un inedito assoluto.

Dal suo atteggiamento, deduco che sta cercando di fargli capire che lei è una mamma single e non troppo anziana, nonostante la figlia dodicenne. Ha amiche ventenni, quindi è un po' ventenne anche lei. Oh beh, di sicuro lo ha distratto. Non vedo più lacrime sul suo viso.

Mentre invidio la serenità con la quale i rettili neonati vanno incontro al loro minaccioso destino, reprimo una fitta di gelosia e cerco di seguire la loro conversazione. O piuttosto il monolo-

108 Adoreranno le tue lezioni di lingua.

go della ristoratrice, che parla a Pier in un inglese migliore del mio (del mio inglese vero, non della versione semplificata che sfoggio in questi giorni). Mi chiedo se abbia vissuto negli USA o se l'abbia imparato guardando serie tv.

Nirvana è confinato a venti metri da qui, sommerso dalle domande dei piccoli olandesi sulle tecniche migliori per farsi i dreadlock. Rosa è vicinissima a Pier. La sento dire a voce alta che, se davvero vuole chiedere a don Jacobo se sia disposto a proteggere una comune di *gringos* piazzata tra le palme da cocco e le uova di tartaruga, beh, lei non è sicura che dargli il suo contatto diretto sia una buona idea. Poi abbassa il tono e mi sfugge qualche parola, ma capto il senso generale del discorso.

Il signor Jacobo, gli spiega, bisogna trattarlo con le pinze.

Se ti dà il suo numero, non è perché tu lo passi al primo venuto. Poi la gente continua a *chiedere cose*, e non si finisce più. Nel villaggio molte persone lo prendono in giro, eppure continuano a implorarlo. I problemi dei residenti di Colola non li vuole mai sentire nessuno. Non ci sono molte personalità che si possano supplicare, da queste parti.

Tuttavia è meglio rivolgersi a lui solo se si è proprio disperati, specifica Rosa, nel suo inglese arricchito da qualche imprecazione in spagnolo. Non si sa mai quale caso attirerà la sua attenzione, e quale, invece, potrebbe provocargli una delle sue terribili crisi di rabbia.

La sua furia si placa solo con la marijuana di Colola. La nostra ottima varietà, sottolinea; la coltiva anche il fratello di Carlos. El Torito la apprezza e la vende, ed è per questo che torna spesso qui, anche se adesso abita a Lázaro. Per questo e perché è un posto meraviglioso, quello in cui abbiamo la fortuna di vivere. Anche *los gringos* vorrebbero trasferirsi qui.

Neanche Cindy ha il suo numero, perché sta con Carlos. Tutti sanno che una volta El Torito ha combinato una delle sue *pendejadas*[109] e ha fatto in modo che i militari venissero a cercare

109 Cazzate.

Carlos al posto suo. Jacobo quella volta si è comportato *como una rata*[110] e non sono mai tornati amici, anche se Carlos ne è uscito talmente pulito che è entrato nei corpi speciali. Comunque erano quasi dei ragazzini, dice Rosa. Era l'epoca in cui Carlos usciva con la Conchi, quella che poi gli hanno ammazzato come una cagna. *Era muy guapa*, la Conchi. *La más guapa y las menos buena*[111]. È un miracolo che adesso stia con una tipa a posto come Cindy.

«Beh, *ingeniero*» la sento dire, quando ha finito di sciorinare due decadi di truculenti pettegolezzi di paese. «Se proprio desideri parlare con Jacobo, posso darti il nome del suo profilo Instagram. @Yago_torito. Non farti illusioni, perché non risponde mai ai messaggi privati. Ma capisci, non posso darti il suo numero di *móvil*. Non vorrei che se la prendesse con me. Non sai mai come reagirà, El Torito. Puoi fare un tentativo, ma non dargli il mio nome».

Pier la ringrazia, senza mostrarsi troppo interessato. Prende nota del profilo e ripone subito il cellulare messicano nella tasca dei pantaloni.

«*¿Y tú, gringuito, no tienes Instagram o el feis?*».

A questo punto, Rosa è passata al suo spagnolo più puro. Pier non finge di non capire, ma poi risponde che, con il suo lavoro, non può permettersi di utilizzare nessuna rete sociale. Il suo lavoro, ripete: quello che si fa su Internet, che è molto delicato, e che forse potrebbe essere degno dell'attenzione di don Jacobo.

«*Bueno, gringuito, si me vas a querer llamar como en los noventa, éste es mi número*[112]».

Lui lo appunta sotto l'altro contatto e ringrazia doña Rosa.

110 Come un traditore.

111 "La più bella e quella che si comportava peggio", riferimento al verso di una famosa canzone in spagnolo (*Soldadito marinero*).

112 Bene, se mi vuoi chiamare come si faceva negli anni Novanta, questo è il mio numero.

A questo punto, tutte le tartarughine si sono tuffate. Cindy è tornata a sedersi di fianco al suo Navegante, che le accarezza i capelli. È così esageratamente piccola. Lui, illuminato dai raggi scarlatti, lo sguardo rilassato di chi ha già fumato, compiaciuto di vedere quel rompiballe di Pier così concentrato nella sua chiacchierata con doña Rosa e il suo sedere rotondo, sembra davvero innamorato.

Apprezzo il fatto che Cindy sia andata a dire alla signora Rosa di parlare con Pier, eppure non mi sfugge come adesso si trovi lontana anni luce dalle vicende di Yago Torito, di Vanessa, dei miei occhi ingannevoli. Il mio intuito non è preciso come quello di Yatzil, eppure mi sono fatta qualche idea su di lei. Ha dei piccoli (o grandi?) problemi in sospeso con la giustizia dei *gringos*. Quel tipo minaccioso la fa sentire protetta, e i pochi amici che è riuscita a farsi qui a Colola sono diventati la sua famiglia.

Penso ai cuccioli di tartaruga e al loro irragionevole entusiasmo, alla loro capacità di seguire l'istinto senza aver bisogno di un genitore che li guidi. L'istinto, la forza naturale che li induce ad affrontare senza timore predatori e onde di quattro metri.

Mezzo villaggio è venuto ad accompagnarli verso il loro primo bagno. Non escludo che i *lugareños*[113] siano venuti anche a osservare i tre bizzarri visitatori che giocano a palla con i bambini e chiedono informazioni ai residenti.

Tramontato il sole, la sabbia è ancora calda. Nell'aria che respiriamo è sospesa l'umidità della notte tropicale che sta per scendere. Un'atmosfera eccitata e festosa ha avvolto i frequentatori di questa lunghissima spiaggia oceanica. Vorrei che tornassimo in albergo a studiare il profilo del tipo, ma le persone che abbiamo intorno danno per scontato che passeremo la sera con loro.

Non riesco a scrollarmi di dosso i due *tortugueros*, e sia Nirvana che Pier ricevono più attenzioni di quanto mi sarei aspettata. Se la gente del posto aveva qualche riserva nei nostri con-

113 Gli abitanti del posto.

fronti, sono passate in secondo piano. Celate dietro questo cielo rosso e la nidiata di tartarughini.

Al ristorante di Rosa, sua figlia serve ai tavoli. È la copia in miniatura della madre, che è attenta a tenere d'occhio tutti quelli che le rivolgono la parola. La ragazzina viene mandata a casa intorno alle dieci, perché domattina dovrà alzarsi presto, indossare una divisa pulita, pettinarsi in modo da non lasciare neanche una ciocca fuori posto – le scuole messicane richiedono un aspetto impeccabile – e aspettare il pullmino della scuola.

Finché la bambina è lì, mi colpisce la sua abilità nel declinare con garbo le attenzioni che riceve. È cresciuta a Colola e deve avere sviluppato un istinto simile a quello dei tartarughini. La percentuale di sopravvivenza delle ragazzine di questo posto è più alta di quella delle piccole testuggini.

Vanessa invece era un'aliena. Un'aliena intelligente, piena di risorse: finché l'istinto che avrebbe dovuto guidarla non ha vacillato.

Siamo finalmente riusciti a sederci vicini e aggiorniamo Nirvana su quel che ha detto Rosa. Sappiamo che gli altri clienti del ristorante ci stanno ascoltando, quindi continuiamo a parlare in inglese.

Chiedo a Pier se pensa che don Jacobo vorrà aiutarlo, e lui risponde che non lo sa, che dovrà cominciare con l'aprirsi un account Instagram e seguirlo. Penso a come lo chiameremo. Di @mariposa_de_amor ce ne saranno settecentomila.

Quando Rosa non è più impegnata a controllare la figlia, ride forte a ogni frase di Pier e a parecchie di quelle di Nirvana.

A mano a mano che le bottiglie vuote si accumulano sul nostro tavolo, ho l'impressione che loro due ci stiano prendendo gusto. Che abbiano dimenticato la nostra missione. Che siano diventati davvero uno stupido *gringo* e un *marihuano* messicano un po' ubriachi, ai confini del mondo.

Qualche tempo dopo sono un *gringo* e un messicano *molto* ubriachi.

Io di certo non mi sto divertendo. Dopo essere stati in spiaggia, gli occhi non la smettono più di darmi fastidio, come se dei granelli di sabbia si fossero insinuati sotto le lenti. La birra attenua il fastidio e mi tiene occupata. Lacrimo senza ritegno, come un'ubriaca che ha perso il controllo. All'inizio le lacrime dipendono dall'infiammazione della congiuntiva; più tardi, sono ubriaca anch'io. Le scene si susseguono l'una all'altra come dei flash visivi.

Io che ballo reggaeton con uno dei *tortugueros*. Non come faccio di solito, ma credendoci per davvero. Sgancio i cinturini attorno alle caviglie dei miei sandali nuovi. Sono almeno una decina di fibbie e impiego più tempo del necessario, ma poi riesco a muovermi bene sul pavimento di terra.

(Non li ho mai più rivisti, quei sandali. Non che sia una perdita irrecuperabile).

Io che mi scatto un selfie con la famiglia olandese al completo (ma perché, poi? Chi me l'avrà chiesto? Il padre, la madre, i ragazzini? Lo condivideranno da qualche parte? Qualcuno potrebbe riconoscermi?).

Cindy che mi si avvicina e mi abbraccia strettissima, piangendo anche lei, e poi ridendo, in preda all'isteria.

Rosa che continua a servire *tacos*, perché non beviamo a stomaco vuoto. Io ci aggiungo una salsa piccantissima. Oltre agli occhi, mi bruciano anche la bocca e il naso. Qualcuno che dice che mi brucerà anche *la colita*[114], e rido senza freni, e poi scoppio a piangere con un braccio intorno alle spalle di Cindy.

Finisce il reggaeton e si spegne anche la musica messicana.

Qualcuno mi passa un tequila che butto giù d'un fiato, senza sentirne il bruciore. E poi c'è il tipo degli One Direction che vola solitario sui magnifici paesaggi scozzesi. Un dipinto di Friedrich.

*Just stop your crying, have the time of your life*
*Breaking through the atmosphere*

114 Il sedere.

*And things are pretty good from here*
*Remember everything will be alright*
*We can meet again somewhere*
*Somewhere far away from here*

*We never learn, we've been here before*
*Why are we always stuck and running from*
*The bullets?*

E non è doña Rosa a mettere Harry Styles, ma Nirvana e la sua compilation da *fierrari*. Perché in qualche modo siamo di nuovo in macchina, noi tre da soli. Una macchina spenta, immersa nel buio assoluto di Colola, perché la luna che illuminava la spiaggia mentre noi davamo spettacolo al ristorante di Rosa adesso è tramontata.

Mio cugino dice di volersi riposare un po' prima di tornare a Maruata, e si sdraia sul sedile posteriore. Tre corpi sudati e scomposti. Tre corpi vivi e pulsanti in cerca di un corpo morto. Questo pensiero lo ricordo bene. Così come di aver baciato uno di loro.

In quella macchina parcheggiata sul viale di accesso alla spiaggia a un'ora che era tarda, ma ancora lontana dalle luci del mattino, sento il rumore di altri baci. Baci che io non ho dato e non ho ricevuto.

Non so dire quante mani mi stiano toccando, e nemmeno dove abbia appoggiato le mie.

*The bullets.*

## V.

Sento la risata arrivare da lontano e sconquassarmi le ali. Non può essere successo davvero! Era un non detto, un sottotesto che doveva limitarsi ad aleggiare su di loro… E invece, alla quarta o quinta birra, alla prima canzone da checche, al secondo tramonto sulla spiaggia, sono diventati Jules e Jim.

Rido, ma sono invidiosa. Sono tutti e tre fichi, e giustamente Madre Natura desidera ottimizzare le possibilità di riproduzione di ciascuno. Solo Lali è di una bellezza mozzafiato, ma anche i due frocetti senza spina dorsale sono dei bei tipi.

Pier è sempre stato troppo insignificante per i miei gusti, ma devo dire che se la sta cavando meglio di quel che avrei creduto. La sua caricatura del *gringo* è esilarante e spontanea. Sapevo che era un bravo ragazzo, un tipo tranquillo e riflessivo... Ma non mi ero mai accorta che sapesse essere divertente. Non è giusto essere fichi e pure divertenti. Io non sono mai stata né l'uno né l'altro. Sono sarcastica, ho uno humour corrosivo: con questo, la gente non ride. Ho finito per tenerlo per me. Al massimo, lo condividevo con Lali. Lei è la persona meno cinica che esista, eppure apprezzava le mie battute. A volte mi chiedevo se ridesse per pena. Con me, oppure di me.

Solo adesso so con certezza che ha sempre riso di cuore. Adesso che l'ho vista tagliare corto, quando Cindy cercava di ridurre ai minimi termini la nostra amicizia. Sono cose che non si devono spiegare, come le barzellette.

Questo episodio pruriginoso... Avrei detto che Pier sarebbe scappato urlando, e invece, per quel poco che si capiva alla luce fioca delle stelle, è stato lui a prendere l'iniziativa. Il cugino di Lali non si è tirato indietro, quello no. Ma era troppo ubriaco per capire cosa stesse succedendo.

Nirvana è sexy, l'ho sempre detto. È disgustoso il fatto che sbavi sulla cugina da quando aveva ancora i denti da latte, e anche su quei dread pieni di schifezze si potrebbe discutere (almeno, da buon messicano, li lava tutti i giorni). Ma vicino a lui, è normale sentirsi confusi. Quelle spalle larghe, quella mascella forte. I muscoli sempre tesi, anche se mi risulta che la sua unica attività sportiva sia il sesso con le volontarie straniere. La sublimazione della scopata con sua cugina che ha sempre ritenuto impossibile.

Nella sua situazione, comunque, mi sarei comportata come lui. E invece non mi ha mai voluto nessuno, finché sono stata una larva. Fino a quando, a Colola, non ho spiegato le mie ali.

Nirvana io lo capisco. Se hai la possibilità di fare del sesso non devi privartene, perché non c'è niente di così meraviglioso.

È la cosa più bella che abbia mai sperimentato. La prima volta, obbligata da quel soldato, non è stato niente di che. Sono stata violentata, dite? Non lo so.

Non vedevo l'ora di cominciare la mia vita sessuale. Certo, avrei preferito un approccio diverso: niente di sofisticato, intendiamoci. Non chiedevo champagne sulla spiaggia, musica da camera e luci soffuse. Mi sarei accontentata di una birra condivisa sotto la tettoia dove consumavamo i pasti. Di un simulacro di complicità, destinato a esaurirsi dopo la scopata.

Il militare non mi ha dato *esattamente* quello che speravo, ma non avevo termini di paragone. Nessun ragazzo mi aveva mai trattato come faceva con le altre. Nirvana, quando eravamo alle medie, ha accettato di parlare con me: ci ho impiegato poche settimane a capire che lo faceva solo per Lali. Era stata lei a pregarlo di sprecare un po' di tempo con la sua amica brutta, per darle l'illusione di essere un'undicenne normale. Quando l'ho capito, ho deciso di fare a meno della sua pietà. Di quella di Lali, intendo. Del suo burattino ha smesso di importarmi.

Nessuno si è mai degnato di rivolgere anche a me il rispetto che si deve a qualcuno che possiede *qualcosa che ti interessa*. Perché sì, intorno al mio organo sessuale c'erano del grasso, della pelle flaccida, delle ossa grandi e dei lineamenti sgradevoli: ma in fondo non era diverso da quelli di Jey e di Lali, tanto ambiti.

E il poveraccio aveva delle esigenze, dei desideri che nessuno voleva prendere in considerazione. Un animale da allevamento, costretto a trascorrere la sua vita in una gabbia di un metro quadrato, senza alcun riguardo per i suoi sentimenti.

La mia verginità era la radice che alimentava tutte le altre sofferenze, il *correlativo oggettivo* dei due decenni in cui ero stata ignorata, umiliata, derisa da quasi tutti quelli che conoscevo.

Avrei preferito un contesto diverso per la prima volta, ma non sono il tipo che si preoccupa di infiocchettare l'atmosfera. Tanti anni di sogni, di speranze vane, e poi un solo brutto soldato che vuole scoparmi.

Un'unica esperienza, per quanto diversa da quella che si sognava, è pur sempre meglio di nessuna esperienza, no?

Una volta spiegate le ali, la cosa più semplice è stata continuare a volare. Ci ho messo poco tempo a scoprire che, quando non ti minacciano con un *cuerno de chivo*[115], il sesso è ancora meglio della droga. Avrei potuto continuare per sempre. Lali mi ha immaginato ridotta a schiava sessuale, prigioniera in uno scantinato… La cosa curiosa è che forse mi sarebbe piaciuto.

Non è andata poi così lontano dalla realtà. Quello che la fotte sempre, a lei, è il suo insulso ottimismo. C'è Jey a riportarla sulla terra, ma sono sicura che anche il mio cinismo l'aiutasse a mantenere il contatto con la durezza della realtà.

I dread di Nirvana e i riccioli da bebè di Pier. Le tre gradazioni della loro pelle (il cioccolato di Lali, che è un incrocio perfetto tra Esmeralda e Pocahontas, sia dentro che fuori; il latte macchiato di Nirvana e quello candido di Pier, profumato come le caramelle Ricola; latte appena munto da vacche svizzere in alpeggio) si sono intrecciate in uno spettacolo che dev'essere stato un capolavoro dell'arte contemporanea. Tramortirli, congelarli ed esporli al MoMA sarebbe stata un'idea fantastica. *Globalizzazione: 50 sfumature di frappuccino*.

Nella loro vita, possibilità del genere sono sempre in agguato. Magari istigate da un po' di alcol, da una *borrachera* sotto le stelle, da una canzone da teenager, dalla ricerca di una farfalla.

*La vispa Teresa*
*avea tra l'erbetta*

115 Fucile, in Messico.

*A volo sorpresa*
*gentil farfalletta*
*E tutta giuliva*
*stringendola viva*
*gridava a distesa:*
*"L'ho presa! L'ho presa!".*
*A lei supplicando*
*l'afflitta gridò:*
*"Vivendo, volando*
*che male ti fò?*
*Tu sì mi fai male*
*stringendomi l'ale!*
*Deh, lasciami! Anch'io*
*son figlia di Dio!".*
*Teresa pentita*
*allenta le dita:*

*"Va', torna all'erbetta,*
*gentil farfalletta".*
*Confusa, pentita,*
*Teresa arrossì,*
*dischiuse le dita*
*e quella fuggì.*

P.

Mi sveglio solo perché il sole mi sta scottando il viso. Il mio primo pensiero è che non ho messo il *pinche sunscreen*. Il secondo e il terzo riesco a bloccarli in tempo e a trascinarmi sotto la veranda.

Sono intontito, ma sto meglio del previsto. Il che non è un buon segno, perché mi fa pensare di essere stato meno ubriaco di quel che credevo. Per far arretrare il mal di testa che minaccia di esplodere basta una tazza di caffè solubile.

Lali e Nirvana russano ancora. Sì, tutti e due. Su due letti diversi. Io stanotte avevo bisogno di aria fresca e ho scelto l'amaca. O forse sapevo che non sarei sopravvissuto a quei venti passi che servivano per raggiungere un letto al coperto.

Ho l'impressione di aver guidato io, al ritorno da Colola. Forse ci sono state delle pause per vomitare. In curva, fermandoci dove capitava. La *carretera 200* a notte fonda non doveva essere troppo trafficata. Oppure *Chuchito*[116] ha vegliato su di noi, come dicono i messicani. Lui o uno dei nove santi rimasti sulle unghie di Lali.

Con un movimento automatico, afferro il cellulare. È collegato all'account Facebook di Nirvana e scrollo un po' la sua home page e qualche sito di notizie. Mi assicuro che neanche oggi Trump e Kim Jong-un abbiano litigato in modo irrecuperabile. I catalani continuano con le loro intemperanze. Trudeau e Peña Nieto, il presidente del Messico, ignorano le provocazioni di Trump sulla sospensione del trattato di libero commercio. Qualcosa, nel mondo, è ancora al punto in cui ero rimasto io.

Ci sono delle notifiche su Signal, ma in questo momento Jey è l'ultima persona al mondo con cui abbia voglia di interagire. E poi non ho il coraggio di leggere cosa si dica con Lali. Non che pensi che non sia giusto: mi fa proprio paura.

In pochi minuti creo un nuovo indirizzo e-mail e un profilo Instagram. Potrei trovare i post di don Jacobo senza registrarmi, ma mi sento più a mio agio usando l'applicazione. E poi, è un modo per tenere mente e mani occupate. Sono sul punto di battezzarlo @madame_butterfly_94, ma manderei in fumo i nostri tentativi di non attirare l'attenzione.

Il mio cervello è lento. Cerco come si dica "farfalla" in giapponese. *Choo.* Perfetto. Lazaro_Choo98. Imposto un profilo privato, per non perdere tempo a renderlo credibile. Non divento follower del tipo, ma osservo i suoi ultimi post, che sono recenti.

116 Gesù (da Jesus, a Chucho, a Chuchito).

Avrà una trentina d'anni, non di più. La qualità delle foto che scatta è quella offerta da un cellulare di gamma bassa. Ha una faccia comune. Pelle chiara, sopracciglia folte, mento sfuggente. Gli piace indossare stivali texani, camicie a maniche corte e cappelli a tesa larga. Il suo stream è composto più che altro da foto scattate nei locali di Lázaro Cárdenas, la città più grande di questo tratto di costa. Esibisce una manciata di selfie con donne assortite. C'è qualche rara foto di Colola e del resto della costa pacifica.

Non sono in grado di valutare le poche parole in spagnolo che accompagnano i suoi post, ma ritengo che appartengano al genere "sgrammaticato e senza punteggiatura". Comunque usa più hashtag banalissimi che commenti personali.

Ho finito il caffè e vado a fare una passeggiata sulla spiaggia. Ho voglia di chilaquiles. *Chilaquiles para la cruda*, no? Poco più di una settimana in Messico e mi sono integrato.

Quando torno, vedo che dall'amaca penzola il polpaccio abbronzato di Lali. Non mi sono mai sentito così imbarazzato in vita mia, ma ho deciso di diventare un po' *macho mexicano* anch'io. Pranayama e continuare come se niente fosse. Se non ne parleremo mai, potrebbe anche non essere successo.

«Buongiorno. Come stai? Ti porto un Oki o un'Aspirina?».

«Mi accontento di un caffè. Yatzil è ad Atene. Ha detto che mia madre ogni tanto mi scrive su WhatsApp. Lei le risponde solo quando si trova a Torino, dal mio cellulare. Potrebbe trovare strane le mie risposte tardive. Forse dovrei dirle che sono venuta a trovare Nirvana».

«Se ne dimenticherà presto, non ti illudere».

«Verissimo. L'avvocato invece è perfettamente soddisfatto delle note che gli invia Yatzil».

«Ogni eterosessuale che conosco sarebbe appagato dal ricevere venticinque secondi di attenzione da parte di tua sorella. Non chiederà mai nient'altro».

«Ahah. Hai ragione. Sto guardando il profilo del Torito».

«L'ho fatto anch'io. Dovremmo spostarci a Lázaro, aspettare che si tagghi in un locale e poi raggiungerlo di corsa».

«Sì, ha senso. Ho notato una cosa».

«Che si veste male e che ha un cellulare schifoso?».

«Beh, sì, è tutto tranne che un pezzo grosso. Ma sono tornata all'inizio di settembre dell'anno scorso. Il 4 settembre ha caricato questa foto».

Una spiaggia messicana al tramonto, georeferenziata come playa Azul, Lázaro Cárdenas. La didascalia dice: *En el poco tiempo ke me keda por salir del cuarto, eso es lo ke veo… Pasandola fenomenal con mi butterfly*[117].

Abbiamo fatto centro. E, quel che è più importante, suppongo che adesso avremo un ottimo, inesauribile, urgentissimo argomento di discussione.

## N.

Mi svegliano le loro voci eccitate.

Non hanno l'aria di sentire il mal di testa e la nausea che sento io. Perché gridano così tanto? *Pinches italianos.* Ognuno dei suoni che producono rimbomba all'infinito tra le pareti del bungalow.

Devo aver bevuto molto più di loro. Ho perso il conto delle bottiglie di birra vuote più o meno quando ho visto Lali dimenarsi al ritmo di *Despacito.* A quel punto, ho deciso di tagliare tutti i ponti che avrebbero potuto riportarmi alla realtà.

Non ricordo nulla del tragitto da Colola a Maruata. Avrò guidato io? Spero di no. Non sopporterei l'idea di aver messo gli altri in pericolo.

Sento che non ce la farei a mandar giù neanche il caffè solubile, quindi scelgo un'aspirina. Con qualche difficoltà riesco a farla rimanere nel mio stomaco e torno a letto per una mezz'ora.

117 Nel poco tempo che mi resta per uscire dalla stanza, questo è quello che vedo… Spassandomela con la mia farfalla!

Quando torno sulla veranda hanno un sacco di cose da dirmi. Non so cosa gli faccia pensare che io abbia voglia di ascoltarli, ma non vedo vie d'uscita. Tuffarmi nell'oceano in questo stato potrebbe essere pericoloso.

Pier mi sta raccontando qualcosa a proposito di un selfie con l'hashtag #aftersex. Tre giorni dopo la scomparsa della tipa che stiamo cercando. Sì, lo so, l'ho conosciuta, Lali me ne parla da dieci anni; dovrei perlomeno ricordarmi il suo nome senza difficoltà.

Il problema è che sono ipnotizzato dalle labbra di Pier. Si sono scottate ieri, sono un po' gonfie. I loro movimenti incessanti articolano parole che trascendono le mie capacità di comprensione. Quei canotti violacei fanno sorgere in me strani pensieri.

Sensazioni, l'ombra di un ricordo, un'ondata di nausea più poderosa dei flutti del Pacifico.

Riesco a raggiungere il bagno.

Purtroppo, quando torno, sorseggiando una bottiglia da due litri di acqua minerale ad alto contenuto salino che avevo comprato mosso da un felice presentimento, non ho più scuse. E forse è meglio così. Qualunque storia strampalata di ragazze grasse e uomini con stivali di pelle di struzzo è meglio di quel che è affiorato poco fa.

Vanessa, ecco. Vanessa e Don Jacobo. Doña Rosa che ha dato a Pier il suo contatto su Instagram.

Concordo con loro su tutto. Ammesso che non si tratti di una posa diabolica alla Jey, il tipo non è di certo un ricco narcotrafficante. Al massimo sarà la pedina di qualcuno più importante. Di un qualcuno troppo occupato per venire ad acquistare di persona il raccolto coltivato da gente raccomandabile quanto il fratello di quel Carlos.

Tutto fa pensare che Vanessa sia partita insieme a lui. Si sono chiusi in un motel di quarta categoria e hanno scopato come ricci. Lui l'ha addirittura lusingata dedicandole qualche post. Il 6 settembre usa il disgustoso hashtag *#aftersex* sotto la foto di un letto sfatto.

Dal lenzuolo esce mezzo piede femminile, con le unghie smaltate di rosso. Vanessa deve essere riuscita a trattenere l'attenzione del tipo per qualche giorno. Era vergine, forse? Magari è così che c'è riuscita. Credo di sì, ma poi mi ricordo del racconto di Cindy e della retata al campo di Colola. Penso che potrebbe aver scoperto quanto le piaceva. Subito dopo, mi odio per aver formulato un'idea simile. Sono un *jodido machista*[118]. E allora penso che, dopo essersi sentita un oggetto, abbia voluto provare a sentirsi un soggetto. In corner, sono riuscito a seppellire il sessismo sotto una spruzzata di sociologia.

Lali è in fibrillazione, anche se ammette di non essere certa che il piede appartenga alla sua amica. Usava solo smalto nero. Ma, se è per quello, la ragazza che conosceva non aveva mai fumato neanche del tabacco.

Non credevo che qualcuno al mondo avesse mai usato quel tag seriamente, senza ironia, per vantarsi di un rapporto sessuale. Neanche lui doveva essere messo troppo bene, a livello di conquiste romantiche.

«Quindi andiamo dalla polizia e mettiamo tutto nelle loro mani? Poi prendiamo il *fierrari* e andiamo giù, giù fino al Perito Moreno?».

«No, Nirvana. Non andremo alla polizia. Queste cose le abbiamo scoperte senza neanche impegnarci troppo. Se fossero stati determinati a trovare Vanessa, ci sarebbero riusciti anche loro. È inutile presentarsi lì con un post su Instagram di quindici mesi fa e la testimonianza di una *gringa* che, se sospettasse che la polizia intende avvicinarsi al suo condominio, tirerebbe fuori il suo fucile a pompa e due granate».

«Allora? Che ne dite, non facciamo niente? Andiamo subito in Patagonia? Io sono pronto».

«Andremo a Lázaro. Ci piazzeremo in un hotel non troppo deprimente. E staremo lì ad aspettare che El Torito si tagghi da qualche parte».

118 Fottuto maschilista.

«E poi?».

«Poi lo troveremo e gli chiederemo cos'è successo alla sua *butterfly*».

«*Certezza di morte. Scarse possibilità di successo. Che cosa aspettiamo?*»[119].

Y.

▶——•———

Ciao Lali. Ho pensato un po' a quel che mi hai scritto prima. Ti spedisco questo messaggio vocale anche se tu sei offline. Suppongo siate sulla strada per Lázaro. Sono d'accordo con voi. Non coinvolgete la polizia, per il momento. Andrò a parlare con l'Avvocato appena possibile. L'unica idea sensata è piazzarsi a Lázaro (*bleah*) e aspettare che il tipo si tagghi in qualche orribile locale. Sto guardandomi le sue tristissime foto.

Preparatevi a un'attesa noiosa.

Se decidete di rintracciarlo, non andare MAI da sola, neanche se dovessi riuscire a diventare brutta come una scimmia. Hai capito? MAI.

Non ti preoccupare per l'altra sera. Non significa nulla, se non che tu e Pier reggete poco l'alcol. Ti ho sempre detto di starci lontana. Pensa a cosa succederebbe, alle mie feste da ultimi giorni dell'Impero, se accettassi qualcosa di quello che mi viene offerto.

Nirvana doveva aver bevuto molto più di voi. È allenato da sempre a trattenere quello che prova per te; non dev'essere stato facile far cedere i suoi condizionamenti mentali.

Senti, so che hai altro per la testa, ma alla fine ho detto a mamma che sei da Nirvana. Le servivi, quindi continuava a cercarti. Non le importa cosa tu faccia lì, ma mi ha chiesto se, "visto che sei là", alla fine del mese puoi andare a coprire un paio di

119 Citazione da *Il Signore degli Anelli*.

corsi di yoga. Ha insistito un sacco. In ogni caso, pensaci, perché in un modo o nell'altro questa storia l'avrai risolta. E il Costa Rica è un bel posto. Se me lo dici per tempo, potrei raggiungervi. Basta che non mi mettiate a insegnare yoga a *gringos* vegani. Sono in aeroporto, imbarcano.

*Te quiero. Te extraño*[120].

## L.

Sono felice che Yatzil sminuisca la faccenda, anche se può darsi che lo faccia solo per obbligarmi a mantenere la calma. Le sono comunque grata.

Purtroppo non sono ancora sulla strada per la città. Da Maruata a Lázaro Cárdenas sono meno di duecento chilometri. Vorrei che ci andassimo il prima possibile, ma Pier e Nirvana non ne vogliono sapere. Pretendono di pranzare, dormire ancora, fare un'ultima nuotata. Spiego che l'oceano c'è anche lì, ma non li convinco.

Finisco per andare a nuotare anch'io. Quando torno sulla spiaggia per farmi asciugare dai raggi del sole, penso che abbiano ragione. Non devo lasciarmi travolgere da questa storia. Deve rimanere qualche traccia di me, oppure le onde finiranno per portarmi via. E non sono sicura di essere una nuotatrice impavida come i tartarughini che ho liberato ieri sera.

Così arriviamo a Lázaro poco dopo che si è fatto buio. Ho individuato un hotel in centro, vicino all'aeroporto. Funzionale e dignitoso, con piscina e palestra. A pochi chilometri di distanza ci sono delle belle spiagge, sulle quali potremmo andare ad aspettare segnali di vita del Torito.

Non sarà come la discesa di tutta la costa pacifica alla quale ambisce Nirvana, ma conto di riuscire a tenerli buoni per qualche giorno.

120 Mi manchi.

Ci installiamo in una camera tripla. Nirvana voleva che prendessimo una singola e una doppia, ma non avrebbe avuto senso spendere di più per ottenere due stanze più piccole. Ed è bene che restiamo sempre in contatto. Che ci si sia qualcuno pronto a trascinare a terra gli altri, in caso di necessità. Di proiettili improvvisi.

Andiamo a cenare in un ristorante a gestione familiare nei paraggi dell'albergo. Sto mangiando troppa carne in questi giorni, ma i *tacos al pastor* hanno qualcosa che induce dipendenza. Il galateo prevede che una donna non ne mangi più di tre o quattro, ma io ne divoro otto. Nirvana ci ride su, ma sono piccoli. Non credo che le messicane ingrassino per via dei *tacos*.

Lui e Pier ordinano del pesce. Certo, adesso loro sono i salutisti e io la depravata.

Da quando siamo arrivati, non ho fatto una sola posizione di yoga. Sono certa che appena ci proverò i miei muscoli protesteranno e sentirò malissimo. La mia postura è già peggiorata. L'unico lato positivo di tutto questo è che da quando mi sono ubriacata, ieri sera, le lenti hanno smesso di darmi fastidio. Mi sono perfino addormentata senza toglierle.

Yatzil si sbaglia, perché l'alcol risolve un sacco di problemi. E anche i *tacos*. E la rottura della simbiosi con il tappetino da yoga (non l'ho mai tirato fuori dal bagagliaio).

Ordiniamo tre *cocadas*. Sono dolcissime e buonissime.

Mi sono costretta a lasciare il cellulare in borsa per tutta la durata della cena, ma finito l'ultimo boccone di dessert, lo estraggo.

Appena il mio viso si illumina, l'espressione dei miei compagni di viaggio si congela in due smorfie di esasperazione. Beh, non postava nulla da giorni. Oggi è sabato, era prevedibile che si facesse sentire, no?

La foto risale a venti minuti fa. Si è taggato in un ristorante. Purtroppo si trova dall'altra parte della città e il traffico è intenso.

«Lali, no. Siamo stanchi. Non servirà a nulla. Domani si registrerà da qualche altra parte».

È Pier a parlare, ma negli occhi di Nirvana leggo la stessa supplica.

«Ragazzi, sapete come la penso. Ci andrò io. Andate pure a riposare. Tanto devo solo parlargli».

Checché ne dica Yatzil, non mi farei nessuno scrupolo ad andarci da sola. Ma sono consapevole che non me lo lascerebbero fare.

«Almeno ci hai lasciato mangiare» commenta Nirvana. Mi tocca permettere ai ragazzi di ordinare un caffè.

Mio cugino è stanco e la *fierrari*, dopo questi giorni di superlavoro, emette suoni ancora più minacciosi del solito. Decidiamo di prendere un taxi.

Il conducente protesta quando gli diamo l'indirizzo, dice che è quasi fuori città. Ci vorrà almeno mezz'ora, forse di più. Gli prometto una buona mancia e mi siedo sul sedile anteriore. Mi squadra da capo e piedi e si convince.

Sul cruscotto ha un'immagine della Santa Muerte. Gli racconto della nostra visita movimentata al Santuario de Santa Ana, la settimana scorsa. È interessato. Prende fiato e parla senza quasi fermarsi. A mezza voce, come se recitasse una preghiera.

«*La santa nos cuida. Es muy milagrosa*[121]. Uno dei miei figli è andato negli Stati Uniti. Lì ha avuto dei problemi, è stato anche in carcere. Le cose non andavano bene. Poi si è ammalato e non aveva i soldi per pagare le cure. Non aveva i soldi per farsi rimandare a casa. Io non potevo andare da lui, e lui non poteva tornare da me. Allora sono andato al mercato, ho comprato una statua della Niña, una statua grande, bellissima, che mi è costata *mil pesos*. Erano gli ultimi soldi che avevo, poi non avrei più potuto dare da mangiare agli altri figli. Appena ho preparato l'altare, l'ho battezzata. L'ho chiamata Ana, come la madre del figlio che è a Chicago. *Ya chupó faros*[122] da tanti anni. Ho acceso

121 La Santa ci protegge. È molto miracolosa.

122 È morta.

un sigaro e le ho soffiato il fumo sul viso, ho pregato. Quella sera ho ricevuto una telefonata: mio figlio era stato ammesso al programma Dreamer e avrebbe avuto cure mediche e protezione. È ancora malato, non so se lo rivedrò. Ma adesso so che non siamo più soli. E poi quella sera mi sono piegato a terra e ho trovato due biglietti da duecento pesos, che mi sono bastati finché non ho ripreso a lavorare. Ana parla con me attraverso la statua della Niña Blanca. Io le chiedo una cosa, le dico: "Ana, devo fare questo, o quello? Devo mandare Ramiro *a la preparatoria* o *al taller de su abuelo*[123]?". E il giorno dopo lei mi manda un segno, una risposta. Perché i morti sono sempre con noi. Per questo dobbiamo pregare la Santa Muerte. Lei non è cattiva, lei si prende cura di noi. Come una madre che ama i suoi figli».

Ho ascoltato con attenzione. Cerco di concentrarmi sul racconto, ma colgo più che altro i continui riferimenti alla morte. È come se ci dicesse che morire non è poi così male, che ci sono cose peggiori. Non avere nessuno che ci ascolti, nessuno cui interessi il nostro destino.

Senza volerlo, contagiata dal modo di parlare del tassista, comincio a pensare che quest'incontro sia un segno. Una manifestazione del karma, che cerca di farmi entrare nell'ottica della morte. Di farmi ragionare come ragiona lei. Di inculcarmi l'idea che il suo arrivo non sia la cosa più terribile, tra tutte quelle che sarebbero potute succedere a Vanessa.

Quando arriviamo al ristorante, è passata quasi un'ora dal post di don Jacobo. Si tratta di un locale pretenzioso, con vista sul mare. Credo che voglia evocare la Grecia antica: sul territorio americano di solito questo è un pessimo segno. Immagino che si tratti del punto di ritrovo pre-discoteca degli zarri e dei narcotrafficanti.

All'entrata, c'è un po' di selezione sull'abbigliamento. Nessuno di noi tre potrebbe passarla – abbiamo gli stessi vestiti che

123 Alla scuola superiore o all'officina di suo nonno.

indossavamo in spiaggia –, ma Pier, in quanto *gringo*, viene accolto con un sorriso. I *gringos* sono sempre ben accetti, specie se biondissimi, e da queste parti nessuno ne ha mai visto uno che indossasse qualcosa di diverso dai boxer di tela del mio ragazzo.

Io, beh, non sono certo elegante, con i leggings e le scarpe da ginnastica, ma nessun buttafuori si sognerebbe mai di negarmi l'accesso a un locale.

L'unico problema è rappresentato da Nirvana. Neanche se, per i loro standard, indossasse qualcosa di elegante (come una camicia nera in tessuto luccicante, un *sombrero* con le piume, una cintura con la fibbia grande quanto un piatto da portata), gradirebbero il suo accesso, con quei capelli rasta.

«*He's my boyfriend, my mexican crush, you can't leave him OUT!*[124]».

Gli occhi azzurri di Pier sono così fiammeggianti da lasciare il vigilante senza parole.

«*Pinche joto, es tu jodido dealer, acá no entra*[125]».

Nirvana ha l'espressione contrita del gattino di Shrek. Non interviene nella discussione.

«*Yes, he's my boy, you're pissing me off. Let me talk with your director*[126]». Si avvicina al gattino e lo bacia. In bocca. Con la lingua.

Temo che Nirvana sia sul punto di svenire, ma si limita a impallidire e riesce a fare l'occhiolino al vigilante.

Quest'ultimo, scandalizzato, ci fa passare.

Appena abbiamo varcato la soglia, Nirvana tira fuori il telefono dalla borsa di Lali per vedere se ci sono dei nuovi post. Pier mi si avvicina e mi dice in un orecchio, in italiano: «Ehi, non mi importa cosa sia successo ieri notte. Spero che ti sia chiaro che eravamo ubriachi».

124 Lui è il mio fidanzato, la mia cotta messicana, non puoi lasciarlo fuori!

125 Maledetto gay, è il tuo spacciatore, non entrerà qui.

126 Sì, è il mio ragazzo, mi stai trattando di merda, chiama il direttore.

Gli rispondo a voce alta, in inglese. «*Take it easy, I was there. Too*».

«Non sono attratto da tuo cugino. L'ho baciato solo perché ci facessero entrare. Era l'unico modo».

«*I know it. Thanks. You've been great*».

P.

Beh, cazzo, non sono sicuro che mi abbia creduto. Spero che potremo archiviare il discorso. Se voleva entrare in quella merda di posto, non c'erano altre soluzioni. Non così veloci e non violente.

Nirvana si dirige verso il bar e chiede un White Russian, tanto interpreta un omosessuale. Mi fa capire che, se desidero che qualcuno accompagni Lali in cerca del tipo, quello devo essere io. Lui preferisce affogare nell'alcol. Cancellare con lo zucchero il sapore della mia saliva.

Temo che dopo questo viaggio avrà bisogno di supporto psicologico, ma Lali è già partita e sono deciso a seguirla con discrezione. Più di un cameriere le chiede cosa desideri. Lei risponde, credo, che sta cercando una persona. Sbatte le palpebre e fa qualche risolino. Se vuole, sa essere un'attrice passabile.

La lasciano girare per la sala. In molti si voltano a guardarla e c'è chi le grida qualcosa. Non devo intervenire, mi ripeto. La sua marcia tra i tavoli dura almeno venti minuti.

Quando finisce, ha un'aria sconsolata.

«Siamo arrivati tardi. È già andato via».

«Lali, te l'avevamo detto. Le possibilità erano poche. Probabilmente ha condiviso la foto subito prima di andarsene».

Parliamo in inglese, avvicinandoci a Nirvana, che ha finito il suo cocktail. Come me, non è stupito dell'esito della ricerca.

«*But the White Russian was really good*».

«Faccio un ultimo tentativo. Vado dal vigilante. Tanto siete già *cuates*[127], tu hai rotto il ghiaccio».

«Ho capito, vado io. Prenditi almeno una birra. La Corona, mi raccomando. La *Negra modelo* non va bene per un gringo gay».

Parla in spagnolo, velocissimo. Penso che per oggi si sia stufato dell'inglese. Ma capisco lo stesso. Ed eseguo gli ordini, anche se mi ero ripromesso di far riposare il mio fegato.

Pochi minuti dopo, tornano a prendermi. Lali posa una mano sul braccio del sorvegliante e gli chiede se don Jacobo quella sera si sia fatto vedere. L'uomo ci fa capire che con cinquecento pesos se lo sarebbe ricordato meglio, ma lei non cede. Sa quando è importante negoziare.

Si è girata e ha fatto ancheggiare il suo sedere, accennando ad andarsene. Allora lui ha detto di sì, che se ne è andato poco prima. Non sa dove. Però può chiamarci il tassista più economico e affidabile della città.

Lali lo ringrazia e gli stampa un bacio sulla guancia.

Saliamo sul taxi e Nirvana si addormenta appena poggia la testa sul sedile.

Il mattino dopo, lui e io siamo scazzatissimi.

Lali fa il possibile per rimetterci di buonumore, ma quello che stiamo facendo è così inutile. Suo cugino ha voglia di macinare chilometri e vedere cose; io non riesco a convincermi che sia ragionevole sostituirci alla polizia.

Finiamo per rintanarci al bar dell'hotel e cominciamo a bere una birra dopo l'altra, un po' troppo presto.

Dopo che il cameriere ha già portato via diverse bottiglie vuote, Lali riesce a convincerci a fare una passeggiata sulla spiaggia. Siamo infastiditi e intorpiditi.

Raggiungiamo una zona delimitata da una rete metallica e da alcuni cartelli che mettono in guardia i visitatori per la presenza

127 Espressione messicana che si può tradurre con "siete già compari".

di coccodrilli. Scorgo un rivolo d'acqua dolce che si tuffa nell'oceano. Sulle sue sponde, due grossi animali squamosi prendono il sole. Un po' dell'indolenza che provo scivola via.

Sui rami delle mangrovie che crescono intorno al fiumiciattolo si sono posati dei pappagalli. Riesco a scattare delle belle foto. Finora ho ritratto da vicino colibrì, tartarughe di varie dimensioni, coccodrilli e *guacamayas*. Dal punto di vista naturalistico, il nostro viaggio è stato un successo. Forse una spedizione alla Darwin sarebbe stata più nelle mie corde. Non ho mai sognato di fare l'investigatore.

Sui rami degli alberi individuo anche un paio di iguane.

Per Nirvana non c'è niente di speciale nelle scaglie dei rettili e nel piumaggio degli uccelli. Si è seduto su una roccia e ci fissa con un'espressione tra il truce e l'annoiato. Penso che sia buffo.

Poco dopo si unisce alla mia risata. È un maledetto figo. Lali tira un sospiro di sollievo.

Torniamo in albergo per un pranzo tardivo (per me, perché per i messicani pranzare alle sedici è una cosa normale). Ordiniamo *quesadillas*, insalate, qualche snack. Lali ha lasciato il cellulare sul tavolo e lo controlla spesso.

È domenica. Smaltita l'ebbrezza della notte precedente, magari El Torito deciderà di andare a mettersi in mostra da qualche altra parte. A volte considero la tendenza all'ottimismo di Lali un suo tratto naif (che la rende ancora più carina), ma capita anche che abbia ragione. Tipo ieri sera.

E oggi pomeriggio. Perché mister stivali di pelle di struzzo non tarda a comunicare all'universo che si trova a playa Tortuga, la spiaggia cittadina situata a due passi da dove ci troviamo noi.

N.

Non sono riuscito a ubriacarmi di nuovo. Lali e le sue mangrovie me l'hanno impedito. Tanto vale che beva un litro di caffè bollente per riprendermi. Da portare via, va da sé. Impossibile anche solo immaginare che Lali mi lasci il tempo di finirlo.

«Playa Tortuga non ha un limite definito; prosegue fino alla spiaggia seguente. *¿Cómo piensas encontrar al pinche güey?*[128]».

Vuole che ci separiamo. Se si è registrato su quella spiaggia in particolare, non si troverà in un punto troppo lontano dalla città, dice mia cugina. Ognuno di noi perlustrerà qualche chilometro di spiaggia, e in fretta.

«*Lali, olvidatelo. Voy a llamar a tu hermana*[129]».

Non può andare a spasso da sola lungo la spiaggia. È domenica, è pieno di ubriachi (ai quali mi piacerebbe unirmi, ma non mi è permesso). Potrebbero violentarla prima che passino quindici minuti. E Pier attira l'attenzione come se avesse un segnale luminoso sulla testa. Non mi stupirei se si ritrovasse anche lui con il culo spaccato in due.

Sarei l'unico sopravvissuto. Metterei fine a questa storia, e non posso dire che l'idea mi dispiaccia. Non non ne posso più dell'ombra di Vanessa. Mi pare che si allunghi sempre di più sulle nostre giornate.

Forse ha approfittato di *Noche de Muertos* per attraversare il ponte di petali arancioni che separa il mondo dei vivi da quello dei morti, e non ha più intenzione di abbandonarci. Magari pensa che, girando con tre tipi *chidos*[130] come noi, potrebbe migliorare il suo status sociale postumo, per osmosi.

Ma non è vero. Né da viva né da morta per lei sussistono simili possibilità.

Lali ha un'espressione dura che non le avevo mai visto.

«So badare a me stessa. Non complicare le cose. È più facile trovarlo in spiaggia che individuarlo nella confusione di un locale. Ci sono ancora quasi due ore di luce. Nessuno mi darà fastidio».

128 Come pensi di trovare quel bastardo?

129 Lali, scordatelo. Chiamo tua sorella.

130 Fichi.

È corsa a indossare le lenti a contatto e una tenuta da messicana in spiaggia (maglietta larga e pantaloni al ginocchio. In spiaggia le mie connazionali diventano improvvisamente pudiche. Ragazze che di solito girano con minigonne invisibili sentono di colpo la necessità di coprirsi fino alle caviglie).

Saliamo in macchina e ci fa rivedere la foto, ma non c'è nessun elemento che aiuti a identificare il tratto della spiaggia in cui si trova il tizio.

Abbiamo solo due cellulari; insisto per dare il mio a Pier. Io, in qualche modo, li ritroverò. Con il sedere inviolato.

Mi arrendo per quella che forse è la trecentocinquantesima volta nel corso di questo viaggio. Arriviamo alla spiaggia da sud e lascio a terra Pier per primo.

«*Suerte*» gli dico, e lo guardo allontanarsi a piedi nudi sulla sabbia, con quella sua aria da alieno che non si sente troppo a suo agio con le abitudini del pianeta Terra. Penso che abbia il *trasero como paletero en bajada*[131]. Meglio così.

Faccio scendere Lali un paio di chilometri dopo. Tra un'ora, cercheremo di ritrovarci tutti e tre qui. Secondo me ci saremo solo io, un gruppo di ragazzi *de puros tornillos*[132] completamente fatti, tre iguane e due *guacamayas* che canteranno la nostra disfatta.

E beh, è proprio così. Dopo che per un'ora ho battuto in lungo e in largo la parte della spiaggia più lontana dalla città, non ho niente da segnalare. Ho incontrato poca gente, priva di interesse. Ho chiesto l'ora a un paio di *lancheros*, perché ero senza cellulare.

Sento di aver camminato per almeno otto chilometri.

Il rumore delle onde copre quasi tutti gli altri. Mi passa vicino un gruppo di militari armati, dall'aria annoiata. Spareranno ai coccodrilli, nella migliore delle ipotesi. Nella peggiore, alle tartarughe. La spiaggia non è bella come quelle intorno a Colola

131 Espressione molto usata, che indica l'effetto visivo dato dal gelataio che spinge il suo carrello dei gelati. La posizione assunta fa sembrare il suo sedere piatto.

132 Un gruppo di «sole viti». Un modo per indicare un gruppo di soli maschi.

e a Maruata. Se proprio non possiamo partire verso la Terra del Fuoco, avrei preferito restare lì.

Dove sono finiti quei due *pendejos*?

## V.

Non ho bisogno di aiuto.

Mi intenerisce che Lali, l'unica amica che abbia mai avuto, abbia deciso di venire a cercarmi. Ma non mi piace vederla così. Sola e vulnerabile sulla spiaggia, con i capelli che si allungano dietro di lei come un chador, come il lenzuolo di un fantasma.

Con i piccoli seni che ballonzolano al ritmo del suo passo veloce.

Citlali, la mia stella, con quel suo nome incantato. Anche a me, certe volte, veniva voglia di toccarla. Se avessi potuto, mi sarei unita all'euforia che li ha colti in quella macchina scassata, nella quale ho viaggiato anch'io.

Il torace sodo di Pier, le cosce tornite di Nirvana, le rotondità elastiche del mio astro.

Lali! Non mi piace la piega che ha preso questa cosa. Non mi piace che tu ti faccia vedere in certi locali, che gli arrapati seduti ai tavoli cerchino di attirarti verso di loro. Che tu appoggi i piedi su questa sabbia grigia e che vengano lambiti da onde sempre più invadenti.

Non mi serve aiuto, *estrellita, ¿Me entiendes?* Non mi serve più. Torna indietro, dal tuo Pier, o scappa avanti, verso Nirvana. Da uno di quegli uomini che ti amano e ti proteggono. Maschi docili, buoi mansueti che ruminano al pascolo e scacciano le farfalle con un innocuo colpo di coda.

Lo so già, che sei una donna forte, che non cerchi un ragazzo che ti difenda.

Ma non me lo devi dimostrare su questa cazzo di spiaggia. Da sola. Esposta a venti di tempesta, agli attacchi degli animali feroci, alla brutalità dell'universo e all'impeto del testosterone.

«LALI!» grido, ma tu non mi senti. La mia essenza è traboccata oltre i miei vecchi confini ed è troppo sparsa, troppo inconsistente perché tu possa accorgerti che ci sono. Che sono qui con te. Che respiro il profumo di *cémpasuchil* custodito dai tuoi capelli.

*I can not walk*
*I can not see*
*Further than what*
*Is in front of me*
*I lay on my back*
*Yet I do not cry*
*Transported in space*
*By the butterflies*[133].

P.

Le birre che ho bevuto con Nirvana mi hanno rincoglionito più del previsto. Camminare sul bagnasciuga dovrebbe schiarirmi i pensieri, ma forse otterrei più risultati se mi tuffassi nell'oceano. Se mi immergessi a lungo, trattenendo il respiro. Ma devo cercare quel tizio, o almeno convincere Lali che ci ho provato sul serio.

Sono finito nel settore di spiaggia più affollato, quello più vicino alla città. Forse avremmo dovuto mandarci Lali. C'è tanta gente, quindi maggiori possibilità di essere molestata... Ma anche minori possibilità che qualcuno osi farle del male di fronte a tanti spettatori.

Non ci abbiamo pensato: non conosciamo la zona. Nirvana deve averle attribuito il tratto di mezzo perché così non sarebbe stata lontana da nessuno di noi due.

Forse riesco a scorgerla. Oltre un numero consistente di

133 "Non posso camminare / Non posso vedere / Oltre quello che / sta di fronte a me / Sono distesa sulla mia schiena / Anche se non piango / Vengo trasportata nello spazio / dalle farfalle". Citazione della poesia di Patti Smith dedicata a Frida Kahlo, *Noguchi's Butterflies*.

messicani vestiti di tutto punto che saltano tra le onde, intravedo la sua figura alta e i suoi passi decisi.

Mi pare che si guardi in giro, ma non si volta verso di me. Anche se i miei capelli devono spiccare a una certa distanza.

Le spiagge di Lázaro Cárdenas non sono zona di villeggiatura per *gringos*. C'è un sacco di gente che mi fissa.

Comunque fa caldo. Nonostante le birre di poco fa, ho sete. Trovo in tasca un biglietto da venti pesos tutto spiegazzato: dovrebbe essere sufficiente per un cocco fresco.

Un venditore estrae la noce dal frigo portatile che ha appoggiato sulla sabbia e ne taglia con un machete la parte superiore, aprendo la sua testa verde.

Ci mette più violenza del necessario.

Riprendo la mia passeggiata solitaria. Molta gente del posto beve latte di cocco sulla spiaggia; eppure, se lo faccio io, sembro la caricatura di un turista.

Pazienza. Non ho nessuna chance di confondermi con la folla.

Quando mi sono fermato ad acquistare il mio cocco, Lali è sparita dal mio campo visivo.

Torno indietro. Mentre scoprivo di non riuscire più a vedere la mia ragazza, il mio inconscio ha registrato qualcos'altro. Non so bene cosa. Se non avessi bevuto tre birre, forse lo saprei.

Nelle palme. Ho visto qualcosa nelle palme.

Tre tronchi sottili in successione, l'ultimo dei quali è appoggiato a uno più grande.

Beh, non vorrei sembrare più ossessivo-compulsivo di quel che sono. Ma resto pur sempre un ingegnere informatico. Sono figlio dell'Avvocato, e di conseguenza sono in grado di comunicare con i miei simili, ma dentro di me sono al cento per cento ingegnere.

Questo pattern vegetale lo conosco. L'ho visto sulla foto del Torito. Certo, non vuol dire che l'abbia scattata davvero qui, o che non se ne sia già andato. Ma sono obbligato a controllare. Per quanto l'idea mi ripugni, sono qui per questo.

Guardo di nuovo le persone che prima ho osservato distrattamente. Tante famiglie, tanti bambini che scorrazzano, coperti di sabbia come cotolette. Ci sono bambini dappertutto, in Messico. Quelli che a Torino vedi nell'arco di tre settimane, qui ti passano davanti in una passeggiata di mezz'ora. Sono ovunque. Sgranocchiano patatine, scavano buche, parlano di coccodrilli. Bambine dai capelli corvini che saltano la corda sulla sabbia compatta e cantano in spagnolo. Tutte belle, nessuna quanto Lali.

Devo smetterla di pensare a lei. Di trastullarmi con la felicità e il chiasso di questi bambini.

Là dietro, sotto quella specie di ombrelloni ricoperti di paglia che usano qui, ci sono anche degli adulti. Studio i vari gruppi, e un adolescente non tarda a venirmi a dire: «*¿Quiéres algo, gringo?*[134]».

Non so bene come reagire. Dico che sì, «*I'm looking for somebody*[135]».

«*¿A quién buscas?*[136]».

«*Do you know Jacobo? El Torito?*».

Dubito che sia prevista la decapitazione dei *gringos* sul bagnasciuga, ma la sua faccia non è rassicurante. Penso che il sangue sarebbe assorbito in fretta dalla sabbia. Visualizzo quel machete affilato, stanco di mozzare teste di cocco.

Ma mi è andata bene. Sono arrivato all'ora giusta, perché il nostro uomo è più ubriaco di me.

Stava dormicchiando tra le palme, ma è ancora capace di intendere e di volere. È contento di aver trovato un diversivo. Non indossa il sombrero né gli stivali texani (mi sarei aspettato di trovarlo vestito da cow boy anche qui sulla spiaggia). Ha un paio di boxer troppo lunghi e troppo larghi, dai quali straborda una pancetta più pelosa di quella degli uomini che gli stanno intorno.

134 Vuoi qualcosa, gringo?

135 Sto cercando qualcuno.

136 Chi?

«*Y ahora tú, ¿Qué quieres, pinche gringo?*[137]».

Che voce del cazzo, è quasi in falsetto. Saprà l'inglese? Perché io continuo a non parlare spagnolo.

«*Wait, wait!*» gli dico. Mando di corsa un messaggio a Lali.

«*Hello, I'm Tom, I'd like to ask you something*[138]».

«*¿Qué chingaos quieres? ¿Eres un jodido agente de la* DEA*?*[139]».

Ahahahahah. A questo non avevo pensato. Io, l'ultimo dei pisciasotto, italiano, scambiato per l'agente Murphy! Rido forte, ma non è una buona mossa. Sono sicuro che l'agente Peña sarebbe molto più convincente di me; peccato che non sappia come attirarlo fin qui.

«*Absolutely not. I'm a tourist. I'm just…*».

«*No chingues. Acá no queremos gringos. Jamás le he hecho daño a nadie. Regrésate a tu rancho*[140]».

Cosa starà dicendo? Come posso fare a trattenerlo?

«*¿Quieres cerveza?*» gli chiedo, con il mio più forte accento americano. So che dovrei offrirgli qualcosa di più attraente per indurlo in tentazione, ma so dire solo questo.

«*No quiero nada, mamón. Te quiero lejos de mi, güey*[141]».

Ma no, non mi vuole davvero mandare via. Se no non mi sarebbe venuto incontro.

È incuriosito; devo solo trovare il modo di trattenere la sua attenzione. Jey ha detto a Lali che quelli come lui sopravvalutano la propria importanza, e Jey ha sempre ragione. Magari è convinto che io sia il Grande Capo dei Narcos Gringos venuto a proporgli l'affare del secolo. Però non sa l'inglese, e se ne vergogna. Allora cerco di parlare in modo semplice. Parole singole, concetti chiari.

137 Adesso che vuoi, gringo del cazzo?

138 Ciao, sono Tom, vorrei chiederti qualcosa.

139 Che cazzo vuoi? Sei un fottuto agente della DEA? (Agenzia antidroga statunitense).

140 Non mi prendere per il culo. Qua non vogliamo *gringos*. Non ho mai fatto male a nessuno. Torna nel tuo paese.

141 Non voglio niente, stronzetto. Ti voglio lontano da me.

*«Just want to speak. Drink together. Coconuts?».*

*«Te la puedes poner en el culo, tu nuez. Seguro sí te cabe, maricón. Vete a chingar a tu puta madre*[142]».

Uhm. Non mi è tutto chiaro, ma mi sa che non ne vuole sapere, di bersi un latte di cocco con me. L'adolescente con la faccia assassina si avvicina di nuovo. Uno scagnozzo di quarta categoria. Peserà cinquanta chili. Ma di azzuffarmi, proprio non mi va. Non le ho mai fatte queste cose, io. Sono un pacifista. Sono cresciuto con le parole e con la retorica. Non so fare a pugni.

Sto per darmi alla fuga, quando mi accorgo che Jacobo e il ragazzino fissano un punto in direzione del bagnasciuga. Un punto scuro, snello, armonioso. Con un bikini ridottissimo, arancione fluo. Che fine hanno fatto la maglietta e i pantaloncini antistupro?

## L.

«*Lo hubieras dicho cuando llegaste*[143]» dice El Torito appena capisce che mi sto avvicinando a lui. Parlerà con Pier? Per quel che ho visto da lontano, non era a suo agio.

Ho ricevuto il suo messaggio quando stavo per perdere le speranze. Il tratto di spiaggia che ho esaminato io era monotono e poco frequentato. Qua e là tra le palme spuntavano cumuli di immondizia, e un insetto continuava a ronzarmi vicino alle orecchie. Ma poi ho sentito un *bip*, e sullo schermo c'era scritto:

Corri. Circa 200 metri oltre il canale di scolo. Mi chiamo Tom.

Ho corso. Ma prima, mi sono sfilata i vestiti. Perché sapevo che sarebbe stato necessario ricorrere a qualche espediente, per convincere il tipo a parlare con noi. Sotto quei vestiti anonimi, quando sono andata in bagno a mettermi le lenti, ho indossato

142 Te la puoi mettere nel culo la tua noce, di sicuro ci sta. Vai a farti fottere.

143 Avresti potuto dirlo quando sei arrivato.

uno di quei costumi che in Messico indossano solo le fighette che vanno in vacanza a Los Cabos.

L'ho preso in prestito dall'armadio di Yatzil, prima di partire. Non mi fa impazzire l'effetto che suscita nella gente, ma è infallibile.

Mi sfugge una risata. Un cocco in mano? Cosa gli è venuto in mente?

«*Hola, hermosa, ¿Cómo te podemos ayudar?*[144]».

Sono certa che a Pier non si sia rivolto negli stessi termini.

Gli parlo nel mio spagnolo più colloquiale, più convincente. Ottenere informazioni senza destare sospetti.

Deve capire che non siamo legati alle autorità.

Ha un aspetto viscido e repellente. Appoggia una mano sulla mia spalla e avverto un senso di nausea.

Gli dico che stiamo cercando una mia amica. Posso essere franca, tanto non ha più voglia di me di avere a che fare con la polizia.

Devo solo fargli capire che siamo sicuri che abbia conosciuto Vanessa. Non ha senso negarlo.

Il ragazzo più giovane arriva con quattro lattine di Victoria. Per me, per Jacobo, per Pier e per sé. Non ho voglia di berla, ma non vedo vie d'uscita.

Ci sediamo per terra. Gli mostro le foto che Yatzil mi ha inviato sul cellulare messicano, prevedendo una situazione come questa.

Vane e io ai tempi della scuola, in gita a Parigi. Noi due in piazza Carlo Alberto, un selfie invernale sui pattini da ghiaccio. A casa mia, lei da sola, in una posizione yoga che cercavo di correggerle. Mi viene un nodo in gola e la mia mano trema.

Pier sfiora la mia coscia con una delle sue. Vuole esprimere vicinanza, ma anche possesso.

E poi Vane, Nirvana e io a Città del Messico, sullo Zocalo. Vanessa nella casa di Frida Kahlo, sotto la scritta "*Frida y Diego*

144 Ciao, bellezza, cosa possiamo fare per te?

*vivieron en esta casa*". Stava per piovere. Avevamo rinunciato a fare un giro in barca nella laguna di Xochimilco per chiuderci nei musei. Ma Vanessa avrebbe voluto vedere l'isola delle bambole, popolata da macabri fantocci ripescati dall'acqua.

Avevo salvato queste foto evitando di guardarle. Ma adesso non posso sottrarmi alla loro vista. Piangere è l'ultima cosa che avrei voluto fare, eppure l'adrenalina che mi ha reso lucida fino a quel momento non mi sostiene più.

Forse sono state proprio queste lacrime a convincere Jacobo a rispondermi.

Vanessa, l'anno scorso, ha lasciato Colola insieme a lui, sulla sua *camioneta*. Aveva detto di essere stufa del campo, di quei ragazzi immaturi. Voleva stare con un uomo vero, con uno che sapesse cosa fare con le donne. Sono venuti insieme a Lázaro, dove lui lavora. Alloggiavano in un motel.

«*Which one?*» chiede Pier. Non avrebbe dovuto. Temo che la sua interruzione possa aver bloccato il flusso di confidenza che si è instaurato. E lo fa sembrare un poliziotto.

Il tipo esita.

Come avevo fatto con i *tortugueros*, mi alzo in piedi. Mi asciugo gli occhi con le mani. Mi lego i capelli con l'elastico che ho al polso, sollevando le braccia. Mi volto a guardare il mare. Lascio che si ricordi del mio sedere. Mi scuoto i granelli di sabbia dalla chiappa. Aggiusto lo slip, lasciando intravedere una zona più chiara.

«*Bueno, es el motel Encanto. Todo el mundo sabe que tengo un cuarto ahí*[145]».

Comunque siano andate le cose, non si preoccupa di nasconderle. Perché quando si guarda allo specchio, vede il sorriso strafottente di Pablo Escobar.

Torno a sedermi sotto la *palapa*[146].

Hanno trascorso dei giorni felici. Hanno fatto un sacco di sesso chiusi nella loro stanza. Le piaceva prenderlo nel suo culo

145 Tutti sanno che ho una stanza lì.

146 Gli ombrelloni coperti di paglia di cui parlava Pier.

grosso e bianco. Che lui le venisse su quelle tette morbide come gelatina. Hanno fumato marijuana e sniffato cocaina.

Mando giù mezza bottiglia di birra in un paio di sorsi. Mi dispiace che non si tratti di tequila. È fredda.

La loro routine non ha funzionato a lungo. Lei era gelosa, non voleva che si incontrasse con altre donne. Ma lui usciva lo stesso.

Qualche giorno dopo, un'amica l'ha taggato in un locale. Vanessa aveva spento il cellulare, ma seguiva il profilo del Torito da un tablet malmesso che l'uomo aveva dimenticato in un cassetto.

Ha preso un taxi e l'ha raggiunto di corsa, come abbiamo fatto noi. È entrata, delusa, abbandonata, drogata; gli ha fatto una scenata. Lui si è arrabbiato, ha reagito da uomo. Le ha detto che non era la sua ragazza e che non lo era mai stata. Era solo una puttana, una puttana grassa e brutta, un *bodoque*, una drogata.

Lei è scoppiata a piangere come una bambina, si è resa ridicola davanti a un sacco di gente, ha preso un taxi ed è scomparsa per sempre dalla sua vita.

Non sono più lucida. Non so cosa dire. Immagino Vanessa chiusa in quella stanza. Non ha contattato nessuno perché non voleva che qualcuno si intromettesse nella sua folle fantasia di amore tropicale. Sapeva che, se l'avesse raccontato a me o ai suoi genitori, avremmo distrutto un sogno che la sua stessa immaginazione faticava a mantenere vivo.

Sento che devo chiedere delle altre cose, ma non ne sono capace. Eppure le domande che non riesco a formulare vengono pronunciate lo stesso. Nel modo corretto, cioè in spagnolo. È arrivato mio cugino. Silenzioso, si è seduto accanto a Pier.

«E non hai mai saputo che questa ragazza era scomparsa? Che la polizia la stava cercando?».

«*¿En serio? No, jamás supe nada de ella*[147]».

Era partita, e lui era contento così. Una preoccupazione in meno. È un lavoratore, uno che si spacca il culo; di complica-

147 Davvero? No, non ho mai saputo niente di lei.

zioni ne aveva già tante. E adesso dobbiamo scusarlo, ma deve andare. *Al trabajo*, certo. E no, non ci darà il suo numero di telefono, non ha nient'altro da dirci. Sputa per terra. Anche il ragazzino si alza.

«*Lo siento por tu amiga. No es tu culpa. Iba por un camino peligroso. Guarda los recuerdos bonitos y ya no pienses más en ella*[148]».

Si allontanano a passo veloce dalla spiaggia. So che prima di postare su Instagram, adesso, ci penserà due volte.

Mi sento peggio dell'altra mattina. Niente che si possa curare con un po' di caffè solubile.

«Devo vomitare. Voglio vomitare» dico. Pier si avvicina, ma Nirvana lo allontana.

«È un compito da cugini».

Ormai è buio. Pier si siede qualche metro più in là, lo sguardo fisso sulle prime stelle che sono apparse.

Nirvana mi appoggia una mano sullo stomaco e con l'altra mi sostiene. I conati arrivano da soli e mi aiutano a liberare nell'oceano un po' della violenza che mi ha investito.

## Y.

▶——•———

Registro un altro messaggio vocale, Lali, non ho voglia di scrivere a quest'ora. Siete stati più svelti e più efficienti di quel che mi aspettavo. Brava, sorellina. Lo sapevo che non ci sarebbe voluto Sherlock Holmes, per progredire in quest'indagine.

A proposito, l'hai mai vista la serie? Con Benedict Cumberbatch. È di un fico che non sto a dirti. Mi impegnerò per cercare di incontrarlo a qualche evento. Sono alla terza stagione, e il

148 Mi dispiace, per la tua amica. Non è colpa tua. Andava per una strada pericolosa. Conserva i bei ricordi e non pensarci più.

brutto è che ce ne sono soltanto quattro. Mi sarebbe piaciuto vederla insieme a te, ma dopo il primo episodio non sono più riuscita a fermarmi. Scusa, scusa, scusa.

Era per dire che non si tratta di un'indagine difficile, ma occorre che l'investigatore sia motivato. E che sappia immaginare i movimenti di una *gringa* dentro gli intestini del Messico. Cioè, qualcuno che abbia il piede in due scarpe. E sai da sola che di persone così ce ne sono poche.

Mi dispiace che tu l'abbia presa così male. Dovresti essere felice, invece. Avete scoperto qualcosa. A rigore, non puoi ancora seppellirla. Quel fottuto Torito potrebbe aver detto la verità. Magari l'ha picchiata e poi se n'è andata da sola, come dice lui. Aveva ancora due soldi da parte ed è andata a spassarsela con un *lanchero* di Acapulco. Magari si è fatta uccidere lì. Oppure si è suicidata buttandosi da la Quebrada[149]. Non possiamo escludere niente.

Va bene, Lali, cerco di essere sincera. Non so dirti cosa sia successo, dopo questa ipotetica scenata nel locale. Penso che dobbiate andare a vedere il motel (farvi dire il nome è stato un colpo da maestri, dillo a Pier. Ha rischiato di rovinare tutto, ma ha fatto bene a chiederlo. Da come mi hai descritto la scena, credo che il tipo sia stato sincero. Alzare le braccia e farsi la coda a volte è peggio di un Veritaserum[150]).

L'unica cosa che posso dirti con certezza è che *non è finita bene*. Se questo Torito vi ha raccontato tutto questo è solo perché, per lui, eliminare Vanessa non è stato più impegnativo che schiacciare una zanzara. Ha rimosso una fonte di fastidio. Un insopportabile ronzio. La Vane era un soffice cuscino di carne bianca sul quale era piacevole versare il proprio liquido seminale. Non l'ha mai vista come un essere umano.

Non ti so consolare, da lontano. Non ho neanche citazioni classiche da rigirarti, in questo momento. Truccatrici e ricerca-

149 Lo scoglio dal quale si tuffano i celebri *clavadistas* di Acapulco.

150 Riferimento a *Harry Potter*. Pozione che costringe a dire la verità.

tori di tendenze sono più che mai silenziosi su Twitter. È l'alba del lunedì mattina, il momento della *cruda*[151] e della depressione.

Tanto vale restare nel mondo latino. Aspetta. Appena chiudo qui, ti mando una canzone. L'originale è di Rubén Blades, ma la versione dei Mana mi piace di più.

Piangi pure mentre la ascolti, te la invio per quello, ma poi prosegui con la tua indagine a testa alta.

*¿A dónde van los desaparecidos?*
*Busca en el agua y en los matorrales*
*¿Y cuándo vuelve el desaparecido?*
*Cada vez que los trae el pensamiento*
*¿Cómo se le habla al desaparecido?*
*Con la emoción apretando por dentro*[152].

V.

Lali, fermati qui. Non voglio che tu scopra nient'altro. Voglio che tu salga sulla brutta macchina di tuo cugino, seduta sul sedile anteriore, con gli occhiali da sole e il gomito fuori dal finestrino.

Che Pier stia sul sedile posteriore, con il suo mal d'auto e i suoi attacchi di gelosia. E che Nirvana porti i suoi rasta e il suo bel culo fino alla Terra del Fuoco. Nell'antica patria dei giganti. Potremmo vederci lì, a mille milioni di chilometri da tutto questo.

> Parecchie volte, quando la nave era a qualche miglio al largo della foce del Plata, e altre volte, quando era al largo delle coste della Patagonia settentrionale, fummo circondati da insetti. Una sera, mentre eravamo a circa dieci miglia dalla baia

151 Il dopo sbronza.

152 «Dove vanno gli scomparsi? / Cercali nell'acqua e nelle paludi. / Quando torna colui che è scomparso? / Ogni volta che il pensiero lo riporta indietro. / Come si parla allo scomparso? / Con l'emozione che ti schiaccia da dentro». Ruben Blades, *Desapariciones*.

di San Blas, un grandissimo numero di farfalle, in sciami di infinite miriadi, si stendeva a perdita d'occhio. Anche col cannocchiale non era possibile trovare uno spazio che ne fosse libero. I marinai dicevano che "nevicavano farfalle" e tale infatti era l'impressione[153].

Lali, a proposito, non per sminuire l'intelligenza di tua sorella, ma io le mie citazioni non le trovo su Twitter. Sono cose che ho studiato.

Le reti sociali io le uso per altro. Per scoprire le bugie che mi vengono dette. Per non annaspare nelle mie illusioni come un insetto caduto in piscina. Una farfalla che ha perso la sua polvere di stelle.

N.

Sono arrivato appena in tempo per assistere alla scena. L'ultima cosa che mi sarei aspettato è che il pedinamento alla buona che ha organizzato Lali finisse per sortire qualche effetto. E invece Pier, con la sua noce di cocco, con le sue dieci parole di spagnolo, lo ha beccato.

E poi abbiamo camminato a lungo sulla spiaggia, perché Lali si calmasse. Abbiamo trovato una festa all'aperto. Ci siamo uniti alla massa di giovani semiubriachi e intenti a ballare reggaeton come se fosse l'ultima notte della loro vita. Abbiamo ballato anche noi, con i nostri vestiti trasandati. Non importava a nessuno. Pier e Lali hanno ballato insieme. Io ho scelto una ragazza dai capelli biondi, tinti. Era più messicana del *Chavo del Ocho*[154]. È brutto dire che ho scelto, ma appena mi sono avvicinato alla pista, sono stato circondato da mezza dozzina di ragazze.

Non abbiamo bevuto. Quando ci siamo trovati tutti e tre se-

153 Charles Darwin, *Viaggio di un naturalista intorno al mondo.*

154 Popolare programma della televisione messicana.

duti sulla sabbia nello stesso momento, distrutti dalla stanchezza, ci siamo alzati e rimessi in cammino fino a raggiungere il *fierrari*. A causa dell'umidità notturna, ci ho messo un po' a convincerlo a partire.

Tornati in albergo, abbiamo dormito fino al pomeriggio del giorno successivo. Lali è stata la prima a svegliarsi, e quando ho aperto gli occhi aveva il telefono in mano. Ascoltava una canzone con le lacrime agli occhi.

L'ho riconosciuta subito. Uno dei collegamenti precisi di sua sorella.

Le ho fatto passare un braccio intorno alle spalle. Si è svegliato anche Pier. Ha voluto sapere cosa stessimo ascoltando. Gli ho cercato una traduzione del testo. Lali ha fatto ricominciare il brano. Sono andato ad accendere il bollitore e li ho lasciati piangere per un po', abbracciati. Quando sono tornato, erano pronti per scendere a fare colazione.

«Il motel non è lontano da qui. Vuoi proprio andarci, Lali? Non aspettarti altro che una serie di stanze anonime attorno a uno squallido parcheggio. Ho già visto le foto. Non c'è niente che possiamo trovare, lì. Io non sono capace di parlare con gli spiriti».

«Lo so. Prendiamo una stanza. Non serve che ci dormiamo. È solo per guardarci in giro. Jacobo non ci dirà più niente».

«Potremmo rivolgerci alla polizia» ha detto Pier, in uno dei suoi flebili tentativi di indurci ad abbandonare una strada che considera pericolosa.

«E dirgli cosa? Che abbiamo pedinato un tipo che non ci piaceva?».

«Un tipo che è stato l'ultima persona ad aver visto Vanessa viva».

«Non abbiamo prove. Lui negherebbe tutto. Vanessa non è abbastanza importante da convincere le autorità a usare i mezzi illeciti per farlo parlare».

«I problemi dello stato di diritto. Mettiamola così: il Messico resta uno stato di diritto, finché sporcarsi le mani non diventa conveniente per qualcuno». È sveglio, il nostro Pier.

Il motel Encanto dista qualche isolato dal mare, che non è visibile dalle sue finestre basse. I muri sono stati ridipinti da poco, ma la vernice scadente e la salsedine hanno già creato delle crepe nell'intonaco. Le stanze sono disposte a semicerchio intorno al grande parcheggio.

Pier si è disteso sul sedile posteriore. In tre, con un *gringo*, attireremmo troppo l'attenzione. Io faccio il check in senza scendere dalla macchina. L'impiegato ammicca a Lali, che finge pudore. Si è messa le lenti a contatto.

Una stanza per ventiquattr'ore costa cinquecento pesos – oltre a non avere nulla di incantevole, questo posto non è neanche economico. Forse ho l'aria del turista, anche se guido un'auto che cade a pezzi.

Nessuno ci chiede i nomi, il che non gioca a nostro favore. Se non esiste un registro degli ospiti, non potremo dimostrare alla polizia che El Torito ha alloggiato qui con Vanessa nei giorni in cui era già considerata scomparsa.

Pier ci segue qualche minuto dopo, per evitare che qualcuno ci veda scendere in tre dall'auto (non che sia una cosa inedita, in un motel, ma non c'è ragione di far sì che un eventuale osservatore si ricordi della nostra visita).

La stanza è spoglia ma pulita. Il letto è un king size, con un copriletto viola scuro. La foto dove appare il piede laccato di rosso avrebbe potuto essere stata scattata qui come in qualunque altro albergo, perché si vede solo il lenzuolo spiegazzato.

A proposito, questa mattina Don Jacobo ha cancellato il post. Pazienza. Avevamo fatto uno screenshot, ma sono troppo facili da manipolare: nessuno lo accetterebbe come prova.

Lali si è tolta le infradito e si è seduta a gambe incrociate sul letto. È pallida ma padrona di sé. Osserva la stanza e il bagno, nel quale c'è una piccola vasca a idromassaggio promossa a "Jacuzzi".

Pier scatta un po' di foto. Io esco nel parcheggio per dare un'occhiata in giro, ma soprattutto per togliermi dalle narici l'aria pesante di questa stanza. Puzza di detergenti economici e di chiuso, perché le finestre sono bloccate. Se non si accende l'aria condizionata, si soffoca.

Nel parcheggio ci sono poche auto. È lunedì; un posto come questo dev'essere frequentato più che altro nel fine settimana.

Arriva una Ford seminuova, che si ferma dalla parte opposta rispetto alla stanza che ci hanno dato. Ne scendono un uomo sulla quarantina, una donna sovrappeso più giovane di lui e un bambino di quattro o cinque anni.

Dopo una prima reazione di stupore, mi ricordo che questo è un albergo. Non ci sono preservativi sul comodino o specchi sul soffitto (inoltre, il controllo degli ingressi è sommario).

La famiglia si dirige con sicurezza verso una stanza, senza leggere i numeri sulle porte. Una bambina esce all'improvviso dalla camera e corre verso il piccolo ospite. È un po' più grande di lui. Si mettono subito a giocare intorno alle auto parcheggiate, mentre gli adulti entrano nella camera. Mi avvicino per capire cosa stia succedendo. Non è niente di losco, ma non è il tipo di situazione che mi aspettavo di trovare al motel Encanto.

Fuori c'è una piccola insegna. "*Se hacen limpias espirituales – doña Yuri*[155]".

Neanche questo è strano. In Messico è comune avere un consulente spirituale che mescoli credenze cattoliche e concetti new age: angeli custodi e *presenze negative*, manicure tuttisanti e *vibrazioni demoniache*. Non è consueto che questi trattamenti si impartiscano nella stanza di un motel, ma neanche impossibile. Mia madre li fa in salotto, ma la casa della tizia potrebbe non essere adatta a ricevere visitatori. Oppure è parente del proprietario della struttura. O magari è lei, la proprietaria.

Penso che sia il caso di andare a conoscere doña Yuri. Non abbiamo niente da perdere. Pier potrebbe trovarlo pittoresco, e comunque, a parte dirigerci verso il Sud America, non c'è altro che possiamo fare.

155 Si fanno pulizie spirituali – signora Yuri.

Aspettiamo che la coppia che Nirvana ha visto entrare finisca la propria "visita". Non so come definirla. So che in Messico queste pratiche sono diffuse, ma non ho ancora visto all'opera la madre di Nirvana, e per me, cresciuto nel microcosmo positivista dell'Avvocato, si tratta di un territorio sconosciuto.

Se pure la signora Yuri avesse ricevuto qui i suoi pazienti anche l'anno scorso, nei giorni in cui immaginiamo che Vanessa abbia alloggiato qui, è improbabile che si ricordi di lei. O che abbia qualcosa da dirci in proposito.

Non abbiamo avuto tempo di inventarci una storia. Appena Lali ha saputo di doña Yuri, ha voluto correre a vederla.

Mentre aspettiamo fuori dall'abitazione, i bambini mi si avvicinano. Il mio aspetto ha attirato la loro attenzione. La più grande mi fa: «*Hola, gringo*». In barba a chi dice che i piccoli non si accorgono delle differenze somatiche.

È una bella bambina. Avrà otto anni. I suoi capelli sono raccolti in una treccia elaborata. Ha ancora addosso la divisa della scuola: un gilet e una gonna verdi, camicetta a mezze maniche e calze candide. Il maschio è più timido. Indossa dei jeans e una maglietta macchiata. Non c'è nessuna palla che possa lanciargli.

«*Jugamos a las cebollitas*» dice la bambina. Credo che mi stia invitando a giocare a qualcosa tipo "le cipolline". Lali si avvicina per salvarmi dallo smarrimento.

Le sorride e le chiede come si chiama. «*Yesenia*» risponde, mentre il bambino si chiama Leo. «*Como Messi*» precisa. Che sarebbe piuttosto *Lionel*, ma non sto lì a sottilizzare.

Per fare il gioco delle cipolline, uno dei partecipanti deve aggrapparsi a qualcosa. La bambina mi indica un tubo. Credo serva a parcheggiarci le biciclette, nella remota ipotesi in cui tra gli ospiti del motel vi sia una coppia di cicloturisti. Lali lo stringe forte. Yesenia si aggrappa alla sua vita e Leo a quella dell'amica.

Nirvana si avvicina e mi chiede: «*Señor*, quante cipolline vuole comprare?».

«Due» rispondo io. Devo fare il solletico agli ortaggi per cercare di staccarli dalla corda immaginaria alla quale sono appesi. È piuttosto surreale.

Leo non pesa più di quindici chili ed è sensibile al solletico. Si stacca subito.

Yesenia si impegna per resistere il più possibile. Le maniche della camicetta scivolano in su, scoprendo le braccia. Le sto sfiorando le ascelle e picchiettando le costole, ma mi blocco. Sulle braccia ha dei lividi violacei.

«*Niña, ¿Qué te pasó?*» le chiedo, senza riflettere. Perché per un attimo temo di averla ferita io, nella foga del gioco.

Si stacca da Lali e si aggiusta le maniche. «*Nada*» dice. È caduta dalla bicicletta.

Non mi guarda più in viso.

Riprendo a farle il solletico come se non fosse successo niente. Voglio sentirla ridere di nuovo.

## L.

Se mia madre non avesse lasciato il Messico quasi trent'anni fa, penso che oggi sarebbe simile a doña Yuri. Beh, è più bella di lei. Ma forse la sua SPA non sarebbe diventata un'impresa gigantesca. Magari si sarebbe limitata a proporre pulizie dell'aura e massaggi ayurvedici in uno studio ricavato da qualche parte, pieno di candele puzzolenti.

La stanza è uguale alla nostra, ma il letto è stato portato via. Al suo posto ci sono quattro sedie e un cassettone zeppo del materiale necessario a lavorare come veggente. Intrugli che sulla confezione affermano la loro capacità di curare i mali più disparati, dal diabete all'infedeltà coniugale. Alcol per disegnare cerchi di fuoco intorno al paziente, liberandolo così dagli influssi maligni. Non manca una piccola statua della *Santa muerte*.

Ci invita a sedere. La consulta base, ci informa con indifferenza, costa cinquanta pesos. La tariffa salirà in base al trattamento che riterrà necessario applicarci.

Pier e Nirvana mi guardano.

Non sono capace di mentire a bruciapelo, così le dico che sto cercando una mia amica. Una ragazza straniera, dai capelli rossi e gli occhi blu. Non troppo in forma. Che forse ha alloggiato qui l'anno scorso, insieme a un signore che si fa chiamare "El Torito". Un tipo che si veste alla *norteña*. Che potrebbe aver portato qui altre volte le sue fidanzate. Dopo il suo soggiorno al motel Encanto, la ragazza è scomparsa. La polizia ha svolto qualche indagine, senza arrivare ad alcun risultato.

Spero di non aver sbagliato a spiattellare la storia vera. Doña Yuri è impassibile. Quando ho accennato ai capelli rossi di Vanessa, ho creduto di aver visto un lampo attraversare il suo sguardo, ma temo di essere suggestionabile. Non voglio che la nostra ricerca finisca qui.

Doña Yuri è alta quasi quanto me e pesa almeno trenta chili di più. Una presenza imponente, senza essere veramente grassa. Ha i capelli marrone bistro, mi dico. Una tinta originale, azzeccata. Non è il rosso banale dell'henné che alcune donne usano per coprire i primi capelli bianchi e non è il terribile biondo platino delle mèches che mia sorella voleva che facessi.

I tratti del suo viso sono troppo irregolari perché essere definita attraente, ma emana una certa sensualità. La dozzina di candele profumate che ha acceso e le erbe contenute nel cassettone hanno diffuso nella stanza un odore penetrante. Un aroma che rimanda al sottobosco, al terriccio, al sangue e al sesso.

«Io non l'ho mai vista, la tua amica. Lavoro qui, ma non faccio caso a chi entra ed esce dal motel. Il proprietario è mio zio e mi permette di usare questa stanza per lavorare. Io non do fastidio ai suoi clienti e loro di solito non vengono da me. Se la gente mi cerca, è perché ha letto l'annuncio che faccio mettere periodicamente sul *Diario de Michoacán*, o perché mi sono già occupata di un loro amico».

«Certo, signora Yuri. So che è difficile che lei abbia incontrato

Vanessa o che si ricordi di quando è passata di qui. È solo che non so più dove cercare. È impossibile che si sia dissolta nel nulla».

Yuri mi guarda con un'espressione dura. Capisco che devo cambiare strategia, prima che ci liquidi con due parole di circostanza.

«La sento spesso vicino a me. La sua presenza è come il ronzio di un insetto, un rumore di sottofondo che non riesco a interpretare. Ma so che c'è, che mi accompagna sempre».

La cosa più strana è che sono stata sincera. Sto davvero raccontando a una veggente che lavora in un motel equivoco qualcosa che non sono riuscita a dire neanche a Yatzil?

La reazione della signora mi spiazza un po'. Sta piangendo.

So che questo tipo di operatrici spirituali tende a fare un po' di scena. Pianti, urla e cadute in trance sono la norma. Ma la stessa suggestione di prima vuole farmi credere che il suo pianto sia sincero. Avvicina il suo viso al mio e prende la mia testa tra le mani. Chiudo gli occhi.

«*Mi niña, ya no busques a tu amiga*[156]. Non è felice, è pesante, è un'anima pesante, perché tu non la lasci andare. Vuole volare da sola, ha bisogno di partire, ma tu ti sei attaccata alle sue ali e le hai appesantite. Non riesce più a sbatterle. Vedo due ali bellissime, dorate, arancioni come i fiori del *día de muertos*, le ali di una *mariposa Monarca* del nostro Michoacán, ma sono ali paralizzate, menomate. Non può portarti con sé, *mi niña linda, mi guapura*».

«Perché dici che è morta?».

«*Porque es mi trabajo, porque yo lo sé, preciosa*[157]. Lo sento con il mio cuore, con la mia mente, con il mio occhio interiore. Gli sforzi che fa per sollevare le ali, è come se fossero i miei. Deve cominciare la sua migrazione fino alle foreste del Canada, ma non riesce proprio a sbatterle. Mi dispiace dirtelo, non sai quanto mi ferisca fare del male anche a te, *niña bella, niña morena*[158].

156 Bambina, non cercare più la tua amica.

157 Perché è il mio lavoro, perché lo so, bella.

158 Bella ragazza, ragazza dalla pelle scura.

È colpa tua se non riesce a staccarsi, se finirà per consumare tutte le sue energie a furia di svolazzarti intorno. Devi convincerti ad abbandonarla, a lasciarla libera di volare in un mondo che non è più il nostro».

Yesenia, rimasta senza compagno di giochi, è entrata nella stanza. Si è seduta in un angolo, tranquilla, abituata alle sceneggiate della madre.

Malgrado i miei sforzi per essere razionale, per non farmi scuotere dai suoi vaneggiamenti, ho la pelle d'oca.

La bambina mi si avvicina e mi chiede se abbiamo finito. Pier le risponde di sì. La prende per mano ed escono insieme. Quando Nirvana e io siamo pronti per uscire (doña Yuri non vuole essere pagata), lo troviamo abbarbicato al tubo di metallo, con Yesenia che gli ha tolto le scarpe e gli solletica le piante dei piedi.

## L. & Y.

«Dove sei, Yatzil? Ho consultato il calendario un paio di giorni fa, ma i tuoi spostamenti mi confondono. Avrei voluto scriverti ieri sera, ma non eri online».

«Sono appena tornata a Torino. Nel tuo appartamento. Mi sono lavata i capelli nella doccia di quando ero adolescente e li ho lasciati asciugare al naturale. Ho indossato un paio di leggings carini, quelli con l'universo e le galassie. Adesso sono indecisa tra scattarmi un selfie del viso con gli *Yoga sutra* in secondo piano, oppure mettermi nella posizione della rana e farmi un vero autoscatto. Ho letto che è la posizione più sexy in assoluto».

«Ti prego. Patanjali andrà benissimo».

«Ma chi ti ama davvero potrebbe accorgersi che il viso del selfie non è il tuo. Ho provato a scattarne qualcuno, ma non sono riuscita a limare del tutto l'espressione da stronza. Guarda!»

«Hai ragione :) Fai quello che vuoi. Mi fido».

«L'avrei fatto in ogni caso».

«Lo so. Ho delle novità».

«Lo so :)».

«...E da cosa l'avresti capito, sentiamo?!».

«Ho un'altra chat aperta. Con Nirvana».

«Pensavo stesse facendo la cacca».

«Un'attività non esclude l'altra. E Pier, che fa?».

«Sta guardando *Papá a toda madre*. Una telenovela appena lanciata. Parla di una madre in carriera che lascia i figli al marito».

«Ahah. Ma certo. Con Maite Perroni. Me ne ha parlato».

«*Chi era costui?*».

«Costei, semmai».

«Lascia perdere :) Ti ha già detto tutto Nirvana o c'è ancora qualcosa che vuoi sapere?».

«Mi ha mandato una foto della tua *limpia*[159]».

«Abbiamo solo parlato. Non mi ero accorta che lui avesse scattato una foto».

«Sì, la tipa era chinata su di te e avevate entrambe gli occhi chiusi. Lui ha colto i vostri profili. Uno scatto intenso, direbbe il mio manager».

«Gli chiederò di mostrarmelo. Dai, che ne pensi?».

«Nirvana mi ha detto che le hai confidato delle cose un po' da pazza».

«Sì, non so cosa mi sia preso. Non posso negare che, da quando sono arrivata in Messico, sento più forte che mai la presenza della Vane vicino a me».

«Perfetto, per questo adesso hai una consulente spirituale. Il mio interesse per questi aspetti è molto limitato :P . Parlami piuttosto degli occhi della *bruja*[160]. In foto non si vedono».

«?? Ma chettenefrega?».

«Lali, ascolta. Ho mezz'ora di tempo per chattare con te e scattarmi quella foto, sperando di riuscire ancora a fare una spaccata credibile. Sono così rigida in questo periodo... Si sente che la mia maestra è lontana. La tua sostituta è un'impedita. Comunque, appena

159 Rituale di pulizia spirituale.

160 Strega, ma anche consulente spirituale.

avrò finito spedirò un messaggio, e in otto minuti un autista mi aspetterà a mezzo chilometro da casa tua, per proteggere la tua privacy – non ringraziarmi. Mi porterà di corsa in aeroporto. Andrò a Singapore a inaugurare con un party dietro l'altro il più grande festival crocieristico di tutta l'Asia. Lo so, fa ridere, ma è nel mio contratto. Per favore, rispondi alle mie domande senza farla troppo lunga ;) Abbi pietà di una condannata».

«Ma dai, sarà divertente. Almeno starai all'aria aperta. Spero che tu non abbia intenzione di portare il bikini di Melissa Odabash, perché l'ho usato l'altro giorno. È ancora tutto incrostato di sabbia».

«No, è preistoria, tienilo pure. Parlami della veggente. Io intanto mi metto in posizione».

«Beh, la foto l'hai vista. Avrà quarant'anni. Lineamenti marcati, meglio di profilo che di fronte. Ha un'odore particolare, muschiato».

«Occhi».

«Yatzil, ti sei fissata?! Quelli che ha la maggior parte delle donne messicane. Leggermente a mandorla, ma non piccoli come quelli delle orientali. Scuri, non del genere tendente al nocciola».

«Grazie. Da bruno a nocciola cambia parecchio. Tondi o allungati? Anche questo fa la differenza. Adesso riesco a immaginarla meglio. C'è dell'altro? Ahi ahi. Riesco ancora a fare la spaccata, ma cazzo, ci sono voluti quasi cinque minuti. E domani la pagherò».

«Ti farà bene. No, se Nirvana ti ha raccontato della seduta, direi che non c'è altro. Ti ha detto della bambina?».

«Bambina? Oh Cristo, no, Nirvana non vede i bambini».

«Hai ragione. È Pier che se la cava bene con loro. Per lui sono qualcosa di esotico, mentre Nirvana ne ha sempre avuti fin troppi tra i piedi. C'era una ragazzina delle elementari: immagino sia figlia della veggente. Mentre la madre lavorava, lei stava seduta in un angolo a guardarci. Pier ha giocato con lei a *las cebollitas*. Aveva dei brutti lividi su un braccio. Non so cosa pensare. Lui ne era turbato. A me sua madre non dava l'idea di essere una tipa violenta… La bambina ha la pelle chiara, del tipo che si riempie di lividi con facilità. Magari fa quei giochi tipo stritolarsi a vicenda con i suoi compagni di classe. Noi li facevamo».

«Grazie, Lali. Va bene così. Ascolta. Ci sentiamo tra circa trenta ore, cioè domani pomeriggio, per te. Io sarò arrivata e avrò riflettuto sulla prossima mossa. Adesso stacca. Ne hai bisogno. Cercate una bella spiaggia, oppure fate scoprire a Pier le meraviglie dell'interno del Michoacán. Le terme, le piramidi, quel che vuoi. Toglietevi dai piedi».

«Credi che ci sia qualche pericolo?».

«No, ma ritengo che niente come il vostro trio sia in grado di attirarli. Fai quel che ti dico, *hermana*».

«Vorrei raggiungere uno dei santuari della mariposa Monarca. Ho letto che le farfalle sono già arrivate».

«Perfetto. Fossi in voi noleggerei una macchina decente :) La *fierrari* era già vecchia quando andavamo alle medie».

«Glielo propongo, ma conosci Nirvana. A proposito, non abbiamo speso molto, ma abbiamo usato quasi sempre la tua carta di credito. Grazie per averla data a Pier. La mia non funzionava».

«Lo sapevo, mi arrivano gli addebiti. Avete fatto bene. Non per ripetermi ma te l'avevo detto ;) Per favore, ascolta anche queste nuove indicazioni. E *cuídate mucho*».

«Anche tu. Attenta agli squali e al mal di mare».

«Non temo nessuno dei due. Maite Perroni si arrabbierà come una biscia quando scoprirà che le hai dato del Carneade».

«Non ci credo. Sei andata a controllare XD ?».

«Come sempre. Baci, sorellina. Adesso carico la foto sexy. Prevedo almeno quattrocento like da parte dei tuoi miseri cinquecento contatti».

## N.

Guidare fino ad Angangueo è in fondo alla lista delle cose che desidero fare questa mattina. Ma so che Lali non me lo avrebbe chiesto, se non fosse stato così stupidamente importante per lei.

Sulla macchina non discuto. Jey può dire quello che vuole, ma il mio *fierrari* potrebbe arrivare fino in Patagonia, se lo volessi. E di certo non lo abbandonerò in questa città puzzolente, poverino. Non vedo perché dobbiamo fare sempre quello che dice mia cugina.

Le ho spedito la foto di Lali con doña Yuri. L'ho scattata perché mi piacevano i loro due profili vicini, il contrasto tra il colore dei loro visi.

Mi ha sempre snobbato, ma era contenta di ricevere notizie da parte mia. È difficile capire cosa le passi per la testa. Basta osservare Lali mezzo secondo per scoprire tutto quello che si vuole sapere... Ma Jey è uno dei più grandi enigmi del mondo occidentale.

Mi chiedo se riuscirà mai ad avere un ragazzo. O una ragazza. Per quel che ne so io, potrebbe essere lesbica. O anche illibata e votata a santa Caterina. Jey è come le piramidi di Teotihuacan. Maestose, visitate da milioni di persone, tenute con ogni tipo di cura... E del tutto sconosciute anche agli archeologi che hanno trascorso tutta la vita a indagare su quelle pietre. Qualunque persona sensata fuggirebbe da lei dopo un paio delle sue performance, ma se pure qualche coraggioso dovesse resistere alla tentazione di mandarla *a su chingada madre* e restare al suo fianco, non riuscirebbe a sondare il suo mistero.

Facciamo il check out dal nostro albergo e ci mettiamo in macchina. Fino a Uruapan sarà tutta salita. Penso che anche Pier ce la potrebbe fare, ma mi viene in mente che *el primermundista* non saprebbe cavarsela sull'autostrada da una corsia e mezza. Una corsia per la circolazione e una d'emergenza. Se qualcuno ti supera, ti sposti un po' a destra. Se qualcuno sta sorpassando un'auto nella corsia opposta, ti sposti lo stesso un po' a destra. E poi ci sono i rimorchi doppi, una specialità messicana (come l'*huitlacoche*, il fungo del mais). Vanessa l'avevo lasciata guidare, ma Pier... Ecco, lo preferisco sul sedile del passeggero. Siamo tutti più tranquilli così.

Pranziamo a Uruapan, in un ristorante specializzato in avocado. Lali li adora. Finalmente la vedo sorridere. Cosa sono otto ore di guida, per questo sorriso? È un prezzo adeguato.

Nirvana non ne ha voluto sapere di cedermi il volante. Come se davvero potessi peggiorare le condizioni di questa macchina. Io, che ho guidato attraverso mezzi Stati Uniti!

Ma Nirvana è come mio padre. Maschi alfa, che non riescono a vedermi come un membro della loro stessa specie. E infatti non lo sono. Io sono beta, forse anche gamma.

Ogni tanto sono addirittura un uomo delta, che si ubriaca alla terza birra, che soffre il mal d'auto sul sedile posteriore, che ama giocare con i bambini.

So che è sleale prendere sul serio una competizione impossibile, compromessa in partenza dal rapporto di parentela... Ma intanto, quello che ha conquistato la stella sono stato io 8).

È già pomeriggio inoltrato e siamo appena arrivati ad Angangueo, con il suo buffo nome. È un grazioso paesino di montagna. Ci fermiamo a mangiare uno snack e a sgranchirci le gambe. Mancano solo una quindicina di chilometri alla riserva, ma saliremo domani mattina. Intanto, cerchiamo un hotel economico e ci concediamo due stanze.

Lali è di ottimo umore; non somiglia alla ragazza che ha vomitato sulla spiaggia tutta la sua disperazione. Nirvana e io siamo propensi a perdonarle i cinquecento chilometri che ci ha fatto percorrere.

È la prima volta che riusciamo a fare del sesso, da quando siamo qui (che ci riusciamo *consapevolmente*, almeno). È così bello, dopo quella che mi è sembrata una lunga astinenza. Lali nuda, nera, allegra; una gazzella su lenzuola candide. Una coperta di capelli scuri. Infilarci dentro la testa è come realizzare le fantasie d'astronauta che avevo da bambino. Mi perdo nel suo spazio siderale, illuminato dai lampi di luce che splendono in quegli occhi del colore dei germogli.

Lo facciamo talmente tante volte che il giorno successivo non mi scompongo neanche un po' quando la *fierrari* tira le cuoia su un *tope* – i dissuasori di velocità assassini che usano in

Messico. Era stato piazzato a tradimento a metà di un tornante, a pochi chilometri dalla riserva faunistica.

Sono determinato a non infierire. Aiuto Nirvana a spingere la macchina a bordo strada. Nessuno dei nostri cellulari ha ricezione, ma pochi minuti dopo passa un contadino benedetto. Non ha un telefono, ma sta scendendo verso il villaggio e porta Nirvana con sé.

Lali e io aspettiamo sulla stretta banchina, con la tentazione di nasconderci nella foresta e replicare il momento felice di ieri sera. Ma il terreno è in forte pendenza, e poi non abbiamo il coraggio di perdere di vista il catorcio. Allora ascoltiamo la musica che ho scaricato sul cellulare nuovo, tenendoci per mano.

Nirvana ritorna fin troppo presto, su una specie di carro attrezzi del 1960.

## L.

Rido perché sono felice, libera dal senso di oppressione che mi accompagnava da tempo. Forse le magie di doña Yuri sono state efficaci. Oppure è stata la notte di ieri sera. Ma per la macchina, mi dispiace davvero.

Mio cugino torna in paese insieme ai meccanici. Non ce la fa proprio ad affidarla al suo destino. Lui le farfalle le ha viste un sacco di volte; ci accompagna spesso i volontari di cui si occupa. Pier e io chiediamo un passaggio fino al *santuario* e una giovane coppia di *chilangos*[161] ce lo offre subito. Abbiamo una tale faccia da turisti che non incutiamo timore a nessuno.

Occorre salire di qualche centinaio di metri per raggiungere la foresta di conifere dove svernano le farfalle partite dal Canada. Si sale seguendo un sentiero attrezzato, lungo il quale si susseguono dei pannelli che illustrano le abitudini di questi insetti speciali. Sono scritti anche in inglese.

161 Abitanti di Città del Messico.

Le prime farfalle sono arrivate pochi giorni fa, ma a breve saranno più di quindici milioni di esemplari su un ettaro e mezzo di superficie. Trenta milioni di ali che sbatteranno insieme.

Quando il sole è coperto dalle nuvole, si aggrappano ai rami degli abeti, in uno stato semi letargico. Il loro peso è in grado di far piegare i rami più sottili.

Nei momenti di sole, sciamano sui prati. *Hanno bisogno del calore di una stella per volare.*

Mentre saliamo, il cielo è coperto, e anche il mio umore si rabbuia. Ma lo nascondo, perché temo che Pier potrebbe mettersi a soffiare sulle nuvole, pur di prolungare lo stato di grazia in cui mi trovo.

Quando raggiungiamo la radura sull'altopiano, ce ne sono poche. Per lo più gli insetti sono appoggiati al suolo, attorno ai rivoletti che scorrono sul terreno. Ci sediamo sull'erba, in silenzio, con il fiato corto per la salita e per l'altitudine. Finiamo per distenderci, a occhi chiusi.

Credo di essermi assopita. Apro gli occhi di colpo, con un unico pensiero in testa: "Pier, ti sei messo la crema? Siamo a tremila metri! Sei già abbastanza rosso".

Raggi caldi e insistenti sono riusciti a raggiungere lo spiazzo in cui ci troviamo.

Dalla foresta arriva una nuvola di farfalle, che sciama sopra di noi. Siamo avvolti dal rumore di centinaia di migliaia di ali. *Arancione corallo, mogano, vermiglio e zafferano profondo.* Serro ancora le palpebre, per ascoltare meglio.

Quando le riapro, alcune di loro si sono posate sulle mie braccia nude. Ho letto sui pannelli che il sudore contiene sostanze saline che per loro sono preziose. Pier mi sta scattando delle foto. Mi rendo conto che sarà un'immagine potente. Potrei cederla a Yatzil, nel remoto caso in cui un giorno dovesse aver bisogno di un po' di autopromozione.

Non riesco più a stare ferma, ma i miei movimenti non spaventano gli insetti. Tre farfalle si sono posate sul mio braccio destro e quattro sul sinistro. Ne ho una sulla fronte e due sulla stessa guancia. Anche Pier ha la pelle scoperta, ma preferiscono venire da me.

Proseguiamo lungo il sentiero addentrandoci nel bosco, per andare a vedere quelle posate sugli alberi.

La vita media di una farfalla dura quattro o cinque settimane. Ma la generazione di Monarca che nasce in autunno sarà la *generación matusalem*, quella che dal Canada verrà a trascorrere l'inverno nella Sierra Madre messicana. Individui singolari, programmati dalla natura per vivere fino a otto mesi. Si accoppieranno solo una volta arrivati Messico.

È come se, dopo qualche generazione di esseri umani che vivono intorno agli ottant'anni, ce ne fosse una capace di oltrepassare i cinquecento. Un miracolo della genetica, dell'etologia; una sfida alla fisica. Un lepidottero supereroe capace di percorrere più di centoventi chilometri al giorno.

Dopo alcune generazioni di contadini nati intorno alle guerre e di piccoli borghesi razzisti, una super generazione di ingegnere edili ha visto la luce. Capaci di guidare mezzi pesanti e di tener testa a muratori cazzuti e al più ottuso dei geometri.

Di progettare edifici funzionali, resistenti ai terremoti e ai cambi climatici.

Un corpo forte, più utile a sfidare le tempeste che a fare l'amore.

Poco a poco, le farfalle che ho addosso volano via, soddisfatte del loro pasto. Ma una di quelle che si erano posate sulla mia guancia mi accompagna lungo tutta la discesa.

## N.

Li aspetto giù, appoggiato sulla fiancata del *fierrari*. I meccanici hanno riparato in fretta la *fisura del carter*[162] causata dallo scontro con il *tope*; hanno sostituito un faro che non si accendeva

162 Rottura della coppa dell'olio.

più e me l'hanno anche lavata a mano. Per meno di ottocento pesos, che ritiro alla banca del paese con la carta di credito di Jey. Così impara a decretare la fine della mia macchina immortale.

Comunque, guadagna il triplo in quindici secondi.

Ho con me una guida della Patagonia (della Patagonia del 1998, almeno), ma riesco a leggerne solo qualche pagina. Arrivano poco dopo di me, raggianti. La stessa espressione che hanno i volontari che accompagno qui. Lali ha una farfalla appoggiata sulla guancia. Ho visto spesso insetti posarsi sulla pelle dei visitatori per qualche minuto, ma questa dev'essere lì da più di un'ora, da quando ha cominciato la discesa. Non è consueto.

«Hai acquistato un souvenir?».

«Sì, una farfalla esuberante e sfrontata. Una costruttrice. Mi ha seguito fin qui, posso tenerla?».

«Puoi farci quello che vuoi, scema. Anche vivisezionarla. Ammirate».

«Sì, Nirvana, hai una macchina bellissima. È come nuova. Che invidia!»

Il sarcasmo di Pier, che guida una Golf del 2015, mi fa ridere. Mi dà una pacca sulla spalla. È la prima volta che mi sfiora, dopo il bacio nel locale di Lázaro.

Mentre mangiamo in un ristorante situato all'inizio del sentiero, mi accorgo che, giù in paese, il mio cellulare si era connesso alla rete. Non avevo controllato, perché sapevo che Lali e Pier sarebbero stati irraggiungibili.

Jey ha cercato più volte di mettersi in contatto con me.

«Lali, tua sorella sapeva che saresti stata offline fino a stasera?».

«Sì, certo. Abbiamo appuntamento tra qualche ora. Ti ha cercato?».

«Sì. Dice di scriverle appena possibile. Ma di non preoccuparci, perché è tutto okay».

L'ultima riga me la sono inventata. Lali è così serena che non mi va di vederla tornare ad angustiarsi. Mi pareva che Jey stesse per partire per Singapore. Per qualcosa che aveva a che fare con le barche a vela. Anche se dovesse essere circondata da una flotta di pirati, non potremmo farci nulla.

Quando il cameriere porta a Lali la *tampiqueña*[163] che ha ordinato, affamata dopo la passeggiata in quota, la farfalla sbatte timidamente le ali. Dopo aver fatto un paio di giri intorno al tavolo, decide di tornare sull'altopiano per riunirsi con le sue compagne. Mia cugina la segue con lo sguardo finché non è troppo lontana.

Tornati ad Angangueo, Lali ci dice di andare a farci un giro. Vuole consultarsi con Jey, da sola.

Decido di portare Pier in una *cantina*. Uomini con il sombrero che bevono *charanda*, donne non ammesse. Uno spettacolo, un paradiso sociologico. La sopravvivenza di un'epoca lontana. Spero che *la hermana malvada* non turbi la mia gemella preferita con i suoi diktat.

## Y. & L.

«Siete tornati? Finalmente!».

«Che c'è, Yatzil? Avevamo appuntamento tra più di un'ora».

«Lo so, ma qui sono le sette del mattino. La truccatrice mi aspetta alle otto. Hanno anticipato tutto di quattro ore! Che odio. La piaga infetta del mio lavoro non sono i subnormali convinti che sia possibile portarmi a letto, ma quelli che mi cambiano gli appuntamenti all'ultimo. Ho dormito tre ore. Puoi capire come sto».

«Rilassati. Sarai fichissima come sempre. Non ti verranno le rughe per colpa di una singola notte insonne».

«Notte insonne e aria condizionata dell'aereo. La mia pelle può farsi l'eutanasia. Sono furiosa».

«Le tue piccole manie. Cosa c'era di così urgente?».

«Del resto, volo in prima classe ma la segretaria decerebrata del mio manager non capisce una mazza di fusi orari e coincidenze.

163 Taglio di carne.

È l'ultima volta che le permetto di prenotarmi qualcosa. Preferisco farlo io».

«Yatzil. Cos'è successo? Stai prendendo tempo. Sei nervosa. C'è qualcosa che non stai tenendo sotto controllo, e non si tratta delle tue rughe immaginarie».

«Dimenticavo l'empatia tra gemelli. Lali, è vero, c'è una cosa che ho capito. Ma ho paura di dirtelo. Non voglio che tu ti metta in pericolo. Preferirei essere lì con te».

«Lo sai, vero, che se andiamo in giro insieme attiriamo più paparazzi della reincarnazione della principessa Diana? "Jey Pellegrino SI È DUPLICATA! Accorrete, genti!"».

«Esagerata. Posso fidarmi di te? Vuoi scoprire cos'è successo a Vanessa, ma non a tutti i costi».

«Puoi fidarti di me, ma il prezzo che sono disposta a pagare voglio stabilirlo io».

«Hai ragione. Lali, avrei potuto dormire molto più di tre ore. Ma nello scalo infinito che ho dovuto sopportare a Doha, seppure nella lounge extra lusso di Qatar Airways, ho notato una cosa».

«Che il velo integrale è un modo efficiente per andarsene in giro senza scocciature?».

«Sì, quello l'ho sempre pensato. Il burqa, però. Quelli con la retina che nasconde lo sguardo. Con l'hijab è ancora peggio. Ma tieni. Guarda questo screenshot».

«Mmmh. Non mi dice molto. È il nostro uomo, no? Don Jacobo, qualche anno fa. Era un po' più magro».

«E lei?».

«Una delle tante scriteriate che gli girano intorno».

«Lali... Adesso non me la vorrei tirare, ma ho pensato a questa possibilità appena ho sentito il vostro racconto».

«Cosa vuoi dire? Aspetta. Credi che possa trattarsi di doña Yuri?».

«Non lo credo, Lali. Ne sono sicura. Capelli tinti, fluttuazioni di peso, diverso disegno delle sopracciglia, naso rifatto, stile di abbigliamento diverso. Io ci vivo, in mezzo a queste cose. È per quello che ti ho chiesto di essere precisa sulla forma e il colore degli occhi. Guarda anche questo».

«Sì, è la stessa donna di prima. Queste foto le ho viste un milione di volte. La tizia ricorre in almeno sei o sette immagini. Ma non avrei mai pensato a doña Yuri. So che tu non dici cazzate, ma io questa somiglianza non la vedo :(».

«Sapevo che non ti avrei convinta. Così, dalla mia sala d'attesa di lusso ho scritto all'Avvocato. Mi risponde sempre all'istante».

«Un uomo che scatta sull'attenti appena gli scrivi... Davvero sorprendente! :D»

«Mi ha detto che l'avrebbe fatta vedere a degli esperti nell'uso del software di riconoscimento facciale. Non ho idea di che ore fossero in Italia: non so quanta gente abbia buttato giù dal letto. Ma quando sono arrivata a Singapore, mentre facevo la coda alla dogana, c'era già la sua risposta. Gli esperti hanno misurato le proporzioni tra i tratti del suo viso e roba di questo tipo. È lei. Doña Yuri è stata la fidanzata di don Jacobo».

«Va bene. Hai ragione, Yatzil. Hai ragione come sempre. Mi hai stupito una volta di più. Ma di questa certezza, cosa ce ne facciamo?».

«Lali. Abbiamo una donna fidanzata con un donnaiolo. Uno spacciatore di bassa lega, con ogni probabilità violento. Mi hai parlato di una bambina con dei lividi».

«Sì, ma niente ci autorizza a pensare che il tipo frequenti ancora la veggente. Come possiamo attribuirgli anche una personalità violenta e addirittura sevizie su un minore?».

«Lali, ti prego, vuoi portare a termine la tua ricerca o iscriverti a giurisprudenza e diventare avvocato d'ufficio? Non ho tutto il tempo del mondo. Ascoltami».

«Dimmi».

«Dobbiamo azzardare qualche ipotesi, perché è l'unica pista che abbiamo. Il tuo Torito ha una relazione con la nipote del proprietario di uno squallido motel sulla costa del Michoacán. Una sorta di relazione aperta, perché lui non resiste alle gonne delle altre. Aperta solo da parte sua, va da sé».

«Non è l'unico uomo del mondo a vedere così le relazioni. Anche Nirvana le interpreta allo stesso modo».

«Nirvana è un gran figo e non farebbe male a una mosca. Che ti prende, Lali? Hai paura di sentire il seguito?».

«Sì, Yatzil. Ho paura e spero che tu ti stia sbagliando. Che Vanessa questo Torito se lo sia dimenticato in fretta, e che adesso stia sfarfallando da un letto all'altro nei dintorni di Puerto Escondido».

«Immagina che quella con Yuri sia la sua relazione di più lunga data, ma che la tradisca spesso. Ha avuto una figlia con lei, ma non è tipo da mettersi per terra a giocare con le bambole».

«No».

«Non è che don Jacobo possieda tutte queste attrattive. È un uomo ributtante e non è neanche ricco. Yuri non ha ragione di temere l'arrivo di una rivale troppo insistente».

«Ma Vanessa lo è».

«Esatto. Vanessa è un caterpillar. Non ha un altro posto dove andare, quindi si insedia nel motel della famiglia di Yuri. Sveglia com'è, ci impiega forse due pomeriggi a capire che Jacobo lì non è un ospite, che quella è casa sua».

«Ha senso».

«Sì, Lali, se no non te l'avrei detto. Tra una scopata e l'altra, quando Jacobo si allontana per dedicarsi alle sue amanti e ai suoi traffichini del cazzo, Vanessa resta sola. Bruciata dalla passione per la prima volta in vita sua. Scomparsa per il resto del mondo. Sotto l'effetto di droghe alle quali non è abituata».

«Non beveva neanche il caffè».

«Me lo ricordo. Sua madre non voleva e a lei non piaceva. Lali, deve averla affrontata. Yuri e Vanessa devono essersi fronteggiate. Cosa sia successo dopo, non so».

«Yatzil, io… Io non penso che sia stata Yuri a ucciderla. Non lo so. Non credo che ne sia capace».

«Non ho detto che è stata lei. Non ho modo di sapere se le abbia fatto del male. Magari, dopo essere stata costretta ad ascoltare gli sfoghi della Vane, Yuri ha messo il compagno alle strette, spronandolo a risolvere il problema. Non posso dimostrarti niente. C'è tutto un ventaglio di possibilità che possiamo prendere in considerazione.

Anche quella che Vanessa abbia fatto una sfuriata in un bar e sia partita per Puerto Escondido, se vuoi».

«Ma tu non lo pensi».

«No, Lali. Però io non so cosa sia successo, mentre l'atteggiamento che Yuri ha avuto durante la vostra visita mi fa pensare che lei lo sappia. È per questo che mi sono messa a esaminare con attenzione le sue foto».

«Cazzo, Yatzil. Tu non eri manco lì, e hai capito quello che è sfuggito a tutti noi».

«Lali, non esagerare. Era una riflessione banale. Non c'era bisogno di Sherlock. Da fuori, è più facile notare certi particolari. E io sono abituata alla gente che cambia aspetto».

«Non mi convinci :P Sei una specie di mostro. È incredibile essere tua sorella».

«Ma dai, sciocca. Devo andare. Senti, secondo me la tipa ha voglia di collaborare. Forse si sente in colpa. Gli indizi che abbiamo raccolto sono troppo vaghi per indurre la polizia a riaprire il caso, e secondo me l'intervento delle autorità le farebbe passare la voglia di chiacchierare. Anche l'Avvocato la pensa così. Ma lui non vuole che andiate a rivederla».

«E tu?».

«È l'unico modo per andare in fondo a questa storia. Ma credo anche che sì, sia pericoloso. Lì c'è qualcuno che uccide con una certa nonchalance».

«Ho capito. Non ti preoccupare. Se i due uomini non torneranno troppo ubriachi, avremo tutta la notte per pianificare le nostre mosse successive».

«Ti sono piaciute le farfalle?».

«Molto. Soprattutto una. Abbiamo trascorso un bel po' di tempo insieme».

«Ad Angangueo?».

«Uh? Pier e io siamo saliti al Rosario. In paese c'è andato solo Nirvana, durante la giornata».

«Perché ha rotto la macchina, vero? :D».

«Avevo giurato di non dirtelo!»

«Mi è arrivato un addebito di mille pesos da un bancomat del paese. Sapevo che eravate andati a vedere le farfalle. Insomma, l'ho capito in quattro secondi».

«Yatzil, sei formidabile. Beato il tuo manager. Lo dico sul serio».

«*Te extraño, hermanita. Cuídate.* Non ti mettere in pericolo. Non potrei mai farcela senza di te».

## V.

Lali, la tua pelle sa di oceano. È l'ultimo profumo che ho sentito e quello che più di tutti speravo di ritrovare. Finché non sei arrivata tu, volare vicino alla costa non serviva a niente. Attraversavo quell'aria dalla consistenza umida senza sentire odore di salsedine. Il mitico sale. Un minerale che per una farfalla è più prezioso dei diamanti.

I micronutrienti contenuti nel sudore umano (nelle feci dei caimani, nelle lacrime delle tartarughe) sono essenziali per la sopravvivenza degli insetti.

Di solito ci nutriamo di nettare; la foresta è un ambiente crudelmente povero di sale. Per questo siamo così affamate delle secrezioni degli altri animali. Il più delle volte, ci permettono di succhiarle.

Il sale che raccogliamo fa funzionare meglio il nostro metabolismo e nutrirà la nostra progenitura.

Le farfalle Monarca si accoppiano alla fine del loro soggiorno in Messico, ma depongono le uova solo una volta tornate in Canada. Sapete, lo Ius soli.

Io, che di figli neanche ne volevo, potrei deporre fino a quattrocento uova. Minuscole uova messicane, dalle quali nascerebbero quattrocento piccoli vermi con i baffi, da alimentare con il sale delle lacrime dei coccodrilli.

Tuttavia, non penso che intraprenderò il viaggio di ritorno. Sono stanca, la polvere magica è scivolata via, il profumo dell'oceano sono riuscita a sentirlo di nuovo.

Mi hai fatto un ultimo regalo, Lali. Ti piaceva sorprendermi. Quando nessuno era al corrente del mio lato vanesio, tu mi regalavi dei cosmetici costosi. Il *black satin* di Chanel per le mie unghie dark, l'unico smalto nero che brilli per davvero. All'epoca dei cd, gli unici originali che possedevo me li avevi comprati tu. Mi offrivi i biglietti per i concerti cui tenevo di più, per andarci insieme, anche quando a te il cantante non piaceva.

I miei quattrocento bruchi si chiamerebbero tutti come te.

P.

La *cantina* è un postaccio sordido. È incredibile che esistano ancora dei luoghi ufficiosamente proibiti alle donne. Fino a trent'anni fa non potevano entrarci per legge, mi spiega Nirvana, in preda a un attacco di sociologia. Parecchi di questi locali esibivano un cartello alla porta d'ingresso: "Si proibisce l'ingresso a cani, donne, mendicanti, studenti in uniforme e minorenni". Immagino che adesso abbiano dovuto staccarlo. Alcune cantine di Città del Messico oggi sono diventate trendy, mi spiega il mio compagno di sbronze, ma è lecito pensare che ad Angangueo si consideri valida la vecchia consuetudine. Un po' di secolo scorso nebulizzato su un paese in cui l'età media della popolazione è di trent'anni (in Italia siamo vicini ai quarantacinque).

Le uniche due *mujeres* presenti non potrebbero sembrare più prostitute di così. Se io sono la caricatura di un *gringo*, loro sono la parodia di una escort.

Qui dentro, tutti sono felici. Ti viene da pensare che l'apartheid sessuale abbia un suo perché. Nirvana mi consiglia di ordinare il *pulque*, perché non è facile trovare occasioni per berlo. Eseguo. Mi servono una bevanda dal colore lattiginoso in un bicchiere di terracotta. Ha un sapore agrodolce, non sgradevole, anche se l'odore è nauseante. La gradazione alcolica mi pare bassa.

Il mio compagno chiede un bicchiere di mezcal. Ci servono

qualche nacho bisunto, che mangiamo in silenzio, guardandoci attorno.

Una delle due donne mi si avvicina e comincia a prendermi in giro. Nirvana si incarica di rispondere al posto mio. Si vede che è a suo agio in questo allegro ambiente di disagiati. Non ci sto male neanche io, che di solito prediligo locali dalla clientela più compassata.

Gli stringo una mano. Lui fa per ritrarla, ma resiste all'impulso e la lascia dov'è. Il *pulque* ha sciolto la mia lingua.

«Voglio ringraziarti per quello che hai fatto per Lali. Sei un amico prezioso, per lei. E anche per me». Che ci volete fare, sono un sentimentale.

«*No te preocupes, hermano, todo está bien*». Di solito mi parla in inglese, ma sa che riesco a capirlo. E che certe cose è meglio dirle in spagnolo. È imbarazzato, ma continuo. Perché so che è un ragazzo coraggioso.

«Nirvana, non temere. Non sono attratto da te. Non sono gay, cioè, non più di quanto lo siamo tutti quanti. Di solito mi piacciono le donne. Non mi sento confuso. Non mi vergogno di quanto è successo, ma è stato un episodio singolo. Resterà isolato».

«Lo so, Pier, tranquillo. Non mi hai violentato. *Estaba bien pedo*[164], però ricordo di aver collaborato. Mi è piaciuto, anche se non lo ripeterei». Beve il mezcal tutto d'un fiato. Si asciuga la bocca con la mano che gli stringevo.

«Torniamo da Lali, adesso. Non è un buon segno, se Jey ti cerca con insistenza. È tipo l'apparizione del Grim in *Harry Potter 3*».

Sorrido. «*Okay, professor Trelawney*, *let's go*».

Quando bussiamo alla porta della stanza, Lali ci chiede conferma della nostra identità, prima di aprire. Beh, andrebbe sempre fatto.

Ma non è un atto da Lali. Lei di solito non pensa a queste cose. Di natura, è ottimista e fiduciosa. La porta del suo apparta-

164 Ero molto ubriaco.

mento non è blindata e il più delle volte esce di casa senza dare neanche un giro di chiave.

«*It's us, you can open. You had a butterfly on your cheek, today*[165]».

Ci apre. È tesa, incapace di stare ferma, ma sorridente. Capisco subito che il messaggio di Jey dev'essere stato interessante.

Finito il suo resoconto, Nirvana ha cominciato a mangiarsi le unghie. Sua cugina ha parlato in italiano, ma non gli è sfuggito niente.

Non saprei dire perché, ma non sono sorpreso. Non voglio appropriarmi dei meriti altrui. Come Lali, anch'io avevo esaminato le foto, senza riconoscere doña Yuri. Eppure, quando ce l'ha detto, ho pensato: beh, certo. Giusto. Come ho fatto a non accorgermene? Non ho avuto bisogno di sentire l'opinione degli esperti contattati da mio padre. Era ovvio che fosse così. Una sorta di conoscenza intuitiva, che però non era riuscita a frangere la barriera della consapevolezza.

Nirvana, invece, è senza parole. Non aveva osservato le foto con il nostro stesso interesse, ma è chiaro che non si aspettava uno sviluppo simile.

«Lali, a questo punto, io dico che è stato lui».

«Perché non lei?» chiedo. È una donna forte.

«Pier, tu devi aver capito poco, del suo discorso. Ma ha usato parole dolci. Non riesco a immaginarla nel ruolo dell'assassina».

«Aspettate. Fino a due ore fa, continuavamo a dire che Vanessa potrebbe trovarsi ad Acapulco, intenta a farsi le migliori scopate della sua vita. E all'improvviso, solo perché il signor Jacobo è brutto e sgradevole, mentre Yuri non si è fatta pagare la pulizia spirituale e ha chiamato Lali *niña linda*, lui è diventato un pericoloso assassino e lei è stata assolta?».

«Mi piaci, Pier, quando fai queste arringhe. Il sangue di Massimo gorgoglia nelle tue vene. Hai ragione. Non abbiamo modo di sapere cosa sia successo e non dobbiamo lasciarci guidare

165 Siamo noi, puoi aprire. Avevi una farfalla sulla guancia, oggi.

dalle sensazioni superficiali che questi due tipi hanno suscitato in noi. Cosa proponete di fare?» ci ha chiesto Lali.

Gongolo. Non c'è niente che mi piaccia più di piacerle.

«Jey ha ragione. Anch'io credo che Yuri avesse voglia di parlare. Tornerei da lei, ma avvertirei la polizia».

«Io dico che non ci ascolterebbero. Non abbiamo nessuna prova che possa far riaprire il caso, e se El Torito gode di un minimo di protezione da parte delle autorità – è tutt'altro che importante, ma certo lavora per qualcuno più grosso di lui – non otterremmo aiuto. Piuttosto, ci sono probabilità concrete che lui venga avvertito e che ci mettiamo seriamente in pericolo» commenta Nirvana.

«Hai visto troppo *Narcos*» dico io.

«No, Pier. Sono cresciuto in America Latina. Ricordatelo».

«Allora facciamo così» dice Lali. «Torniamo da Yuri. Le diciamo che tu, Pier, sei il fratello di Vanessa. Che non riesci a darti pace per la sua scomparsa. Che l'altra volta gliel'abbiamo tenuto nascosto, perché pensavamo che la *limpia* sarebbe stata un'esperienza troppo forte per te. Ma adesso vorremmo parlare con lei, perché ti aiuti a superare questo brutto momento».

«È una cagata pazzesca» dico, in italiano.

«Hai un'idea migliore?».

«Andare in Patagonia con la *fierrari*. Comincio ad appoggiare i piani di Nirvana».

«Dai, cazzo, resistete ancora un paio di giorni. Poi andrete a farvi la vostra luna di miele di merda».

## L.

Questa volta Nirvana lascia il volante a Pier, ed è una bella cosa. Almeno fino a Uruapan, avrà il diritto di guidare. Ho fatto bene a mandarli alla *cantina*, ieri sera.

Temo che Pier abbia ragione. Il nostro unico piano è stupidissimo. A Yatzil ho detto solo che andremo di nuovo a parlare con la signora Yuri, senza accennare alla scusa che ho in mente, perché non sta in piedi.

L'unica possibilità di scoprire qualcosa è che la veggente abbia davvero voglia di parlare. Che non sia colpevole, e che accetti di testimoniare. In questo modo, le autorità sarebbero costrette ad ascoltarci, perché in caso contrario scoppierebbe un casino internazionale. Ma non posso fingere di non aver notato che, se pure Yuri era ben disposta nei nostri confronti, l'unica cosa sulla quale ha insistito è stata la necessità di archiviare l'esistenza di Vane.

Io lo sapevo già, che Pier guidava bene, ma non ritenevo prudente che sfiorasse il volante della sacra *fierrari* prima che il proprietario fosse pronto a questo grande passo. Ho lasciato a Nirvana il sedile davanti, perché così, in caso di necessità, potrebbe tramortire Pier e prendere il suo posto. O almeno, è quello che ha bisogno di pensare.

Ascolto la playlist di mio cugino. Mi piacciono tutte le canzoni che ha scelto. Sospetto che l'abbia composta pensando a me.

Cerco di non pensare a quello che dobbiamo dire a doña Yuri, al nostro patetico pretesto. Mi concentro sulla bambina dallo sguardo dolce, seduta composta in un angolo della stanza, che fissava un gruppo di adulti intenti a parlare di cose incomprensibili. Penso all'entusiasmo viscerale che è apparso sul suo viso quando è riuscita ad attirare l'attenzione di Pier. Ai pericoli obiettivi che faccio correre a due persone che amo, insistendo a voler chiarire una storia che affonda le radici in un terreno così marcio. All'ultima foto che Yatzil si è scattata. Un quarto d'ora dopo essere stata caricata sul mio profilo, con privacy attiva, rimbalzava già su decine di siti. Il commento più elegante era "Una Jey Pellegrino più hot che mai". Qualcuno rettificava, dicendo che si trattava della sorella... Ma siccome in pochi sanno che esisto, e lo scatto bucava lo schermo, i più l'hanno interpretato nel modo corretto.

Mi viene in mente quella farfalla solitaria, intraprendente, riluttante a volare via.

*I like the peace*
*In the backseat*
*I don't have to drive*
*I don't have to speak*
*I can watch the countryside*
*And I can fall asleep*[166].

N.

Quando accompagno i volontari mi capita di percorrere questo tragitto piuttosto spesso, ma non mi era ancora successo di guidare sulla *siglo XXI* con la frequenza di questi giorni. Mi sono stufato. Ho voglia di vedere dei panorami diversi.

Passata Uruapan, dico a Pier di continuare. Fa un grande sorriso. Sa che vuol dire che mi fido di lui.

Lali dorme sul sedile posteriore. Conosco l'aspetto della mia faccia addormentata, perché i volontari stranieri si divertono a scattare foto delle nostre notti movimentate per caricarle su Facebook. Con gli occhi chiusi, il mio viso perde molta della sua capacità d'attrazione. Mia cugina invece è bella come un angelo.

Mentre riflettevo sui lineamenti dei dormienti, devo essere crollato anch'io, perché siamo già a Lázaro Cárdenas. Pier ha macinato più di 500 chilometri di autostrada da una corsia e mezza. Non ha mai fatto pipì. Ci ha messo quasi un'ora in meno di quanto ci impieghi io.

«È l'effetto della riparazione. Adesso non fa più quei rumori, e sono andato un po' più veloce». È diplomatico. Gli sorrido. Anche lui mi ha scattato una foto, quando aveva già parcheggiato e aspettava che mi svegliassi. Ritrarmi mentre dormo su un cuscino di capelli rasta è un vizio di tutti gli europei.

Si è fermato a due isolati dal motel. Non sapeva se dirigersi

166 Arcade Fire, *In the backseat*.

qui o all'hotel dove avevamo alloggiato. Lali si stiracchia. Ha dormito tantissimo, ma non è confusa.

«Hai fatto bene a venire qui, Pier. Togliamoci subito il pensiero. Inoltre, più tempo trascorriamo in città, più ci sono possibilità che El Torito si accorga che stiamo insistendo».

Io non dico più nulla. Mi siedo al volante e li porto al motel.

C'è lo stesso impiegato dell'altro giorno. Mi chiede se vogliamo ancora la stessa stanza. Specifica che, se siamo di nuovo in tre, dovremo pagare un sovrapprezzo. È più interessato allo schermo del suo cellulare che agli ospiti, eppure scopro che non è così indifferente a quel che succede fuori dal suo gabbiotto.

«*Disculpa, amigo, la otra vez el gringo estaba dormido*[167]». Gli dico che non vogliamo una stanza: desideriamo solo parlare con doña Yuri. Mi lascia passare. Ma adesso so che l'altro giorno ci ha notati, e questo non mi entusiasma.

Yesenia riconosce la macchina e ci corre incontro. Appena Pier scende, gli dà subito la mano. Lui comincia a farle il solletico e la bambina esplode in gridolini di piacere.

Sua madre è impegnata in un consulto. Sono felice di avere un po' di tempo per svegliarmi.

Mi sento distaccato da questi avvenimenti. Ci tengo ad accompagnare Lali in una cosa che è importante per lei, e forse il mio disinteresse nei confronti del destino della sua più cara amica non è troppo empatico. Non è neanche umano. Mi manca la stoffa del detective; sono uno che accetta il corso delle cose.

La nostra indagine si può riassumere in attese frustranti e lunghi viaggi in macchina. Rischiamo di attirare il pericolo su di noi, mentre le possibilità di risvegliare un morto sono nulle.

Lali non ha neanche messo le lenti. Qui non c'è nessuno che possa riconoscerla, non è come a Colola. In ogni caso, i giorni scorsi stava più attenta a camuffarsi: anche lei ha capito che la fine dei giochi si avvicina.

167 Scusa, amico, l'altra volta il *gringo* era addormentato.

Quando la cliente che ci precede esce soffiandosi il naso, noi entriamo nella stanza, seguiti da Yesenia. L'aria calda e piena di fumo mi fa tossire. Penso che sia un pessimo ambiente in cui far crescere un bambino.

Yuri non riesce a reprimere uno sguardo sorpreso. Prima che abbia il tempo di reagire, Lali prende la parola.

«Doña Yuri, mi dispiace disturbarla di nuovo. Quello che mi ha detto l'altro giorno mi ha aiutato. Mi sento più leggera. Ho deciso di lasciar andare Vanessa, di non pensare più a lei. Purtroppo non è la stessa cosa per Tommaso, suo fratello. Lo chiami pure Tom. Capisce un po' di spagnolo. Quando siamo venuti non ha voluto parlare, perché temeva di farsi travolgere dall'emozione. Ma soffre molto: giorno e notte, sente la presenza di Vanessa intorno a lui».

«*¿No que era gringo? Y Vanessa, ¿De Italia?*[168]».

*Pinche vieja.* Non le avevamo mai detto che Pier fosse americano, ma doveva averlo sentito parlare in inglese.

«*No, señora, habla inglés porque no sabe bien español y le da pena, pero es italiano como Vanessa*[169]» mi affretto a specificare.

«Sì, signora Yuri, glielo assicuro, sono italiano, sente? Sono il fratello maggiore di Vanessa. *Her older brother*».

«E ti sembra di vederla ancora? Come un fantasma che ti perseguita?».

«*She's not resting in peace*».

«Ho capito, don Tom. C'è una cosa che posso fare per te, ma non posso farla subito. Devi tornare domani sera. A playa Erendira, quella vicina all'acciaieria».

La sua proposta non mi piace per niente. Perché non disegna un cerchio di fuoco per terra? Perché non continua con le *pendejadas*[170] dell'altro giorno?

168 Non mi avevate detto che era statunitense? E Vanessa italiana?

169 No, signora. Parla inglese perché si vergogna di non conoscere bene lo spagnolo, ma è italiano come Vanessa.

170 Cazzate.

«*No va poder venir solo, Yuri. Es un gabacho*[171], lo assaltano. Perché non possiamo vederci qui? Perché non puoi fare subito quello che devi fare?».

I miei modi bruschi hanno infastidito Lali. Non mi importa. Non permetterò che, con la sua insana ossessione, mandi Pier al macello.

«*No tiene que venir solo. Los espero, a los tres. A las diez de la noche. Conozco a este fantasma. A mí también me persigue. Vamos a despedirlo juntos*[172]».

Y.

▶ ——•———

Lali, sono riuscita a leggere il tuo resoconto pochi minuti dopo che me l'hai spedito. Ti registro questa risposta mentre cammino sul lungomare. Sono le otto del mattino, tredici ore avanti rispetto a voi. Tra poco dovrò tornare in albergo e farmi trascinare nel vortice degli eventi di oggi, ma ho almeno mezz'ora libera davanti a me. Non riesco a stare ferma; se mi senti ansimare è perché sto quasi correndo.

Adesso siete al sicuro nel vostro albergo, giusto? Non è lo stesso dell'altra volta, spero. Non sarete certo stati così imprudenti da scegliere un luogo dove di sicuro si ricordano di voi.

Passo la giornata a farmi scattare foto su queste cazzo di barche...

Il mio manager mi ha rimproverato per la foto troppo sexy che secondo lui ho diffuso io – dice che nuocerà alla mia immagine. Non c'è stato verso di fargli capire che è opera della mia sguaiatissima sorella gemella. Dice che, se è vero che c'è in giro una tipa uguale a me, deve subito metterla sotto contratto. Al-

171 Non può venire da solo, Yuri. È un forestiero.

172 Non deve venire da solo. Vi aspetto tutti e tre. Conosco questo fastasma, perseguita anche a me. Andremo insieme a dirgli addio.

lora gli ho mandato una foto di noi due da piccole e gli è venuto un colpo. Non si spiega come abbia fatto a nascondere questa storia fino a ora. Per lui è inconcepibile che una come te rifugga le luci della ribalta. Secondo lui, insieme potremmo conquistare il mondo. Inutile spiegargli che per mia sorella la conquista del pianeta non è una priorità.

*Hermana*, ti seppellisco di chiacchiere perché i tuoi ultimi aggiornamenti mi hanno fatto venire la pelle d'oca. I miei orari sono irregolari e non so quando riuscirò a incrociarti online, ma spero che non pensiate sul serio di andare a quell'appuntamento. Se avesse voluto davvero dirvi qualcosa, l'avrebbe fatto subito. Invece ha preso tempo, e non è positivo.

Da come mi hai riferito la cosa, posso garantirti che la storia del "fratello Tom" l'ha messa sulla difensiva. Non potevi pensare a qualcosa di più credibile? Inoltre, in quel motel vi stanno sorvegliando. Si ricordavano perfettamente di voi. Non sono concentrata, quindi chissà quanti altri dettagli mi sono sfuggiti.

Lasciami qualche giorno, aspetta che finisca questo meeting di invasati. Voi telefonate al motel e dite che mancherete all'appuntamento – è necessario mantenere buoni rapporti, non tirategli un pacco. Nel frattempo contatterò l'Avvocato per cercare di trovare una soluzione che ci permetta di approfondire la vicenda senza che corriate rischi.

Lali, ti prego, sono confinata sull'Isola dei Tamarri. Lasciami tre giorni, il tempo di averne uno di pausa, e vi dirò come proseguire. Vanessa è morta, Yuri ve l'ha confermato. Lei lo sa. Capisco il tuo desiderio di trovare un colpevole, ma questo non la riporterà in vita, chiaro? E non lenirà il tuo stupido senso di colpa per averla lasciata sola. Mi dispiace essere così dura. Ho paura di non aver trovato le parole giuste per dissuaderti. Questo cazzo di iodio. Sono nervosissima. Scrivimi che mi ascolterai.

## P.

Beh, questa volta è stato necessario.

Mentre si stava facendo la doccia (e *cantava*, giuro. In mezzo a tutto questo casino, Lali canticchiava sotto la doccia, come se fossimo dentro *Tutti insieme appassionatamente*), ho preso il cellulare e avviato l'applicazione di Signal.

C'è voluto tutto il mio coraggio, ma il nuovo messaggio di Jey l'ho ascoltato io.

Come al solito, ha ragione (anche sulla necessità di cambiare albergo. È stato Nirvana a insistere. Con la sua motivazione "Io sono cresciuto in America Latina, e voi muti" riesce sempre a convincermi).

Ma ha usato parole confuse, meno efficaci del solito. Sarà il jet leg o la preoccupazione? Ho sempre sospettato che la mia cognata affilata come una punta di diamante, sotto sotto, sia capace di provare emozioni. Comunque sia, questo discorso non convincerà Lali a desistere: nulla potrebbe riuscirci. È convinta di essere l'unica tra noi davvero devota alla memoria di Vanessa (e non ha torto). Sento che, se ascoltasse questo messaggio, l'irritazione potrebbe renderla ancora più sconsiderata. Lei freme dalla voglia di agire, e la sorella le chiede di aspettare, di trattenersi. Sarebbe come soffiare sul fuoco.

Cancello il file audio appena ricevuto, ma l'opinione di Jey è identica alla mia. Se neanche Mata Hari riesce a essere lucida, sarà compito mio.

È il momento di diventare un *macho alfa*, *bros*.

Lascio un biglietto in camera ("Vado a comprare una Coca e torno") ed esco a fare una chiamata dal telefono pubblico più vicino. Forse mi è venuto in mente un modo per rendere più sicura la nostra spedizione.

# L.

Anche lei conosce il fantasma.

Non riesco proprio a beccare Yatzil online, oggi, e ne avrei così tanto bisogno.

O forse no. Perché, dopotutto, so che cosa mi direbbe. Vorrebbe che lasciassi perdere.

Da quando siamo stati alla riserva naturale, non sento più quella sorta di ronzio che mi accompagnava. Credo sia svanito quando quella farfalla è volata via. Era una presenza vaga, eppure ne sento la mancanza.

Adoro Yatzil (anche se il sentimento che provo per lei è difficile da definire. Nella palette dei sentimenti espressi dalle lingue che conosco, non c'è una parola specifica che si riferisca all'amore che si prova per la propria gemella monozigote). Amo Pier. Questo viaggio mi ha fatto capire che potrei trascorrere tutta la vita con lui. È un uomo fantastico. E Nirvana è il miglior amico che avrò mai. Loro tre sono i cardini della mia vita.

Ma Vanessa era il quarto. L'amica imperfetta, che diceva le cose sbagliate e che mi invidiava più di chiunque altro. Un rapporto pieno di difetti e opacità: una necessità primaria. Credo che nessuno di loro capisca come mi sento davvero.

Mi concedo una doccia lunghissima in questo bagno sconosciuto. Ho bisogno di pensare. Doña Yuri ha temporeggiato. Perché non ci ha detto subito quello che sa? Se ci ha chiesto di andare in spiaggia, ci sono diverse spiegazioni possibili.

Vuole tenderci una trappola. Non serve essere Jey, o "essere cresciuti in America Latina", per immaginare uno scenario di questo tipo.

C'è qualcosa che vuole farci vedere.

Ha in mente uno di quei rituali da chiese carismatiche, quelli di zia Tina. Con il peccatore che si immerge in acqua e rinasce senza peccato.

Anche se la prima ipotesi dovesse essere quella corretta, alle dieci di sera c'è ancora gente in giro. Pier e io siamo terribilmente evidenti e il ragazzo messicano che ci accompagna proviene da una famiglia rispettabile. Le nostre vite hanno un certo valore. Se sparissimo tutti e tre, doña Yuri sarebbe trascinata in un *affaire* di risonanza internazionale.

Può facilmente immaginare che i nostri familiari siano al corrente della nostra indagine. Nessuno vorrebbe rischiare tanto, anche senza sapere che la mia sorella gemella è così famosa. Non sono ingenua come credono.

La signora ha qualcosa da dirci. A suo modo, ci ha già comunicato che Vanessa è morta. Non ho provato niente quando l'ha affermato, perché lo sapevo. Avevo fatto il possibile per seppellire questa certezza sotto la speranza e l'ottimismo che mi imponevo, ma una parte di me aveva accettato da tempo la realtà.

Voglio che chi ha fatto del male a Vanessa ne paghi le conseguenze. Voglio che lei abbia un posto al cimitero, vicino a suo fratello. Che sia libera di volare via.

N.

Ho imposto di andare in un albergo diverso. La nostra convinzione di passare inosservati grazie ai banali travestimenti che usiamo è ridicola. Non riesco a credere che siamo entrati al motel Encanto con Pier piegato sul sedile posteriore, come se stessimo giocando a nascondino *en el patio de mi abuela*! Come ho potuto permettere una simile *tontería*?

Abbiamo deciso di dormire ancora tutti nella stessa stanza, perché separarci adesso è imprudente (anche se mai quanto andare all'appuntamento di domani sera).

È appena mezzanotte, e nonostante Lali abbia dormito per gran parte del viaggio in auto, il suo respiro è di nuovo pesante. È sempre stata una dormigliona, come sua sorella, ma mi pare di sentire il lavorio del suo inconscio che sta cercando di accettare la morte della sua migliore amica.

Anche Pier è stanco, ma suppongo che nelle sue vene scorra troppa adrenalina per dormire.

Ci spostiamo sul balcone. L'aria notturna è tiepida e salmastra. Apro una lattina di Negra Modelo presa dal frigo bar, ne bevo qualche sorso e gliela passo.

«Pensi che ci metteremo nei guai?» mi chiede.

«Penso che ci siamo già» rispondo. «Andare all'incontro così, puri come gigli, è una follia. Non so nulla di armi, e se cercassi di procurarmene una, in poco tempo lo saprebbe tutto il Michoacán, anche se nessuno ci stesse osservando. Vorrei convincere Lali a lasciar perdere, ma so riconoscere una battaglia inutile. Jey che fine ha fatto? L'hai sentita?».

Così mi racconta del messaggio cancellato e "di qualche precauzione che ha preso".

Resto senza parole. Mi viene voglia di baciarlo.

## V.

*Este pueblo está lleno de ecos. Tal parece que estuvieran cerrados en el hueco de las paredes o debajo de las piedras. Cuando caminas, sientes que te van pisando los pasos. Oyes crujidos. Risas. Unas risas ya muy viejas, como cansadas de reír. Y voces ya desgastadas por el uso. Todo eso oyes. Pienso que llegará el día en que estos sonidos se apaguen.*[173]

Il Messico. Per me il paese del mito, della libertà, della vita luminosa che mi aspettava. Il paese dove avrei tessuto ragnatele con i fili fiammanti dei miei capelli e avrei fatto prigionieri del mio incanto uomini veri, dalle mani robuste e gli occhi color car-

173 "Questo è un paese pieno di echi. Ti sembrano rinchiusi nel vuoto delle pareti o sotto le pietre. Quando cammini, senti che ti calpestano i passi. Senti degli scricchiolii. Risate. Risate ormai molto vecchie, come stanche di ridere. E voci ormai logore dall'uso. Senti tutto questo. Penso che arriverà un giorno in cui questi suoni si spegneranno". Juan Rulfo, *Pedro Páramo*.

bone. Il paese dove avrei raccolto quello che avevo seminato per tanti anni: l'interesse degli altri, affascinati da una personalità originale come la mia.

Sarei uscita dal mio bozzolo di goffaggine, diventando una donna speciale che ancora non conosceva nessuno. Io, la costruttrice, l'ingegnera; nel posto giusto, avrei colpito gli altri più di mille Jey Pellegrino e delle loro immagini photoshoppate. Più di Lali e del suo candido cuore.

In Messico avrei raccolto tanta di quella considerazione altrui, che ne avrei avuta abbastanza per tutta la laurea magistrale. E poi sarei tornata qui a erigere distese illimitate di villette a schiera.

Qui costruiscono solo villette a schiera, pubblicizzate da slogan del tipo "tu hai un sogno, noi abbiamo le chiavi". Tutte con la loro cisterna di acqua non potabile appoggiata sul tetto.

Nessuno abita in condomini a più piani. In Messico c'è tanto spazio e i terremoti sono frequenti: le città si estendono in larghezza, non in altezza. Anche se poi nessuno è contento di abitare nelle nuove villette, lontane dal centro e dai servizi.

Lali mi aveva accompagnato a vedere alcuni di questi quartieri nuovi, così diversi da quelli delle città europee. Sono costruzioni economiche e scadenti, eppure funzionali. Ricettacoli di corpi stanchi, che restano in piedi durante i terremoti.

Adoravo immaginare la mia brillante vita messicana.

Ripensare a questi progetti mi fa ridere fino a pisciarmi addosso.

Lali sente l'eco di queste risate. Anche se ormai sono vecchie, ed è come se si fossero stancate di farsi beffe di tutto.

## Y. & L.

«Lali, non mi hai risposto, *maldita seas*[174]. Sto pensando di darmi malata. Un cagotto tropicale (peccato che Singapore sia tipo il posto

174 Tu sia maledetta.

più pulito del mondo). Beh, ce le avranno le zanzare che portano le malattie, no? Potrei fingere di essere stata punta da una di quelle. Ma non ne ho il coraggio, Lali, ho degli appuntamenti importanti in agenda. Se pensassi che rinunciarvi per stare chiusa in camera a tempestarti di messaggi potesse servire a qualcosa lo farei, ma so che non è così. Dimmi solo che sei viva».

«Certo che sono viva, Yatzil. Ma non avevo ricevuto nessun messaggio».

«Ti ho spedito un audio dieci ore fa!».

«Strano. Sarà 'sta cagata di Signal, che funziona solo quando vuole».

«Uhm. Pier e Nirvana stanno bene? Salutali da parte mia, eh».

«Cosa mi avevi detto?».

«Di non andare, cretina. Vi ammazzano».

«Certo che anche tu, quando ti prende la paranoia... Manco fossi cresciuta in America Latina».

«Peggio. Sono cresciuta nella giungla, e tu con me. Lo sai che non ci dovreste andare».

«Staremo attenti. Non sottovalutarci. Voglio che questa storia finisca».

«Sono arrabbiata con te, Lali, ma non ho il coraggio di sbatterti Signal in faccia. Potrei pentirmene per il resto dei miei giorni».

«Tranquilla, *querida*. Non verrò a tirarti i piedi nel sonno».

«*Hasta que se muera tu voz*[175]».

«Cazzo dici?».

«Citazione. *Pedro Páramo*. Cercavo qualcosa di classico, che parlasse di morte».

«*Chinga tu madre* non andava bene? È perfetta, così *se chinga* anche la mia. A proposito, dille che sì, andrò in Costa Rica. Ne ho voglia».

«Io fino a domani non le dico un bel niente. Magari a Natale saremo tutti in quella città paludosa a cercare il tuo cadavere».

«Ma vacci un po' anche tu, *a la chingada*».

175 Finché si spenga la tua voce.

«Lo faccio subito. Alla festa di stasera ci sarà anche Justin Bieber. Più fottuta di così...».

«:D».

«Ma mi pare di aver capito che ci sarà anche Harry Styles <3».

«Stronza».

«Dimmi solo di sì e ti acquisto un biglietto in trenta secondi. Io, non la segretaria, così non dovrai vegetare in un aeroporto saudita. Per stasera è tardi, ma domani ci saranno di nuovo dozzine di ospiti speciali».

«Buona festa, Yatzil. Comportati bene».

«*Te quiero*, Lali».

## L.

Finalmente è tramontato il sole su una delle giornate più strane della mia vita. Non abbiamo fatto niente. Nella tarda mattinata siamo andati a nuotare alla spiaggia dove abbiamo appuntamento questa sera, per memorizzare qualche punto di riferimento. Abbiamo mangiato *camarones* in centro. Ascoltato un po' di musica nella macchina parcheggiata all'ombra. I due ragazzi si sono concessi anche una siesta. Io non ci sono riuscita – suppongo di aver dormito abbastanza, negli ultimi due giorni.

Quando si è svegliato, Pier è andato a cercare un OXXO per comprare qualche Coca-Cola. Non so cosa gli sia preso con la Coca, in questi giorni. Non ne beve quasi mai. Sarà che il Messico è il maggiore consumatore del mondo. Abbiamo le bottiglie obese, da quattro litri. Piccole damigiane di Coca. Dev'esserci qualcosa nell'aria.

È strano sentire Yatzil così preoccupata. Pier dice che è meglio fare come dice lei, ma io, che pure riconosco le sue doti mirabolanti, so che qualche volta è necessario pensare con la propria testa.

Qualche giorno fa è stata lei a sostenere che incontrare di nuovo Yuri sarebbe stato l'unico modo per venire a capo di questa storia. Adesso è solo preoccupata per me. E di Vanessa le importa troppo poco.

Nirvana insiste perché andiamo a cenare nel miglior ristorante di Lázaro Cárdenas (o almeno, in quello che sta in cima alle recensioni su Trip Advisor). «È perché sarà la nostra ultima cena?» gli chiedo, divertita. «No. È perché abbiamo bisogno di cibo nutriente e leggero, di sapori che stimolino le nostre doti di *problem solving*». Rido. «Spero che a nessuno verrà voglia di baciarmi su una guancia».

Dopo il caffè, manca mezz'ora al nostro appuntamento. Non ho messo le lenti e indosso i miei vestiti. Posso permettermi di essere me stessa. Pier conta gli spiccioli che ha in tasca. «Non mi dire che vuoi andare a comprare una cazzo di Coca-Cola. Drogato».

«Scusa. L'astinenza è una brutta bestia. Mi piace gelata. Vado allo stesso OXXO di oggi pomeriggio».

«*Take also one for me, please*» gli dice mio cugino. Assurdi.

Nirvana e io restiamo soli. Nessuno dice niente. Qualunque frase suonerebbe troppo drammatica.

La radio offre Enrique Iglesias, e lui alza il volume.

*Si llega la noche y tú no contestas*
*Te juro me quedo esperando a tu puerta*
*Vivo pasando las noches en vela*
*Y sigo cantando bajo la luna llena*[176].

Senza accorgermene, mi sto dimenando sul sedile. In una sera come questa, il mio corpo non riesce a stare fermo.

Pier torna presto con le sue bibite. Ne passa una a Nirvana. «*Is everything fine, Pier?*».

176 "Se arriva la notte e tu non rispondi / Ti giuro che mi metto ad aspettarti davanti alla porta / Vivo passando le notti sveglio / E continuo a cantare sotto la luna piena". Enrique Iglesias, *Subeme la radio*.

«*Yeah. Todo bajo control*». Risponde in uno spagnolo decente. Mio cugino chiude la *fierrari* e ci avviamo verso la spiaggia.

Yuri ci aveva detto che ci saremmo incontrati nella parte della spiaggia più vicina all'acciaieria. Playa Erendira è stata battezzata con un nome indigeno del Michoacán. Apparteneva a una principessa Purepecha e significa "mattina sorridente". Pare che la valorosa Erendira sia stata un'eroina, una leader nella resistenza alla colonizzazione spagnola. Penso che sia di buon auspicio.

Qualcuno ha acceso un falò vicino al mare. Non può che essere stata la nostra veggente, così ci avviciniamo alla fonte di luce.

«*Buenas noches, doña Yuri*».

«*Buenas noches. Que bueno que vinieron. Vamos a despedirnos de Vanessa*[177]».

La signora si è presa il tempo di raccogliere le pietre necessarie a delimitare il focolare, riempire di legno di palma e fibre di cocco una buca dalla forma circolare. Deve averci lavorato a lungo. Le fiamme sono alte e l'effetto del fuoco che brucia, con le sue sfumature ambra e albicocca che si riflettono sull'oceano tranquillo, è ipnotico.

Peccato che abbia usato la benzina per accenderlo. La tanica è ancora vicino a lei e il suo odore pungente mi infastidisce. Da ragazzina qualcuno mi disse che è un aroma cancerogeno: mi sono sempre preoccupata di non inalarlo.

«Vanessa è morta tra dolori atroci, perché ha lottato con tutta se stessa per non cedere. È anche per questo che adesso il suo spirito non trova pace. Attaccarsi al proprio corpo è naturale, ma non è una buona cosa. Quando si capisce che abbandonarlo è la soluzione migliore, non bisogna insistere. Può pregiudicare il cammino nel mondo dei morti. È per questo che continua a soffrire».

Io sono attenta, ma vedo che i miei due compagni non sono disposti a mostrare la mia stessa pazienza.

177 Buonasera. Avete fatto bene a venire. Diremo addio a Vanessa.

«*¿Qué le pasó a la muchacha?*[178]» chiede Nirvana. Il suo tono è duro.

«*Quería algo que no le pertenecía*[179]».

«Voleva il tuo uomo, non è così?».

«Sì. Ma non sono stata io a ucciderla».

La nostra scoperta non la stupisce. Non si chiede come abbiamo fatto a capirlo. È fatalista; una dote che immagino debba essere diffusa tra le consulenti spirituali. L'approccio duro di mio cugino non le ha fatto passare la voglia di parlare.

«Chi è stato, Yuri? Possiamo dimostrarti che *el gringo* è figlio di un avvocato importante. Ti proteggerà, se testimonierai contro l'assassino. Mi hai capito, signora? Possiamo aiutarti. Non è dei morti che devi avere paura».

«Non usciva dal motel, ma lì dentro era diventata famosa. Tutti dicevano che El Torito adesso si scopava una *gringa*, che sarebbe diventato ricco, che non avrebbe più avuto bisogno *de hacerse pisotear por el cartel*[180]».

«E lei, Yuri, era gelosa?».

«No, io sapevo che sarebbe durata poco. Era *la pelirroja* a essere gelosa. Io da Jacobo ho avuto una figlia. È il mio uomo da quando aveva quindici anni, perché io sono più grande di lui. Sono stata io a insegnargli a *coger*. La *gringa* era brutta, insistente. Di soldi ne aveva pochi, e glieli ha dati subito tutti».

«Vanessa voleva Jacobo tutto per sé?».

«Sì. E a un uomo così, va lasciata la sua libertà. Non si può chiuderlo in una stanza».

«È un violento?».

«Solo quando beve, o quando prova la coca che vende».

«Picchia anche Yesenia?» chiede Pier, in spagnolo. Dev'essersi preparato la frase in anticipo. Nel sentire il nome della bambina, Yuri abbassa lo sguardo.

178 Cos'è successo alla ragazza?

179 Voleva qualcosa che non le apparteneva.

180 Farsi mettere i piedi in testa dal Cartello (di narcotrafficanti).

«Quando lo fa arrabbiare. Le ho spiegato tante volte che suo padre torna stanco dal lavoro, che non bisogna infastidirlo. Ma lei non capisce. E lui, giustamente, cerca di educarla. Non è un cattivo padre».

Pier è vicino a me e stringo forte la sua mano. Coglie il messaggio: va lasciata parlare. Quando siamo arrivati, ha fatto in modo che il nostro cellulare scivolasse a terra con discrezione. Con un impercettibile lavoro di piede, è riuscito a coprirlo di sabbia. Intravedo un led acceso. Sta registrando tutto.

«Doña Yuri, è stato Jacobo a uccidere Vanessa?» le chiedo, con il tono più dolce che riesco a tirar fuori.

«Io le avevo detto che non doveva cosiderarlo il suo uomo. Entravo nella sua stanza e le parlavo. *Como una hermana, como una amiga*. Ma un pomeriggio, mentre lavoravo, lei è uscita e l'ha seguito in un locale. Gli ha fatto una scenata e lui l'ha fatta portar via dalla sicurezza. L'hanno messa sul taxi e mandata a casa. Mi ha avvisato, e quando è arrivata io le ho portato qualcosa per calmarsi».

«Cosa le hai dato?».

«Erbe. E una medicina. El Torito voleva che le dessi qualcosa di forte, ma non l'ho ascoltato. Me ne pento ogni giorno che passa. È il rimpianto più grosso che abbia. È per questo che il suo fantasma non mi lascia in pace».

«Di che tipo di piante e di che medicina si trattava?».

«Erbe innocue, rilassanti. Comprate al *mercado de la brujería*. E un pezzettino di sonnifero. Molto meno di quello che Jacobo mi aveva detto di darle».

«E perché ti sei pentita?».

«Perché è per questo che ha sentito tutto. Che si è aggrappata alla vita anche se non aveva speranze di cavarsela. Le sue urla, nel motel, le abbiamo sentite tutti. Yesenia le sente ancora, ogni volta che cala il sole. Verso le nove torniamo a casa nostra, ma lei le sente lo stesso».

Mi gira la testa, ma sono determinata a non perdere la lucidità. Afferro una lattina dal sacchetto del supermercato e ne bevo la metà.

«Se le avessi dato la dose giusta, non si sarebbe neanche accorta della morte che arrivava. So quello che dico. Anch'io, anni fa, ero gelosa. Come Vanessa, l'avevo seguito. Jacobo non era ancora così potente da farmi cacciare dalla *seguridad*, ma ha fatto tutto da solo. Mi ha trascinato via dalla discoteca e portato in un casolare fuori città. Ho sentito tutti i suoi colpi, ma ho capito subito che era inutile opporsi. Ho finto di perdere coscienza: a nessuno piace accanirsi su una preda già morta. Ma io ero viva. Molte ore dopo sono riuscita ad alzarmi e ho cercato aiuto. Mi hanno salvato, e ne ho approfittato per rifarmi il naso. Quello di prima era una vera catastrofe. Non posso più avere figli, ma Yesenia era appena nata».

«E non hai lasciato El Torito, dopo quest'aggressione? Non l'hai denunciato?».

«No. È il mio uomo. Sto bene, con lui. Devo lasciargli i suoi spazi. Adesso ho il mio lavoro, i miei clienti, le mie soddisfazioni. So come impiegare il mio tempo, mentre aspetto che lui torni a casa».

Fin qui è tutto inciso nei miei ricordi come una xilografia.

Ricordo di aver pensato che le parole di doña Yuri mi avevano trasmesso un senso di liberazione profonda. Conoscevo la verità. Era come se avessi deposto diecimila uova sul bagnasciuga.

## N.

Sto fissando il viso di Lali. L'immagine del Torito che spezza le ossa di Vanessa, che non aveva neanche mai ricevuto un ceffone dai suoi genitori, è troppo per lei. La Coca-Cola non basterà a sorreggerla.

Il suo viso bello e tirato distoglie la mia attenzione dalla scena che stiamo vivendo. Il mio inconscio si rifugia disperatamente nel salotto di casa mia. Lali e io stiamo guardando un cartone animato seduti sul divano, mentre Huicho è stravaccato su un cuscino.

Prima che possa rendermene conto, c'è qualcosa di freddo puntato contro la mia tempia.

È quel suo scagnozzo sedicenne, a minacciarmi. Stringe maldestramente una pistola, e io sono disarmato.

Anche El Torito ne ha una in mano. La sua è rivolta contro il petto di Pier.

Sono sbucati da un mucchio di palme e detriti accumulati sul confine che separa la spiaggia dall'acciaieria. Ci perquisiscono le tasche e buttano in mare il mio cellulare. Principianti, penso. L'oceano restituisce tutto. Nelle tasche di Pier trovano solo cinquanta pesos.

«*Niña morena, niña linda, ahora acuéstate y tómate esto*[181]».

Lali si ribella, ma Yuri le tappa il naso e la obbliga ad aprire la bocca. Vi versa dentro il contenuto della tazza di argilla che ha in mano. La tiene ferma per un tempo che non riesco a quantificare; il corpo di mia cugina si rilassa. O meglio, cede alla forza di qualche sostanza.

Quando è distesa a terra, cosciente ma incapace di muoversi, Yuri la cosparge di benzina.

Anch'io sono come paralizzato. Se pure lo volessi, non riuscirei a muovere un solo muscolo. Una sorta di istinto di conservazione, perché sono cresciuto in America Latina. Se hai qualcosa di freddo puntato alla tempia da un sedicenne squilibrato, sai che non è il caso di reagire.

Ma Pier è cresciuto a Torino, *mimado*[182] dalla bambagia dell'Avvocato. Non riesce a stare fermo, mentre il carburante viene cosparso sugli abiti e sulla pelle della sua fidanzata, impregnando di combustibile i suoi capelli.

Quando cerca di divincolarsi, sento un *clic* provenire dall'arma di don Jacobo.

Poi sento uno sparo, vicinissimo a noi.

181 Ragazza dalla pelle scura, bella ragazza: distenditi e bevi questo.

182 Coccolato.

Chiudo gli occhi, perché non sono pronto a vedere Pier in preda alle convulsioni.

P.

Sento il boato. È così che si muore? Sciabordio delle onde, brezza marina, sangue caldo che cola sui miei boxer di tela e i miei polpacci. Gradevole assenza di stimoli dolorosi, forte odore di benzina. Non mi aspettavo di trovare settantadue vergini, ma neanche questa puzza.

Si dice che quando uno squalo ti amputa un arto, non senti subito il dolore atroce che ti aspetteresti di provare. Vedi il sangue che si disperde nell'acqua e attira i compagni di caccia del predatore, ma in un primo momento non fa male.

Invece del dolore, nel silenzio della spiaggia deserta esplode un secondo sparo. Qualcuno è a terra. A quel punto, il mio istinto reagisce prima della mia coscienza.

Mi abbandono anch'io e mi approprio della pistola che è caduta. Pochi secondi dopo, le mie dita sfiorano l'altra. Non so neanche come si tengano.

«*Cuidado, gringuito, están cargadas*[183]».

Il grido di avvertimento proviene da una grossa figura il cui volto è coperto da un passamontagna. Anche se i suoi lineamenti sono mascherati, so che si tratta di Carlos, el Navegante di Colola.

Il mio piano B. Devo far finta che non esista, così da permettergli di scappare.

Nirvana si è seduto e ha messo la testa fra le ginocchia. Cindy trotterella verso di noi. Quando arriva, appoggia una mano minuscola sulla spalla del mio amico.

Indossa una canottiera con un unicorno di paillettes e una gonna bianca che potrebbe andare bene anche a Yesenia. «*Todo*

183 Attenzione, *gringuito*, sono cariche.

*está bien, guapo, no te desmayes*[184]» gli dice. Questo, o qualcosa di simile. Io apro una lattina di Coca-Cola ancora fredda.

Yuri è immobile, con le mani in alto. Il suo profilo si staglia contro la luce calda del fuoco. Il suo nuovo naso ha qualcosa di greco.

Lali ha gli occhi aperti, respira. Accenna un sorriso. Mi siedo vicino a lei e le stringo le mani.

Sentiamo delle sirene che si avvicinano, insieme a qualche passante coraggioso. Come Cindy, anche se non si può dire che lei passasse di lì per caso.

Lali viene trasferita su una barella.

Estraggo il cellulare dalla sabbia e lo ripulisco dei granelli rimasti attaccati. Lo affido a Nirvana e salgo in ambulanza con la mia ragazza.

## V.

È lì, nell'*acerera*, che si fanno sparire i corpi dei morti. Di quelli che non avranno diritto a un altare di fiori color arancione, alle offerte di *pan de muertos* e sigarette.

Sono i coccodrilli a occuparsi di tutto. Gli impiegati non hanno il permesso di ucciderli e loro proliferano. Capita che si mangino anche qualche persona viva, per lo più bambini lasciati a loro stessi, o che feriscano qualcuno degli impiegati dell'acciaieria.

Quando hanno portato lì il mio corpo, ero una falena che vi svolazzava intorno, attirata dalla luce della torcia di Jacobo e dall'odore del mio sangue. Il sudore ha la stessa composizione di quest'ultimo, lo sapevate? Mancano solo i globuli rossi. Preziose risorse di sale, tenute in grande considerazione dalle farfalle notturne.

El Torito ha allungato qualche grammo di cocaina al custode dell'impianto, che l'ha lasciato passare. Ha guidato fino alla zo-

184 Va tutto bene, bello, non svenire.

na paludosa. Si era messo degli stivali spessi per proteggersi dalle fauci degli animali.

Ha tirato fuori il grosso sacco di plastica nero che aveva nel bagagliaio. L'ha strappato senza cerimonie. Ha estratto quel che restava di me. Aveva l'odore dolce del sangue, non ancora quello acre della decomposizione.

I coccodrilli l'hanno fiutato dopo pochi minuti. Ne sono arrivati tre. Mi è sembrato che scodinzolassero come cagnolini.

Ero felice: volavo, ero libera, non sentivo più male.

Hanno cominciato dai miei piedi.

*Pies, ¿Para qué los quiero, si tengo alas para volar!*[185]

## L.

Sto bene. La tazza conteneva una di quelle droghe che inibiscono le reazioni della vittima, per derubarla o violentarla. I miei esami del sangue vengono effettuati appena un'ora dopo l'assunzione e il responso è: tracce di scopolamina. La più usata. Se dopo l'assunzione qualcuno riesce a impedire che ti diano fuoco, i suoi effetti sono transitori. Sospetto che doña Yuri anche questa volta ci sia andata giù più leggera di quel che avrebbe dovuto.

Le infermiere mi hanno passato una spugna addosso, ma l'odore di benzina non se ne va.

«Lali, tutto a posto?» chiede Pier, mentre passo dalla posizione distesa a quella seduta.

«Sì. Ma aiutami a capire cosa cazzo è successo».

Dopotutto, le nostre vite non erano così importanti. Se Pier non avesse telefonato a doña Rosa, la ristoratrice di Colola, non avrei più potuto raccontare nessuna storia.

Ma lui le ha detto tutto. E lei ha chiamato Cindy, che si è mes-

185 "A cosa mi servono i piedi, se ho le ali per volare?". Famosa citazione di Frida Kahlo, che perse le dita dei piedi a causa della cancrena.

sa subito le mani su quel suo cranio rasato a metà. Il mattino dopo lei e Carlos sono partiti per Lázaro.

Nel tardo pomeriggio sono andati a playa Erendira e hanno allungato cinquecento pesos a un gruppo di ragazzini.

*Los escuincles*[186] hanno fatto body surfing per ore, ma non gli è sfuggito niente. Doña Yuri si è dedicata ai suoi preparativi in un punto appartato, riparato dagli sguardi dei passanti. Ma i ragazzini arrivano dappertutto. Nessuno ci fa caso, perché il Messico ne è pieno.

Hanno notato anche i due coglioni che hanno preso posto tra le palme e l'immondizia.

Questo è ciò che doña Rosa ha riferito al mio ragazzo, l'ultima volta che si sono parlati. Cindy l'aveva aggiornata pochi minuti prima, come da accordi. Le ha anche detto che Carlos *was ready*. Sorrido, nell'immaginare le loro discussioni concitate. *Copy that. Got it. The bird is in the cage.* Come se fossero precipitati dentro Netflix.

Quando abbiamo raggiunto Yuri e il suo falò, Pier ha sperato che l'uomo ci stesse coprendo, ma ha evitato di guardarsi in giro per non attirare su di lui l'attenzione della donna. Non aveva certezze sul fatto che fosse davvero lì, a *cuidarnos*[187], come una delle immagini che ho sulle unghie. San Carlos, il protettore dei ragazzi sciocchi.

Pier temeva che non avrei approvato la possibilità che la nostra salvezza dipendesse dal *guardaespaldas* venuto dalla costa. È per questo che non mi aveva detto niente del suo piano B. Per questo, e per scaramanzia. La possibilità che qualcuno venisse davvero ad aiutarci gli sembrava fragile come quella che si realizzi il desiderio sussurrato a una stella cadente.

Credo che abbia avuto ragione. Può darsi che io mi sia comportata come don Jacobo, o come Pablo Escobar. Che abbia sopravvalutato il valore della nostra pelle europea.

186 Espressione messicana derivata dal nahuatl che designa i "bambini".

187 Prendersi cura di noi.

Il mio ragazzo non poteva neanche sapere in quale momento El Torito e il suo aiutante sarebbero entrati in azione. Era al corrente della loro presenza, nascosti in secondo piano rispetto a Yuri, ma non immaginava che sarebbero stati armati. Se li aspettava goffi e mezzi ubriachi, come domenica pomeriggio sulla spiaggia. Aveva in mente una scena diversa. Tipo Carlos che spara in aria per distrarre i cattivi e tirarci fuori dalla rissa.

Nel suo immaginario tutto torinese, il nostro Navegante avrebbe dovuto essere una semplice polizza assicurativa.

Quando si è trovato una pistola puntata al petto, ha pensato che fosse finita. Che tanto valeva provare a difendersi.

Non sapeva che Carlos fosse un tiratore scelto. Che nonostante il buio, avrebbe centrato la mano destra di Jacobo, un istante prima che quest'ultimo schiacciasse il grilletto. Che poi avrebbe mirato alle gambe del ragazzino. Una scelta intelligente, commenta Pier: doveva essere certo che, nel caso del complice, avrebbe avuto a disposizione qualche secondo in più per atterrarlo prima che sparasse a Nirvana.

È questo il guaio, quando si è taccagni e non ci si circonda di professionisti, assumendo il primo buono a nulla disponibile. Un aiutante dai riflessi pronti costa caro, ma è meglio investire nell'esperienza. La ferocia, da sola, non basta. Mai sottovalutare l'importanza di una buona formazione.

Ridiamo forte, distesi sul letto della mia stanza. Le dita delle nostre mani sono intrecciate.

Dopo aver scambiato queste prime considerazioni, scopro di essere in grado di alzarmi. A passi lenti, mi dirigo verso la doccia e mi insapono con vigore, usando mezzo flacone di shampoo. Poi mi avvolgo nell'asciugamano e mando Pier a cercare delle forbici, mentre i miei capelli gocciolano sulle piastrelle azzurre.

Ne trova un paio pesante, dalle lame affilate. Del tipo che usano per tagliare le garze o i vestiti dei feriti, forse. Lo ringrazio e chiudo la porta. Faccio un respiro profondo davanti allo specchio.

Erano almeno quindici anni che Carlos voleva dare una lezione al Torito, ha detto doña Rosa a Pier. Non ha mai digerito quella volta che aveva dato il suo nome ai militari. Lei sapeva che per lui sarebbe stata un'occasione fantastica per *combinar lo útil con lo delicioso*[188]. Pier mi ha detto che si è espressa proprio così, tra un *fucking guy* e l'altro. *That bad hombre.*

Mentre taglio, continuo a cercare di rimettere in ordine la sequenza degli eventi. La sostanza che mi ha dato Yuri ha confuso la mia percezione del tempo.

Poi mi siedo sul coperchio del water per un tempo lunghissimo, senza pensare a niente.

Quando lui entra, dice solo: «Così sei ancora più bella».

## N.

Oltre a Cindy, sono arrivate delle altre persone. I poliziotti non possono sapere che lei e io ci conosciamo già. Era una turista *gringa* che passeggiava sul lungomare, avvicinatasi per prestare assistenza ai feriti. Si assicura che io riesca a stare in piedi, e poi si allontana insieme agli altri. Nessuno ha capito chi abbia sparato. Cindy deve aver chiamato la polizia prima ancora di sentire gli spari, ma gli agenti non sono riusciti a identificare l'autore della chiamata.

Doña Yuri e io veniamo accompagnati alla centrale, su due macchine diverse. Nessuno dei passanti che ci hanno soccorso aveva assistito alla scena, perché il punto in cui doña Yuri aveva acceso il fuoco era piuttosto fuori mano, anche se il bagliore si notava da una certa distanza. Ai poliziotti non è chiaro chi siano *los malos del cuento*[189]; anch'io sono tenuto sotto controllo, con il mio aspetto da drogato. La canna che poco fa mi è stata puntata alla tempia, i poliziotti non l'hanno vista.

188 Unire l'utile al dilettevole.

189 I cattivi della storia.

El Torito e il suo aiutante sono feriti, il primo in modo più grave. L'ambulanza è arrivata una manciata di minuti dopo l'intervento di Carlos, ma l'assassino di Vanessa aveva già perso molto sangue.

Ho preso in giro Pier da quando è arrivato a Morelia, ma nel momento dell'azione le sue gambe tremavano meno delle mie. Ha dimostrato riflessi pronti e sangue freddo.

Ha ideato un piano *chingón*[190] che a me non sarebbe venuto in mente.

Il tremito del mio corpo aumenta, finché non sono scosso dai sussulti. Continua a baluginarmi davanti agli occhi la sagoma imponente di doña Yuri, occupata a cospargere di benzina il corpo di Lali. L'agente vicino a me è una donna. Mi osserva con apprensione e mi chiede se soffro di epilessia.

Mi appoggia una mano sulla schiena. Quando dico che sto per vomitare, fa fermare l'auto. Il poliziotto che guida le chiede: «*No te estará jodiendo? No está esposado. Fíjate que se nos va*[191]».

Ma appena metto un piede a terra, il mio stomaco gli dimostra che si sbaglia.

Quando ho finito di espellere la mia cena lussuosa, la poliziotta mi passa un fazzoletto e una bottiglia d'acqua. Mi sento meglio.

In centrale, è lei ad accompagnarmi fino all'ufficio in cui sarò interrogato. Resta dentro e la sua presenza mi infonde sicurezza. È minuta, ha la pelle scura e gli occhi vivaci. Yuri è nella stanza accanto.

L'agente dietro alla scrivania si presenta come *Comandante* López. È massiccio, sovrappeso e ha un'aria spossata. Gli comunico le mie generalità e gli consegno il cellulare di Pier. Controlliamo subito la qualità della registrazione, che è piuttosto buona.

L'unica cosa che ometto nel mio racconto è il ruolo di Carlos e Cindy. Non so chi ci abbia salvato, ripeto.

190 Ottimo, fico.

191 Non ti starà fregando? Non è ammanettato. Guarda che ci scappa.

A verificare la storia della sparizione di Vanessa impiegano pochi minuti.

«*¿Alguien qué hable bien inglés, por acá?*[192]» chiedo.

«*Pamela lo habla muy bien*».

Pamela, la *mia* agente. Le do il numero del padre di Pier. Spiego che è un avvocato famoso, che ha seguito il caso e che è stato lui a confermarci che Yuri era la compagna di don Jacobo.

L'adrenalina che mi ha sostenuto fin qui mi sta abbandonando. Sono molto stanco.

Chiedo come stia mia cugina. Mi dicono che hanno rintracciato nel suo sangue tracce di una sostanza che annulla la capacità di reagire. Non prevedono nessuna conseguenza a lungo termine. Sarà in grado di raggiungerci tra qualche ora. Posso andare a stendermi un po', se voglio. Beh, in una cella, non ci sono altri letti disponibili. Lasceranno la porta aperta.

Il mio telefono giace sul fondo dell'oceano. Mi è concesso di recuperare il numero di Jey da quello di Pier, che mi viene restituito per un istante. Chiedo di poter scrivere un messaggio e Pamela mi presta il suo.

Accedo a WhatsApp e scrivo a mia cugina.

*Jey, es difícil explicarte, pero estamos todos bien.*
*Nos hablamos pronto*[193].

Resto sul vago, perché non vorrei complicare le cose facendo emergere il ruolo di una modella famosa.

«*¿Es tu novia?*[194]» mi chiede Pamela, osservando la sua foto di profilo.

«*No, es mi prima. La hermana de la muchacha que está en el hospital*[195]».

192 C'è qualcuno che parli bene inglese, qui?

193 Jey, è difficile spiegarti, ma stiamo tutti bene. Ci sentiamo presto.

194 È la tua fidanzata?

195 No, è mia cugina. La sorella di quella che è in ospedale.

*«Qué bueno. Ahora descansa. Voy a cuidar la puerta, para que nadie te moleste*[196]».

P.

Per quanto l'abbia conosciuta qualche mese dopo aver iniziato a uscire con Lali, non ero ignaro del fatto che fosse la gemella di Jey Pellegrino. In qualche modo, avevo sempre fuso le loro immagini. Due gazzelle con gli occhi che uccidono e una cascata di capelli corvini.

I ciuffi neri che giacciono sul pavimento del bagno della clinica mi stringono il cuore. Il taglio che si è fatta da sola è irregolare e una frangia tutta storta le ricade sugli occhi, che sono ancora più evidenti. Il suo viso si appoggia su un collo lunghissimo. Non mi ero mai accorto di quanto fosse lungo. Per la prima volta in vita sua, non è più così simile a Jey.

Gli agenti ci aspettano fuori dalla stanza. Lali firma una dichiarazione di assunzione della responsabilità delle proprie condizioni di salute, perché i medici avrebbero voluto tenerla sotto osservazione più a lungo. Paghiamo la fattura della clinica, che ammonta a qualche centinaio di euro. Vogliamo raggiungere Nirvana in commissariato. Non è il tipo di ragazzo in cui i poliziotti messicani confidano ciecamente.

La pattuglia che ci ha accompagnato in ospedale ci scorta fino alla centrale di polizia. È quasi l'alba. Non ho chiuso occhio, ma non mi sento stanco.

Veniamo condotti al cospetto di un agente che si presenta come *Comandante* López. Ha due occhi piccoli affondati nel grasso, ma non sembrano privi d'intelligenza. Mi chiede le mie generalità in spagnolo e sono in grado di rispondere, ma poi chiama un'agente giovane e carina.

196 Bene. Adesso riposa. Mi occuperò della porta, così nessuno ti darà fastidio.

«*Agente Ruiz, va ser la traductora. ¿Esta bien?*[197]».

Dico di sì. Sulla scrivania, sfiorata dal suo ventre prominente, c'è il telefono che abbiamo comprato in Messico. Ma è il cellulare del poliziotto, quello che suona.

«*Señor Pierjorge Barale, you can answer the phone. Is your father*».

Oh cazzo. Avrei preferito continuare a rispondere alle domande riferite dalla dolce agente Ruiz. Beh, almeno non devo parlare subito con Jey.

## N.

Pamela mi ha portato un caffè forte.

Ho dormito appena tre ore; quando sono arrivati Lali e Pier, il comandante López ha chiesto di interrogarci tutti insieme. Vorrei farmi una doccia, spazzolarmi i denti, ma non è ancora il momento.

Quando entro nell'ufficio non capisco subito a chi appartenga il caschetto scuro al fianco di Pier. Quando sentono i miei passi, le due teste si voltano.

Oh, Signore.

## L.

Don Jacobo ha collezionato una lunga serie di reati per i quali non ha mai potuto essere incriminato, perché *Los Viagras* gli fornivano una relativa protezione. Los Viagras… Così si chiama il cartello per cui lavora questo sfigato. *Nomen omen*.

Tuttavia, non ha un ruolo così importante da potersi permettere omicidi e occultamento di cadavere, ci spiega il poliziotto, con un mezzo sorriso soddisfatto.

197 Agente Ruiz, sarà la traduttrice. Va bene?

Doña Yuri attende un avvocato, chiusa in una cella. Pier chiede, preoccupato: «*She has a daughter. Is she alone in the house?*». L'agente Ruiz ci promette che manderanno una pattuglia a controllare.

Ha cercato di avvalersi della facoltà di non rispondere, dice il comandante, ma "qualcosa sono riusciti a farsi dire". Dopo aver sentito le registrazioni, si sono sentiti autorizzati ad accantonare le buone maniere. Ha ammesso che il corpo di Vanessa è stato abbandonato nella zona paludosa dell'acciaieria. È un posto pieno di coccodrilli, aggiunge. Il mio ragazzo mi stringe la mano.

Le condizioni di Jacobo sono stabili. La prognosi non è stata sciolta, ma il fatto che sia sopravvissuto fino in ospedale di solito è un buon segno, assicura López. La mano, l'ha persa. Il ragazzino invece è stato colpito a una gamba e non è mai stato in pericolo di vita.

Spari chirurgici al buio, commenta il comandante. Probabilmente opera di un ex militare. Noi ci sforziamo di assumere un'espressione smarrita.

Da stamattina, una squadra di esperti setaccerà la vegetazione che circonda l'impianto industriale. I genitori di Vanessa sono stati contattati da un'équipe di psicologi e presto saranno qui, insieme a Massimo, che farà da tramite tra le autorità dei due paesi.

È mezzogiorno quando abbiamo il permesso di lasciare la centrale. Potremmo essere convocati nei prossimi giorni, quindi la nostra permanenza a Lázaro dovrà protrarsi un po' più a lungo di quel che piacerebbe ai miei due compagni di viaggio. Ma non ci sono più ombre sulla vicenda. Non su di noi.

Pier e Nirvana si lanciano ognuno su un letto king size, senza spogliarsi. Io voglio telefonare a Yatzil e poi fare un'altra doccia, perché continuo a sentire odore di benzina. Il contenuto del nostro cellulare è stato scaricato e poi ci è stato restituito. Prima di ieri sera, Pier aveva disinstallato Signal e cancellato il numero di doña Rosa, che comunque si era sempre curato di chiamare da telefoni pubblici, mentre andava a comprare la Coca-Cola. Che dire. Lo Jorge Salcedo dei poveri ci ha stupito tutti.

▶——•————

Lali. Ti registro questo messaggio anche se mi hai appena chiamato. Mi hai detto che stai bene, che c'è stata solo *una piccola sparatoria sulla spiaggia*, così ti ho mandato a dormire. Quello che è successo nel frattempo, a Singapore, non è avvincente come la serata che avete vissuto voi – comunque siano andate le cose. Puoi ascoltare il mio resoconto mentre fai la cacca, come usa Nirvana.

Mentre aspettavo tue notizie, ho dovuto fingere un malore. "Fingere" è una parola grossa, perché stavo male sul serio. Sapevo che eri in pericolo e che sareste finiti nei guai, in quelli grossi. Anche se sarei dovuta salire in barca con Ed Sheeran, sono rimasta in albergo. A fissare lo schermo del mio cellulare.

Tutti continuavano a cercarmi per delle scemenze. Inviti a eventi irrilevanti, pettegolezzi più volgari che mai, messaggi minatori del mio manager che non poteva credere che non fossi salita sulla nave.

«Non sei pagata così tanto per guardare telenovele nella tua *suite*».

«Agostino, sei licenziato» gli ho detto. E lo pensavo davvero. Voglio cercarmi un manager meno rompicoglioni di lui.

«Falla finita, Jey. Per compensare la défaillance di oggi, dovresti scattarti qualche foto con tua sorella».

È proprio fissato. Non so che genere di film perverso si sia visto. Non potevo neanche andare nella palestra dell'albergo a scaricare un po' di energie, perché ufficialmente ero malata. Allora ho fatto un po' di yoga in camera. Posizioni e pranayama. Ma non è servito a un cazzo. Poco prima di mezzogiorno mi è venuta un'ondata di crampi allo stomaco talmente forte che ho temuto che il karma mi avesse punita. Proprio in quel momento è entrata una truccatrice a vedere come stessi. Ero raggomitolata sul letto, pallida e sofferente. Un malessere provvidenziale, proprio quando c'è stata quella *piccola sparatoria*.

Meno di un'ora dopo ho ricevuto il messaggio di Nirvana. Non mi vergogno a dire che ho pianto.

E poi, non me ne è importato più niente. Volevo vedere gente. Mi andavano bene anche i cantanti di terza categoria, quelli che non erano stati invitati alla crociera.

Ho detto che ero guarita. Ho abbracciato un *puertorriqueño* che fa un pessimo reggaeton e gli ho parlato in spagnolo. A momenti ci restava secco. Credo di averlo anche baciato. Immagino i prossimi post online: *un amore tropicale per Jey Pellegrino!* Spero che lo riporti anche la rivista che mi aveva intervistato dopo la scomparsa di Vanessa, così le vecchiette saranno contente.

Nirvana mi ha scritto due righe da un numero sconosciuto e io ho fatto un po' di esegesi. Ho immaginato che fosse il telefono di un poliziotto, perché altrimenti non mi avrebbe scritto su WhatsApp e non sarebbe stato così generico.

Gli eventi dovevano essere arrivati al *climax*. Se mi aveva scritto lui e non tu, voleva dire che eri impossibilitata a farlo. Ma non doveva esserci un impedimento grave, perché se no Nirvana non mi avrebbe scritto che eravate in salvo. Non si sarebbe fatto scrupoli a terrorizzarmi.

Lali, non vedevo l'ora di sentire la tua voce. Ci siamo salutate solo due settimane fa, ma è come se fossero passati dei secoli. Al telefono eri così padrona di te stessa. Ho pianto di nuovo, per tutto il tempo in cui ti ho ascoltata.

Domani tornerò a sfilare. Non sono mai stata così bella.

## V.

Mi stanno cercando, finalmente. È un sollievo. Dato che la polvere magica si è consumata tutta, non posso più volare. Ma danzare, beh, posso farlo lo stesso.

Nel corso dei miei vagabondaggi ho sentito una canzone. Sulla *fierrari*, forse? È parte della selezione di Nirvana? Oppure risale a quando mi sono posata sul soffitto della loro stanza d'albergo, mentre cazzeggiavano su Youtube? Credo di sì, perché in Messico si ascoltano di rado canzoni in francese. Non possono che avermela portata loro.

Ricordo anche il video. C'è una ragazza bellissima che canta in giro per Parigi. Una che si muove con la leggerezza di Jey e di Lali, con la sicurezza di chi possiede un corpo elegante e flessuoso. I suoi ballerini danzano appoggiati come degli insetti sui muri della Ville Lumière. Ballerini farfalle, ballerini falene, ballerini mosca con la pancia piena di uova. Forse sono troppo pesanti per volare, ma troppo felici per stare fermi. Come me.

*Des amours meurent, des amours naissent*
*Les siècles passent et disparaissent*
*Ce que tu crois être la mort*
*C'est une saison et rien de plus*
*Un jour lassé de cette errance*
*Tu t'en iras quelle importance*
*Car la Terre tournera encore*
*Même quand nous ne tournerons plus*

*Embrasse-moi, dis-moi que tu m'aimes*
*Fais-moi sourire au beau milieu d'un requiem*
*Embrasse-moi, dis-moi que tu m'aimes*
*Fais-moi danser jusqu'à ce que le temps nous reprenne*
*Ce qu'il a donné*[198].

Finita la danza, depongo le mie uova, i miei bruchi baffuti. Non migrerò con le mie compagne. Starò qui, su questo ramo proteso sul fango, a succhiare lacrime di coccodrillo e farmi

198 "Ci sono amori che muoiono, amori che nascono / I secoli passano e spariscono / Quel che credi essere morto / È una stagione, niente di più. / Un giorno, stanco di questo vagabondare / Te ne andrai, che importa / Perché la terra continuerà a girare / Anche quando noi non gireremo più // Abbracciami, dimmi che mi ami / Fammi sorridere nel bel mezzo di un requiem / Abbracciami, dimmi che mi ami / Fammi ballare, finché il tempo non si riprenderà / Quel che ci ha dato". Alma, *Requiem*.

scaldare dal sole. A osservare questi uomini con le tute bianche, le mascherine e gli stivali da astronauta. Che prima di esaminare un settore della palude picchiano il suolo con dei bastoni, per far scappare i rettili predatori. Poi mandano i cani ad annusare ogni particella di terreno, in cerca delle mie ossa.

*Faites-moi marrer, les flics!*[199]

## P.

*Mentre* i genitori di Vanessa sono sull'aereo che li porterà qui (un viaggio interminabile, per una coppia che non ne ha mai fatto uno. Uno scalo a Barcellona e poi uno a Città del Messico, prima della tratta interna per Lázaro. Lunghe attese, perché sono saliti sul primo volo disponibile, senza scegliere la soluzione più ragionevole. Prevedo confusione, richieste di aiuto agli impiegati dell'aeroporto, abituati ai viaggiatori confusi e con il cuore spezzato), *mentre* la troupe di *Scomparsi* viene a conoscenza degli ultimi sviluppi e si affretta a mandare qui un giornalista (volo diretto Roma-Città del Messico), *mentre* noi tre riposiamo e cerchiamo un modo per metterci discretamente in contatto con Cindy e Carlos, *mentre* Jey partecipa all'ultima serata di gala, lambiccandosi il cervello per capire come abbiamo fatto a uscire vivi da questo casino, e tra una cosa e l'altra ci riferisce che ha comprato un biglietto per *la* Costa Rica, che sarà lì tra una quindicina di giorni, il tempo più breve che le permettano i suoi impegni, *mentre* nelle nostre vite gli eventi si susseguono rapidi, i poliziotti ci comunicano che gli uomini in bianco, aiutati dai loro labrador, hanno trovato i resti umani che cercavano.

Brandelli di ossa, qualche centimetro di tessuto. Il tutto sparso in un'area molto grande, che oltrepassa i confini dell'acciaieria. Da un primo esame, alcuni dei materiali rinvenuti sono compatibili con l'epoca della scomparsa di Vanessa.

199 Fatemi divertire, sbirri!

## N. & J.

«*Hola, Jey, soy tu primo*[200]».

«*¿Qué pasa?*».

«*No te preocupe. Hace dos días, te escribí en WA con un número desconocido. ¿Me lo puedes enviar?*[201]».

«*xxxxxxxx. ¡Suerte!*[202]».

## C.

from: purity2017@gmail.com
to: lazaro_choo98@hushmail.com

Dear Lali, dear Pier and dear Nirvana,
vi scrivo in inglese, va bene? Grazie per avermi comunicato questo indirizzo e-mail tramite un'ultima telefonata clandestina a doña Rosa. Le vostre precauzioni mi commuovono, ma non dovete esagerare con la paranoia. Di chi abbia sparato al Torito, alla polizia non importa. Non sono neanche morti, lui e il *compinche*[203]. Carlos ha un paio di contatti tra gli agenti di Lázaro; gli hanno assicurato che non stanno cercando nessuno. *Showdown*[204]. Non sono lontani dalla realtà.
In questo momento, cercare di prendersi ogni merito per la conclusione del caso Vanessa è l'unica cosa che interessi al comandante López. Magari riuscirà a farsi promuovere e a tornare a Monterrey, dov'è nato. Lasciategli godere di questo successo, e lui lascerà in pace voi. E anche il *deus ex machina*.

200 Ciao Jey, sono tuo cugino.

201 Non ti preoccupare. Due giorni fa ti ho scritto su Whatsapp da un numero sconosciuto. Me lo invii?

202 *xxxxxxxx*. Buona fortuna!

203 Complice.

204 Regolamento di conti.

«*¿El qué?*».

«Nirvana, il *deus ex machina*. Nelle tragedie greche, la divinità calata dal cielo che risolve una trama troppo complicata».

«Ah. *Esa Cindy. Una loca*[205]».

Grazie per l'invito in Costa Rica. Credo che accetteremo. Noi stiamo bene. In questi giorni sono arrivate un sacco di tartarughe.

P.

Ci hanno detto che siamo liberi, che possiamo andarcene dove vogliamo. Per l'esame del DNA ci vorrà ancora qualche giorno, ma non c'è ragione di aspettare. Lali vorrebbe tenere compagnia ai genitori di Vanessa, ma Nirvana e io le abbiamo fatto capire che, se proprio ci tiene, può fargliela da sola.

D'altronde, sono tutto tranne che isolati. Femminicidio, Messico, ragazza scomparsa, ossa ritrovate, cadavere smembrato da coccodrilli. Ci sono tutti gli ingredienti necessari a far impazzire la stampa. I giornalisti di un paio di programmi televisivi e di diverse testate si sono già accampati fuori dal nostro albergo.

Aspettavamo solo l'okay del comandante López per fuggire dalla porta di servizio. Ho lasciato quasi mille pesos a uno dei cuochi perché ci permettesse di usare l'ingresso del personale.

Saliamo sul taxi che Lali ha chiamato. Ci facciamo portare alla *fierrari*, che è rimasta parcheggiata vicino alla spiaggia. Anche lì c'è un drappello di giornalisti, ma quando si accorgono di noi abbiamo già sistemato i bagagli e siamo partiti a tutta velocità. È sorprendente la ripresa di questo ammasso di ferraglia.

Ieri sera è venuto a trovarci l'Avvocato. Ci ha anticipato che la nostra "liberazione" sarebbe avvenuta nel corso delle ore successive. Non ci ha chiesto i dettagli di quel che è successo l'altra

205 Ah, questa Cindy. Una pazza.

sera, perché non possiamo escludere che qualcuno ci stia ascoltando.

Credo che abbia intuito che il *deus ex machina*, come l'ha definito Cindy, non si trovava lì per caso.

Pensa che siamo stati imprudenti, ma nei suoi occhi brilla una luce orgogliosa.

La prima cosa che mi dice è che Yesenia è al sicuro. Una zia residente a Città del Messico l'ha presa a vivere con sé. Hanno indagato su di lei ed è una persona affidabile. I servizi sociali la seguiranno da vicino, prima di permetterle di adottare la bambina. Perché Yuri, nella migliore delle ipotesi, sarà accusata di concorso in omicidio e occultamento di cadavere. Avrà qualche anno a disposizione per metabolizzare i propri sensi di colpa.

Y.

Lei e Pier sono già in Costa Rica, nella SPA dei miei genitori. Io riesco a farci un paio di soggiorni all'anno, e nessuno mi chiede di fare nulla. La mia semplice presenza dà prestigio alla struttura. Sono più utile a passeggiare sulla spiaggia con addosso un bikini da cinquemila euro che chiusa in una stanza a fare massaggi o a dare lezioni di pilates. Sarebbe la stessa cosa per Lali, ma preferisce lavorare. Trova che essere guardata sia stressante (come se l'avessi mai vista uscire rilassata da una palestra). Forse punta a espiare con il sudore della fronte tutta quella bellezza.

Quando lei e Pier sono riusciti a lasciare l'albergo di Lázaro, non c'era un posto in cui li avrebbero lasciati tranquilli. A Morelia, c'erano già dei giornalisti piantonati di fronte alla casa di mia zia. Nel resto del Messico sarebbero stati comunque beccati, perché il caso sta acquisendo una grande risonanza mediatica.

Mentre loro fuggivano in aeroporto, io ho optato per affrontare le luci della ribalta. Non c'è modo di fargli capire che a volte, se ti fai vedere, ti notano di meno.

Lali avrebbe voluto che rispondessi a tutti con un *no comment*, ma ho preferito fare a modo mio.

Dopo l'ultima cena di gala, il festival di Singapore si è concluso. Per dare un'idea di quanto ci tenessero all'anteprima, *Scomparsi* ha pagato a un giornalista un biglietto Singapore-Amsterdam in first class, perché potesse farmi delle domande durante il volo. E io ero prontissima.

«Signorina Pellegrino, grazie per avere accettato di commentare l'incredibile vicenda della quale sua sorella è stata protagonista».

«Non c'è di che».

«La signorina Stella non accetta di parlare con noi».

«È molto scossa dagli eventi e non ama le telecamere. Vi prego di rispettare i suoi desideri. Si tratta della morte violenta della sua migliore amica».

«Lei ha seguito tutti gli sviluppi del caso?».

«Certo. Vanessa ha trascorso l'adolescenza a casa nostra. Era anche amica mia».

«Quando sua sorella ha organizzato il suo recente viaggio in Messico, era decisa a svolgere delle indagini per conto proprio?».

«Non ha mai pensato di sostituirsi alle autorità. Ma voleva analizzare la situazione con il suo sguardo fresco e con la sua conoscenza del territorio messicano».

«Per questo lei si è prestata alla finzione e ha messo dei post sulla pagina Facebook di sua sorella, perché i suoi amici non si rendessero conto che era partita?».

«Ehi, bello. La pagina Facebook di mia sorella è privata e quello che ci fa non ti deve riguardare, okay? Se a Zuckerberg sta bene, ci può mettere anche le foto della sua bella fichina, una fica che un tipo come te non può neanche permettersi di immaginare, senza che questo sia affar tuo, okay? Adesso cancelli gli ultimi dieci secondi, sì, qui davanti a me, e non tocchi più l'argomento. Poi, se vuoi che ti permetta di utilizzare questo servizio nella vostra trasmissione, lo fai montare e me lo mostri di nuovo, chiaro? Oppure l'avvocato Barale farà chiudere il vostro programma, puoi starne certo».

«Mi scusi. Ecco, ho cancellato. Riprendiamo. Signorina Jey, chi ha ucciso Vanessa?».

«*La mataron los murmullos*. La conosce questa frase, signor giornalista? Vuol dire che l'hanno uccisa i sussurri, i mormorii. L'ha scritta Juan Rulfo, l'autore di *Pedro Páramo*. Qui puoi tagliare, e infilare una delle vostre belle parentesi educative sul romanzo che ho citato. Potete dire che è la pietra miliare del realismo magico latino-americano, che è servito d'ispirazione a García Márquez e bla bla bla. Che è la storia di un tipo che va a cercare suo padre in un villaggio in cui sono tutti morti».

«Grazie, signorina Pellegrino. E cosa vuol dire?».

«Vuol dire che l'hanno uccisa i sussurri, i mormorii. Vanessa è stata uccisa da un criminale di bassa lega, dall'ultima ruota del carro di un cartello che sfruttava i traffici di Jacobo. Ma, se pure appartenevano a lui le mani che hanno spezzato le sue ossa e poi trascinato il suo cadavere fino al cortile di un impianto industriale infestato dai coccodrilli, lui non l'ha uccisa da solo. Il suo è stato un femminicidio. Vanessa è morta perché donna, perché il tessuto sociale del posto in cui ha trascorso i suoi ultimi giorni ha permesso che questo succedesse. Perché nessuno ha denunciato le grida che si sono sentite nel motel. Perché la donna che stava con l'assassino, un'altra vittima, si è fatta carnefice: invece di aiutare Vanessa a scappare, o di nasconderla, ha ostacolato la sua capacità di reagire. È morta perché un uomo aveva voglia di ammazzarla e sapeva che nessuno si sarebbe preso il disturbo di impedirglielo. È stata uccisa tra i mormorii e i sussurri di chi sapeva cosa sarebbe successo una volta cominciata la sua segregazione, ma non ha voluto alzare la voce».

«Jey Pellegrino, lei si esprime in modo incredibilmente suggestivo, per essere una modella».

«E lei ha detto una cazzo di frase sessista. È un fottuto complice di Jacobo».

«Mi scusi. Posso lasciarlo, questo suo ultimo commento? Credo di essermelo meritato. In tv funziona».

L'episodio è andato in onda la sera successiva, insieme alla comunicazione che i risultati dei primi studi effettuati sul DNA dei resti umani erano compatibili con le cellule prelevate dai genitori di Vanessa. Hanno imbastito per noi una puntata speciale del programma. Io l'ho rivisto (dopo aver esaminato il montaggio in anteprima) dal mio appartamento di Torino, da sola, ancora in balia del jet lag. Lali e Pier si sono goduti la trasmissione in streaming dal Costa Rica. E Nirvana credo che non ne sappia nulla. È partito senza cellulare, con la sua macchina agonizzante. Ha messo la cugina e l'amico su un aereo, e cos'abbia fatto poi, non lo sa nessuno.

Cioè, io lo immagino, ma gli lascio la sua privacy.

## L.

Appena la vedo scendere dalla Jeep, con i tacchi a spillo che sprofondano nella terra umida della foresta, le corro incontro a piedi scalzi e le salto al collo. Riabbracciarla è come ricominciare a respirare. Come il deserto che fiorisce dopo la pioggia.

Afferro la sua valigia e la accompagno in camera.

«Te l'ho già detto, ma sei stata grande. Hai obbligato i media di mezzo mondo a parlare di femminicidio. Non so se sia stato grazie alle tue interviste, ma anche le reginette di bellezza di Miss Perù si sono messe a rispondere con le cifre delle donne scomparse e uccise nel loro paese, quando gli è stata chiesta la taglia di reggiseno».

«Non mi sopravvalutare. Quella è stata un'idea dei produttori del programma. Il femminicidio adesso è di moda, fa audience. Purtroppo questo non frenerà automaticamente la violenza sessista».

«Non guastarmi il mio momento di ottimismo. Vieni di là? C'è Pier, ed è in compagnia di un paio di amici che dovresti conoscere».

Carlos sta dormendo su una sedia a sdraio, mentre Cindy nuota in piscina, con addosso solo le mutandine di un costume di Hello Kitty. Sembra un ragazzino. Sorride subito a Jey, che ricambia.

Il giorno successivo partiamo all'alba per una passeggiata nella giungla. Camminiamo per almeno cinque chilometri, su un sentiero che Carlos e Pier hanno individuato andando a passeggiare insieme.

Raggiungiamo uno spiazzo in cui la vegetazione è più rada. Una fonte d'acqua dolce crea una pozza d'acqua cristallina. Ci immergiamo tutti fino all'ombelico.

«Ho aspettato abbastanza? Qui potete parlare» dice Yatzil, con i capelli scompigliati e un bikini nero Decathlon che le ho prestato io. E che su di lei fa esattamente lo stesso effetto di uno di *haute couture*.

Cindy la accontenta, nel suo spagnolo rapido e corretto. Comincia dal fucile di Carlos: un Barrett M82, con mirino *red dot* per la visione notturna. Il minimo indispensabile per ottenere prestazioni di alta qualità, anziché quelle carneficine che combinano i ragazzini con gli FX-05[206]. Io mi perdo alla prima sigla, ma Jey si lascia sfuggire un fischio di approvazione. «*Wow. ¿En serio tienes un light fifty, Carlos?*[207]».

Perché mai una modella dovrebbe conoscere i nomi delle varie categorie di fucili? Non sono sicura di voler conoscere la risposta.

Nel constatare che almeno uno di noi riesce ad apprezzare fino in fondo il suo discorso, gli occhi della texana brillano di compiacimento. Carlos si limita a rispondere: «*Claro. Es mi bebé*».

È sempre Cindy a raccontarci che sono stati i *gringos* a introdurre una serie di armi di precisione in Messico, in seguito a un'operazione di intelligence dal nome assurdo di "*Fast and Furious*".

206 Fucile d'assalto in dotazione all'esercito messicano.

207 Hai davvero un *light fifty*, Carlos?

Secondo loro, i capi dei vari cartelli messicani le avrebbero attratte come calamite. I fucili sarebbero stati tracciati e i boss del narcotraffico identificati e catturati.

Questo lo capisco, e rido. *Aspettativa dell'operazione firmata Obama-Clinton*: feroci narcos in manette, *gringos* che portano la pace tra i selvaggi. *Realtà:* armi da cecchini disseminate in modo capillare sul territorio nazionale.

Carlos aveva avuto almeno un'ora di luce per scegliere la posizione migliore dalla quale sparare senza dare troppo nell'occhio (alla fine aveva dovuto mettersi in un punto dal quale era visibile dai passanti, ma pazienza, c'è una *narco guerra* in Messico). Si trovava a diverse centinaia di metri dal punto in cui Yuri stava preparando il falò, ma la gittata del suo fucire supera i due chilometri.

Il treppiede a cui avrebbe appoggiato il *rifle*, al buio, poteva essere scambiato per un attrezzo fotografico per lunghe esposizioni. L'aveva piantato nella sabbia e aveva aspettato il momento giusto per intervenire.

Il compagno di Cindy recitava la parte di un turista deciso a fotografare le scie lasciate dalle stelle, la luna che si rifletteva sull'oceano. Aveva con sé anche la sua chitarra. Un quadretto così poetico. *He likes folk music.*

Anche Jey ride. «Era la custodia del Barrett, giusto?».

«*Justo, amiga. Firearm guitar case. A discreet concealment*[208]. *Two hundred dollars. Free shipping. Amazon*». Saranno amiche per la vita, queste due.

Carlos si gode l'acqua fresca in cui siamo immersi. Ha gli occhi semichiusi e un'espressione impenetrabile. Se fossi obbligata a decifrarla, punterei sulla soddisfazione. Gli piace sentir raccontare che al momento giusto si era infilato un passamontagna, aveva montato il fucile sul treppiede, aveva preso la mira e sparato due volte, con un intervallo di quindici secondi.

Poi aveva smontato in tutta fretta l'arma ancora calda, l'ave-

208 Occultamento discreto.

va rimessa nella custodia ed era salito sul taxi di un amico fidato. Non era passato neanche un minuto dal primo sparo. Avevano fatto qualche giro dell'isolato mentre aspettavano Cindy, che si è accertata dell'arrivo dei soccorsi. L'amico poi li aveva condotti alla loro macchina e si erano concessi una notte d'amore in un bell'albergo. La chitarra era rimasta nel bagagliaio.

Il mattino dopo, lei ne ha approfittato per farsi vedere da un ginecologo. Aspetta due gemelli. Non si droga più.

P.

Non ci posso credere. Corro fuori a vedere, senza neanche avvertire gli altri. Qualcuno ha parcheggiato in cortile una macchina decrepita, scassatissima, che non so come abbia potuto percorrere la strada sterrata che conduce alla SPA.

«*Hola, amigo, ¿Cómo estás?*».

Sono ammutolito. Non so cosa mi sconvolga di più. Se il fatto che la *fierrari* abbia resistito fin qui, oppure vedere Nirvana con i ricci corti e lucidi, o ancora l'agente Ruiz che apre la portiera del passeggero e scende a sgranchirsi le gambe.

«*My aunt won't be happy. Too much family in her hotel. And family doesn't pay*».

Scoppio a ridere. Lo abbraccio strettissimo, senza curarmi del brivido che mi attraversa come una scossa elettrica.

«È solo una tappa di qualche giorno» mi spiega. «*Patagonia is still so far*».

V.

Ormai sono puro spirito. Non sono più donna né insetto. Né cervello, né vagina, né ali che fremono, né sequenza genetica impressa nel nucleo di una cellula.

Il coraggio di Lali, la sua ostinazione, l'intelligenza di sua sorella (e anche quell'incredibile guizzo di Pier e la pazienza di Nirvana) mi hanno liberata.

L'anno prossimo potrò percorrere anch'io il ponte di Cempasúchil e tornare una volta ancora tra i vivi. Avrò diritto a un altare nell'appartamento di Lali, come il suo amatissimo cane Huicho. Sarò profumo e sarò colore, sarò musica e ricordi. Sarò la parte migliore di tutti loro; il coraggio e l'intelligenza che hanno speso per cercarmi. Sarò il moncherino di Jacobo, dopo che gli hanno amputato la mano destra, come nel codice di Hammurabi; la cicatrice sulla gamba del ragazzo che, quando sono stata uccisa, era ancora un *uniformado*[209] che andava a scuola (con pessimi risultati, va detto).

Sarò Yuri, sarò il suo nuovo profilo solenne, che potrà osservare a lungo nello specchio del carcere. Sarò le nuove amiche che si farà Yesenia, il futuro verso il quale la mia morte l'ha spinta, in una casa che di notte non risuona di urla e di agonia. Sarò le gemelle di Cindy (eh sì, sono femmine: non lo sa ancora nessuno, ma noi anime abbiamo dei canali di conoscenza privilegiati. Invidiatemi pure, se ci riuscite). Queste bambine le salveranno la vita, come io l'ho salvata a mia madre. Sarò la disperazione in cui quest'ultima precipiterà, senza che io possa fare nulla per impedirlo.

## L. & Y.

«E quindi il tuo manager ha fatto venire un fotografo fin qui?».

«Sì, che c'è di strano? È il suo lavoro».

«Per ritrarre noi due in quella pozzanghera in mezzo alla giungla?».

«Non necessariamente dentro l'acqua. Va benissimo anche lo sfondo lussureggiante della vegetazione tropicale. Magari con la luce rossa del tramonto che si riflette sulle foglie».

«E io non posso dire di no... Perché presteremo il nostro dop-

209 Ragazzino in divisa scolastica.

pio viso a tutte le associazioni che lottano contro la violenza sulle donne».

«Beh, sì. Sotto di noi ci sarà la scritta *Per Vanessa*. La sua storia è diventata famosa, non puoi farci niente. È colpa di *Scomparsi* e dei coccodrilli. Noi due, insieme, siamo andate a fondo tra i *manglares*[210] e abbiamo scoperto una verità sulla quale nessuno aveva avuto voglia di indagare. Non è colpa mia se siamo due testimonial perfette».

«Perché non metterci anche Pier e Nirvana?».

«Perché sono uomini. E poi sarebbe una foto troppo affollata. Comunque, non sono stati importanti come credi. Per risolvere la questione, tu sei stata il braccio e io la mente. Loro, una sorta di paracadute e un appoggio logistico».

«Saranno contentissimi di scoprirlo».

«Ti assicuro che non ci tengono ad apparire sui manifesti».

«Ma tu sì».

«Penso che diventerà una foto storica. Tipo bambina vietnamita nuda bruciata dal napalm».

«E credi che questo salverà la vita delle prossime Vanesse?».

«Credo che le nostre belle facce e la storia che raccontiamo indurranno un bel po' di gente ad aprire il portafogli ed elargire qualche spicciolo ai centri antiviolenza. Quei posti ai quali basta telefonare e ti fanno sparire per un po' dalla circolazione. Se necessario, ti aiutano a recuperare un po' di autostima. Se Vanessa ne avesse cercato uno dopo aver capito che aria tirava, forse avresti ancora i tuoi bei capelli».

«Sei sempre così convincente. Va bene. Mi metterò in posa tra le foglie della brugmansia. Sarà abbastanza suggestivo?».

«Che dici?».

«Una delle piante dalle quali si estrae la scopolamina. La droga che mi ha dato Yuri, quella che rende incapaci di agire».

«Lali! Che idea fichissima. Ma come ti è venuta?! Sarà una foto da premio Pulitzer».

210 Le paludi di mangrovie della costa.

Nella terra dei sussurri

## V.

*Toda luna, todo año*
*Todo día, todo viento,*
*camina y pasa también,*
*también toda sangre llega*
*al lugar de su quietud*[211].

Le cose che non farò. L'Erasmus, la laurea specialistica, firmare il mio primo progetto, intascare il mio primo stipendio, comprare una Jeep nera, farmi dorare la pelle dagli autunni, veder tramontare la luna di miele[212], migrare in Canada, fare il bozzolo, rompere la mia crisalide, spiegare le ali. Le appendici mobili che quando sono diventata farfalla erano già stanche, erano già vecchie.

Il Messico è pieno di echi, di mormorii e di spettri. La *llorona*, per esempio: la donna che ha perso i propri figli. Che forse li ha uccisi, e da secoli grida la propria disperazione.

E poi ci sono i fantasmi dei terremoti. Due violenti *temblores* che colpiscono la capitale nello stesso giorno, a trentadue anni di differenza. 19 settembre 1985 e 19 settembre 2017.

Ognuno dei due sismi ha avuto il suo fantasma. *Monchito*

211 "Ogni mese, ogni anno / ogni giorno, ogni vento / si muove e passa oltre / e così tutto il sangue / giunge al luogo della sua quiete". *Chilam Balam*, antico testo maya.

212 Qui Vanessa cita la nota canzone di J. Sabina, *Noche de boda*. "*Que los otoños te doren la piel / Que no se ponga la luna de miel*".

nell'85, Frida Sofia nel '17. Due bambini che si dice si trovassero sotto le macerie, e di cui poi nessuno ha mai ritrovato le tracce. Innumerevoli testimoni sono certi di aver sentito le parole confuse con le quali chiedevano aiuto.

In entrambi i casi, i media sono stati accusati di aver innescato una psicosi collettiva per far crescere gli ascolti. Io, Vanessa Giraudo, farfalla per un anno e puttana per una settimana, ingegnere per vocazione e titolare di un'amica del cuore disposta a rischiare la vita pur di trovare i miei brandelli, io, Vanessa, farfalla migratrice che non viaggerà mai più, forte dei super poteri che ho acquisito, so che *non è così.*

Le loro richieste d'aiuto erano così fumose perché si trattava di voci vecchie, stanche di essere gridate. I loro mormorii trasudavano dalle pareti crollate, dalle crepe che in pochi secondi si sono allargate e hanno ridotto in macerie un numero di edifici sorprendentemente alto nell'85 e sorprendentemente basso nel settembre scorso.

Il paese dei parlottii e dei bisbigli, quello in cui la mia polvere si appoggerà per sempre. Un paese in cui mi sono trasformata in uno Juan Preciado[213] qualsiasi che non riesce a uscire da Comala, il villaggio di *Pedro Páramo*. Il tiranno innamorato.

Quel che è rimasto di me, ora che sono spirito, che *sono nel vento*, è quel grammo di polvere di stelle ancora sospeso nell'aria. Granelli che si contraggono nei loro ultimi spasmi come code di lucertola, che soffrono quando Yesenia si prepara per dormire nella stanza di sua cugina. È felice perché non sentirà più le mie grida, ma triste perché non sa quando rivedrà la sua mamma, che ritrae ad acquerello. Una figura enorme, con un naso che tracima dal viso e occupa quasi tutto lo spazio sul foglio, mentre lei si dipinge piccolissima, in un angolino.

Particelle che sussultano quando i miei genitori, mano nella mano, varcano la soglia del cimitero e si siedono accanto alle nostre tombe.

213 Protagonista di *Pedro Páramo*.

Lali non è venuta al mio funerale. È rimasta in Costa Rica con Pier. Sua madre non è meno incredibile della mia. Quando l'ha incontrata, dopo tutto quello che era successo, dopo che i giornalisti di due continenti tendevano agguati a sua figlia e ai suoi amici, tanto che Nirvana aveva dovuto tagliare i suoi antichissimi rasta per non essere riconosciuto e intervistato a ogni angolo della strada, l'ho sentita dire: «*¿Ya se acabó la historia? ¿La encontraste? ¡Me alegro! ¡Qué bueno!*[214]».

«*Sí mamá*» ha risposto Lali, con un viso sorpreso. «*Pero la encontré muerta, ¿Has entendido?*[215]».

«*Da igual. Aunque uno muere, no pasa nada, la encontraras después. ¿Has venido por tu curso? Los estudiantes te esperan*[216]».

Lo spirito di sua madre è leggero come lo spolverio in cui io mi sono trasformata. È incredibile che esistano persone così, ma Paulina c'è. A sostenere Lali e ad ancorarla al suolo ci sono delle persone fantastiche, amici che ho sperato diventassero i miei. Ha condiviso la sua vita con me, che non ne avevo una.

Sono stata amica di un astro e di una modella famosa; di un ingegnere biondissimo e di un fricchettone messicano che sta *seriamente* attraversando il Sudamerica su una Chevrolet tenuta insieme con lo scotch.

Per qualche anno sono stata partecipe della loro grazia, della loro disinvoltura. Poi ho cercato di continuare da sola e mi sono dissolta in un nugolo di polvere fatata.

Non è stata colpa mia. È che la verità ha dei complessi e lo specchio è menzognero. Mi hanno venduto amore senza spine, mi hanno addormentato con racconti di fate, mi hanno chiuso il bar sotto casa[217].

214 È finita la storia? L'hai trovata? Ne sono felice. Ottimo!

215 Sì mamma, ma l'ho trovata morta, hai capito?

216 È lo stesso. Anche se si muore, non succede niente, la rivedrai più avanti. Sei venuta per il tuo corso? Gli studenti ti aspettano.

217 Altra citazione da *Noche de Boda*: "Que las verdades no tengan complejos / Que no te den la razón los espejos / Que no te vendan amor sin espinas / Que no te duerman con cuentos de hadas / Que no te cierren el bar de la esquina".

Cioè, dai, adesso tiriamo fuori un po' di consapevolezza da cantiere. Di autocritica del calcestruzzo ad alte prestazioni.

Sono *più morta* di quanto sia mai stata, e ho ancora voglia di ballare.

# Indice

## Scatti

- Francesca Lia Block, *Angeli pericolosi*
- Anna Stothard, *Isabel*
- Rebecca Godfrey, *La gonna strappata*
- Roman Dirge, *Lenore. Piccole ossa*
- Roman Dirge, *Lenore. Piccole ossa crescono*
- Christopher Moore, *Un lavoro sporco*
- Eileen Favorite, *Il bosco delle storie perdute*
- Katherine Dunn, *Carnival Love*
- Elizabeth Hand, *Non credere ai tuoi occhi*
- James Fogle, *Drugstore Cowboy*
- Christopher Barzak, *La voce segreta dei corvi*
- Francesca Lia Block, *Echo*
- Libba Bray, *Una grande e terribile bellezza*
- Robert Cormier, *Scomparire*
- Shelley Klein, *Tra di noi*
- Roman Dirge, *Lenore. Ossa e frattaglie*
- Karen Russell, *Il collegio di Santa Lucia per giovinette allevate dai lupi*
- Libba Bray, *Angeli ribelli*
- Lise Myhre, *Nemi. Cuori borchiati*
- Lise Myhre, *Nemi. Amori metallici*
- Christopher Moore, *Il Vangelo secondo Biff*
- Shaun Tan, *L'approdo*
- Donald Ray Pollock, *Knockemstiff*
- Inês Pedrosa, *Senza di te*
- Paul Torday, *L'irresistibile eredità di Wilberforce*
- Perihan Mağden, *In fuga*
- Rebecca Godfrey, *La ragazza che doveva morire*
- Sebastian Fitzek, *Il Ladro di anime*
- Christopher Moore, *Suck!*
- Libba Bray, *La rivincita di Gemma*

* Warren Ellis, *Con tanta benzina in vena*
* Sven Regener, *I berlinesi*
* Christopher Moore, *Fool*
* Shaun Tan, *Oggetti smarriti*
* Roman Dirge, *I mostri nel mio pancino*
* Herman Brusselmans, *Ex Drummer*
* Sebastian Fitzek, *Il bambino*
* Mark Oliver Everett, *Rock, amore, morte, follia*
* Malinda Lo, *Ash*
* Paul Torday, *La ragazza del ritratto*
* Beate Teresa Hanika, *Cappuccetto Rosso deve piangere*
* Joshua Mohr, *Tutto quello che amo in questa vita al contrario*
* Francesca Lia Block, *Pretty Dead*
* Sebastian Fitzek, *Schegge*
* Roman Dirge, *Lenore. Ossa e frattaglie a colori*
* Christopher Moore, *Sesso e lucertole a Melancholy Cove*
* Erik Raschke, *Il libro di Samuel*
* Pia de Jong, *Verso Nord*
* Eva Baronsky, *Il Signor Mozart si è svegliato*
* Marilù Oliva, *¡Tú la pagarás!*
* Dan Simmons, *Drood*
* Alex Preston, *Questa città che sanguina*
* Glenn Taylor, *La ballata di Trenchmouth*
* Robert Cormier, *Tenerezza*
* E.O. Wilson, *Anthill*
* Niklas Asker, *Il giorno in cui non ci incontrammo*
* Sebastian Fitzek, *La terapia*
* Shaun Tan, *The Rabbits*
* Inge Löhnig, *Silenzio bianco*
* Katarina Mazetti, *Il tizio della tomba accanto*
* Donatella Di Pietrantonio, *Mia madre è un fiume*
* Gianni Miraglia, *Muori Milano muori!*

* Paul Torday, *Vita avventurosa di Charlie Summers*
* Karen Russell, *Swamplandia!*
* Jojo Moyes, *L'ultima lettera d'amore*
* Christopher Moore, *Demoni. Istruzioni per l'uso*
* Bradford Morrow, *La rabdomante*
* Marilù Oliva, *Fuego*
* Donald Ray Pollock, *Le strade del male*
* Michel Rostain, *Il figlio*
* Katarina Mazetti, *Tomba di famiglia*
* Harold Cobert, *Un inverno con Baudelaire*
* Shaun Tan, *Il re degli uccelli*
* Shaun Tan, *Memorial*
* Majgull Axelsson, *Strega d'aprile*
* Pierpaolo Vettori, *Le sorelle Soffici*
* Dj Stalingrad, *Esodo*
* Paul Torday, *Pesca al salmone nello Yemen*
* Morgan Callan Rogers, *Un cuore rosso rubino in un freddo mare blu*
* Christopher Moore, *Sacré Bleu*
* Sacha Naspini, *Le nostre assenze*
* Gwendoline Riley, *Posizioni opposte*
* Suzanne Joinson, *Guida per signore in bicicletta sulla Via della Seta*
* Katarina Mazetti, *Taci! Sei morto!*
* Marilù Oliva, *Mala Suerte*
* Remco Campert, *Festa d'estate*
* Viviane Chocas, *Sto molto meglio dei miei amici morti*
* Ry Cooder, *Los Angeles Stories*
* F.G. Haghenbeck, *Un cocktail amaro per Sunny Pascal*
* Mirco Dondi, *I malriusciti*
* Heidi Julavits, *The Vanishers*
* Filippo Strumia, *Flumen*
* Christopher Moore, *Uno stupido angelo*
* Shaun Tan, *The Viewer*

* John Kenn Mortensen, *Post-it Monsters*
* Pierre-Henri Loys, *Piccoli scherzi della morte*
* Paul Torday, *L'eredità di Hartlepool Hall*
* Jonathan Harvey, *Tutti i miei desideri*
* Marc Michel-Amadry, *Due zebre sulla Trentesima Strada*
* J.M. Tohline, *La ragazza che fermò il tempo*
* Matti Joenssu, *La stanza di ferro*
* Alex Marwood, *The Wicked Girls*
* Karen Russell, *Un vampiro tra i limoni*
* Tan Twan Eng, *Il giardino delle nebbie notturne*
* Laura Mühlbauer, *La sarneghera*
* Christopher Moore, *L'isola della sacerdotessa dell'amore*
* AA. VV., *Scrittori fantasma*
* Chris Bohjalian, *Le ragazze del castello di sabbia*
* Willie Morris, *Il mio cane Skip*
* Deborah Moggach, *Marigold Hotel*
* Edna O'Brien, *Ragazze di campagna*
* Samhita Arni, *La regina scomparsa*
* Paul Torday, *Una luce nella foresta*
* Saswati Sengupta, *La dea combattente*
* Aurelio Grimaldi, *Malaspina*
* Lilian Auzas, *Riefenstahl*
* Roman Dirge, *Lenore. Ossa frullate*
* Evgenij Vodolazkin, *Lauro*
* Jean-Noël Schifano, *E.M. o La Divina Barbara*
* Giovanna De Angelis, *La frattura*
* Donatella Di Pietrantonio, *Bella mia*
* Pia Juul, *L'omicidio di Halland*
* Paul Torday, *Colazione all'Hotel Déjà-vu*
* Edna O'Brien, *Ragazze nella felicità coniugale*
* Chris Bohjalian, *La levatrice*
* Simona Rondolini, *Dovunque, eternamente*

* Marcos Giralt Torrente, *Il tempo della vita*
* Elizabeth Jolley, *L'enigma di Mr. Scobie*
* Remco Campert, *Un amore a Parigi*
* Christopher Moore, *Il serpente di Venezia*
* Deborah Moggach, *L'Hotel dei cuori infranti*
* Berenice Rubens, *Mia cara sconosciuta*
* Christopher Moore, *L'isola della sacerdotessa dell'amore*
* Marilù Oliva, *Le Sultane*
* Elisa Casseri, *Teoria idraulica delle famiglie*
* Edna O'Brien, *Lungo il fiume*
* Stella Gibbons, *Lo scapolo*
* Marjana Gaponenko, *La misteriosa scomparsa del piccione migratore*
* Renzo Paris, *Il fenicottero*
* Pierpaolo Vettori, *La vita incerta delle ombre*
* Cristina Sánchez-Andrade, *Le sorelle Inviernas*
* Damien Luce, *La figlia di Debussy*
* Erica Barbiani, *Salone per signora*
* Paul Torday, *Theo*
* Christopher Moore, *La vampira della porta accanto*
* Edna O'Brien, *La luce della sera*
* Stefano Pistolini, *Fuoco sacro*
* Marcos Giralt Torrente, *La fine dell'amore*
* Francesca Scotti, *Il cuore inesperto*
* Marilù Oliva, *Lo Zoo*
* Monica Dickens, *Su e giù per le scale*
* Julian Cope, *Uno tre uno*
* Bernice Rubens, *Nove vite*
* Gesuino Némus, *La teologia del cinghiale*
* Gauz, *Posti in piedi*
* Manlio Cancogni, *Il trasferimento*
* Christopher Moore, *Mordimi!*
* Berry Fleming, *Matrimonio in campagna*

* Renzo Paris, *Pasolini. Ragazzo a vita*
* Albert Russo, *Sangue misto*
* Monica Dickens, *Su e giù per le corsie*
* Mempo Giardinelli, *Sant'Uffizio della memoria*
* Giuseppe Catanzaro, *Charlie non fa surf*
* Mary Stewart, *La grotta di cristallo*
* Elvira Mujčic, *Dieci prugne ai fascisti*
* Stephen Gregory, *Il cormorano*
* Toine Heijmans, *Fuga sul mare*
* Christopher Moore, *Anime di seconda mano!*
* Mariusz Czubaj, *21:37*
* Christos Ikonomou, *Dal mare verrà ogni bene*
* Gesuino Némus, *I bambini sardi non piangono mai*
* Carlos Solito, *Sciamenesciá*
* Mary Stewart, *Le grotte nelle montagne*
* Marilù Oliva, *Questo libro non esiste*
* Chris Bohjalian, *La stanza degli ospiti*
* Renzo Paris, *Cani sciolti*
* Monica Dickens, *Il mio tirno per il tè*
* Pietro De Angelis, *Il mistero di Paradise Road*
* Paolo Cioni, *Il mio cane preferisce Tolstoj*
* Laura Lindstedt, *Oneiron*
* Tom Sharpe, *Wilt*
* David Filip, *Pellegrini del cielo e della terra*
* Arturo Belluardo, *Minchia di mare*
* Alessandro Berselli, *Le siamesi*
* Eugenia Rico, *Gli amanti*
* Mary Stewart, *L'ultimo incantesimo*
* Monica Dickens, *Il prigioniero felice*
* Ludovico Del Vecchio, *La compagnia delle piante*
* Wendy Guerra, *La domenica della rivoluzione*
* Gesuino Némus, *Oro pro loco*

* Donald Ray Pollock, *La tavola del paradiso*
* Timur Kibirov, *Lada. Cronaca di un amore felice e fedele*
* Peppe Bettoliere, *Giannina*
* Mario Andrea Rigoni, *Miraggi*
* Gwethalyn Graham, *In terra e in cielo*
* Su Tong, *Racconti fantastici*
* Elisa Fuksas, *Michele, Anna e la termodinamica*
* Dorothy B. Hughes, *Il capro espiatorio*
* Filippo De Matteis, *Cuori di seppia*
* Jia Pingwa, *Lanterna e il Distretto dei Ciliegi*
* Lorenzo Della Fonte, *Chopin non va alla guerra*
* Barbara Vasco, *Che cosa diranno i vicini?*
* Roberto Todisco, *Jimmy l'americano*
* Renzo Paris, *Bambole e schiavi*
* Nan Shepherd, *La casa del tempo*
* Cristiana Astori, *Tutto quel buio*
* Filoreto D'Agostino, *Le regole della prudenza*
* Alessandro Mazzarelli, *L'uomo in blu*
* Patricia Ratto, *Trasfondo*
* Ludovico Del Vecchio, *La cura degli alberi*
* Christopher Moore, *Noir*
* Mollie Panter-Downes, *Una bella giornata*
* Marina Di Domenico, *La bibliotecaria*
* Marco Biaz, *Coincidenze*
* Andrea Carraro, *Il branco*
* Nagai Kafū, *Rivalità. Ricordi di una geisha*
* Lorenzo Della Fonte, *Il senso del tempo*
* Eugenia Rico, *Il sentiero del diavolo*
* Fabrizio Bolivar, *Sei a zero*
* Silvio Raffo, *La voce della pietra*
* Helen Weinzweig, *Abito nero con perle*

Stampa
Puntoweb
Via Variante di Cancelliera snc
Ariccia (Rm)
per conto di Lit Edizioni Srl